SOUS NOS ÉTOILES

Traduction française: © 2024 Harper Bliss

Roman traduit de l'anglais par Victor Taylor et Valentin Translation

Publié par Ladylit Publishing – First Page V.O.F., Belgique

ISBN-13

D/2024/15201/02

Titre original: Release the Stars

© 2015 Harper Bliss

ISBN-13 original: 978-946-43393-9-0

www.harperbliss.com

Sous nos Étoiles

HARPER BLISS

CHAPITRE 1

— Tu es la star de la ville, ma chérie, déclara Nick. Toutes les femmes présentes ce soir veulent un bout de toi.

Charlie leva les yeux au ciel.

— On n'est pas au bon endroit. Ce n'est pas le Lux ici.

Elle avait voulu aller à sa boîte lesbienne préférée mais s'était vu opposer un refus catégorique en faveur de l'endroit le plus à la mode et le plus en vue du moment.

— La prochaine fois, c'est promis, lui dit Nick en sirotant son Cosmopolitan. C'est *ici* que tout se passe en ce moment.

Charlie secoua la tête. Elle faisait de son mieux pour ne pas se montrer négative, Nick ne cessait de la réprimander à ce sujet, et pour se laisser aller, là aussi un conseil de Nick. Charlie était persuadée que quelques heures au Lux l'aideraient dans sa tâche mais elle n'aurait su l'expliquer. Nick traînait des pieds pour y aller. Peut-être parce qu'il était gay. Mais elle ne parvenait pas à comprendre pourquoi c'était un problème pour lui. Il était heureux dans son mariage avec un homme qui, objectivement, était bien trop sexy pour lui.

— Je ne comprends même pas pourquoi ça te pose un problème, soupira-t-elle.

— On est à Los Angeles, ma chère. Les choses sont différentes par ici.

Il ne la regardait pas vraiment, son regard semblait fixé sur quelque chose situé derrière elle. Il lui toucha le bras.

— Bon, ne te retourne pas mais…

Charlie l'interrompit en suivant des yeux son regard et se retrouva à regarder bien en face le visage d'une femme typique de LA. Elle avait vraiment l'impression que les femmes sur la côte Ouest étaient une espèce différente de toutes les femmes qu'elle avait l'habitude de fréquenter.

— Tsss, tu as tout gâché. Elle te regardait.

Il fit de grands gestes avec ses mains.

— Tu parles de te la jouer cool.

Nick lui-même était l'une des personnes les moins cool de tout West Hollywood.

— Tu ne devrais plus savoir faire, répliqua Charlie. Je te rappelle que tu as passé la bague au doigt de l'un des hommes les plus sublimes de Los Angeles.

Charlie non plus ne savait plus vraiment faire, mais elle était convaincue que ce n'était pas sur le rooftop de ce nouvel hôtel super trendy qu'elle allait trouver ce qu'elle cherchait. Il y avait quand même une cage en verre au niveau de la réception avec une mannequin coincée à l'intérieur ! Charlie partait du principe que cette femme y était entrée de son plein gré, mais quand même.

— Vous êtes bien Nick Kent ?

Une voix suraigüe vrilla les tympans de Charlie.

— C'est bien vous ! Je peux faire une photo ?

Lorsqu'elle apparut dans le champ de vision de Charlie, elle se rendit compte que c'était la femme que Nick lui avait indiquée quelques instants plus tôt. Elle ne la regardait pas elle, contrairement à ce que Nick pensait, mais lui. Charlie avait hâte de lui jeter cette information à la figure.

— En chair et en os, lui répondit-il avec un large sourire.

Nick était l'un des personnages principaux d'une sitcom très en vogue et il était donc impératif qu'il se montre souriant et agréable à chaque fois qu'il rencontrait des fans.

— Mon amie va prendre la photo, dit-il en faisant un clin d'œil à Charlie.

La jeune femme tendit son téléphone à Charlie et ne se préoccupa plus d'elle. Charlie se saisit de l'appareil, plus déterminée que jamais à s'échapper de cet endroit avec Nick. Il avait eu sa dose de fans féminines ; on l'avait repéré et on était venu lui parler dans le nouveau bar branché. Il pouvait désormais faire plaisir à son amie lesbienne pour le reste de la soirée.

Charlie fit son devoir et prit une photo de Nick et de la jeune femme prenant la pose quasi obligatoire d'une *duck face*. Cela faisait six mois que Charlie vivait à Los Angeles mais il y avait encore beaucoup de choses auxquelles elle devait s'habituer.

— Merci beaucoup, dit la jeune femme encore émerveillée de sa rencontre avec Nick. Je vous adore dans *Laughing Matters*. Vous êtes mon personnage préféré, et de loin.

— Merci, répondit Nick en penchant la tête. Je ne le dirai pas aux autres.

La jeune femme mit quelques secondes avant de retourner vers son groupe.

Charlie haussa les sourcils espérant communiquer un *Je te l'avais bien dit* silencieux.

— Oui, d'accord, tu avais raison et j'avais tort, dit-il les mains grandes ouvertes comme pour s'excuser. Ma punition sera d'aller au Lux avec toi. Il y a trop de touristes ici qui ne savent pas comment se comporter avec des gens comme moi.

Il laissa échapper un petit rire, conscient de ce qu'il venait de dire. Et c'était là l'une des raisons pour lesquelles ils s'entendaient si bien. Il savait se moquer de lui-même mieux que personne. Et leur histoire remontait à plusieurs années, à New York. Elle l'avait rencontré à la même époque que Jo.

— Tu es une star, déclara Charlie calmement.

— Dis-moi quelque chose que j'ignore, répondit Nick en se levant.

———

— On dirait une personne différente quand tu es ici, Charlie. Relax !

Charlie trouvait pourtant cela difficile de se détendre avec une dizaine de femmes qui l'observaient, leurs regards comme des lasers derrière elle et sur le côté.

— Il me faut plus d'alcool, répondit-elle en cherchant un serveur des yeux.

— Euh, tu sais bien que le service est au bar.

— Vas-y, toi.

C'était trop lui demander que de traverser la foule de femmes sur son chemin pour accéder au bar. Pas parce qu'elles n'étaient pas séduisantes ou qu'elles étaient trop LA pour elle. Mais elle était intimidée. Ce mot résumait plutôt bien les six derniers mois de sa vie. Los Angeles était trop brillante, ses habitants trop centrés sur leur apparence. Chaque chose, chaque personne était polie et élégante ici. À l'époque où elle n'était encore qu'une romancière anonyme à New York, Charlie ne s'était jamais sentie pas à sa place à ce point.

— Ah non, j'ai déjà payé la première tournée, lui répondit Nick avec un petit sourire suffisant. Et c'est toi qui as voulu venir ici. Ne me dis pas que tu es une telle poule mouillée que tu ne veux pas aller commander.

Il haussa les épaules nonchalamment et poursuivit :

— Ce serait effectivement terrible que tu doives parler à une lesbienne en chemin. Pour quelqu'un qui a tes rêves, cet endroit doit représenter tout ce que tu as toujours voulu.

Il se pencha vers elle.

— Cet endroit est cent pour cent lesbien, Charlotte, ma

chérie. Ce sont tes mots. C'est quoi le problème ? Cet endroit regorge du genre de femmes que tu recherches.

— Va te faire voir, Nick Kent, répliqua Charlie, à court d'idées. Tu veux la même chose ?

— Oui, merci, répondit-il en finissant son Cosmopolitan en une gorgée avant de s'adosser contre sa chaise avec l'attitude de quelqu'un qui attend qu'on le serve.

Charlie avait envie de lui dire *Plus personne ne boit de Cosmo* mais ce serait méchant. Nick ne méritait pas ça. En plus il pourrait prendre son commentaire trop au sérieux.

Charlie se fraya donc un chemin jusqu'au bar. La terre ne trembla pas et elle ne fut pas attaquée par une meute de lesbiennes californiennes apprêtées. Les clientes autour du bar lui laissèrent même la place pour qu'elle puisse s'adresser à la personne derrière le bar. En plus du cocktail assez girly de Nick, elle commanda une margarita pour elle-même, un cocktail populaire qui ne serait jamais démodé pour elle.

— C'est bien vous qui êtes avec Nick Kent, non ? l'interrogea un homme à la calvitie naissante.

Charlie se dit que c'était bien sa chance d'être abordée par le seul autre homme présent dans le bar.

— Non, juste quelqu'un qui lui ressemble, répondit-elle, consciente que c'était peine perdue tant Nick était reconnaissable avec sa barbe rousse. Elle était habituée désormais à ce que les gens reconnaissent Nick lorsqu'ils sortaient mais elle ne s'était pas attendue à ce que ce soit le cas au Lux. Les clientes y étaient trop cool pour s'en soucier. Charlie sourit donc à l'homme pour lui signifier qu'elle plaisantait.

— Je ne veux pas le déranger, expliqua-t-il, mais je me posais juste la question.

— Bien sûr.

Charlie observa avec attention la barmaid. Elle portait un débardeur noir moulant qui dévoilait un tatouage élaboré qui serpentait le long de son bras pour s'enrouler autour de son épaule. Probablement cent pour cent lesbienne, conclut-elle.

— Et vous êtes…, reprit l'homme en marquant une pause pour réfléchir, cette scénariste super à la mode qui travaille sur cette nouvelle série dont tout le monde parle ?

Charlie eut un petit rire. Elle était simplement une scénariste. LA débordait de gens comme elle, anonymes mais presque célèbres. Oui, les droits de sa série de romans *Underground* avaient causé une guerre entre les studios deux années auparavant et son visage s'était retrouvé dans quelques magazines depuis. Mais ça ne voulait pas dire grand-chose dans une ville où tout le monde était *quelqu'un*.

— Je ne dirais pas que tout le monde parle de moi, répliqua Charlie.

— J'ai tellement hâte que cette série soit diffusée, lui répondit l'homme, enthousiaste.

— Et voilà pour vous, annonça la barmaid en posant deux cocktails sur le bar. Ça fera trente dollars.

Charlie sortit quelques billets de son portefeuille, s'empara des deux verres, adressa un petit sourire d'excuse à l'homme et rejoignit Nick.

— Bonne soirée, l'entendit-elle lui souhaiter dans son dos.

— Au moins j'ai rencontré un *homme* cent pour cent gay, déclara-t-elle en posant leurs verres sur la table. Il y a du progrès, non ?

— Oui j'ai vu, répondit Nick en riant doucement. Que veux-tu que je te dise, Charlie ? Les gays t'adorent. C'est ton côté androgyne je pense.

Charlie prit de grandes gorgées de sa margarita et regarda autour d'elle. Encore quelques verres et elle se verrait avec n'importe qui. Ses rêveries furent interrompues par la sonnerie du téléphone de Nick qui signalait un message. Lorsque le mari de Nick, Jason, était en déplacement, ils avaient l'habitude d'échanger des messages comme deux collégiens.

— Quel genre de mots doux Jason te chuchote-t-il dans ton téléphone, Nickie ?

— Ce n'est pas Jason, répondit Nick avec une expression moins joueuse que d'habitude.

— Ah, fit Charlie qui ne savait pas si elle devait enquêter plus avant.

— C'est Jo.

— Ah, répéta Charlie mais d'un ton complètement différent. Elle veut quoi cette pétasse ?

Ses mots étaient un peu trop forts mais l'alcool faisait son œuvre et après tout, Jo l'avait traitée d'une manière qui permettait à Charlie de se montrer dure avec elle.

— Elle me demande comment tu vas puisque tu ne réponds à aucun de ses mails ou de ses SMS, répliqua-t-il en la regardant d'un air déçu. Elle s'inquiète pour toi.

— Eh bien dis-lui que je suis dans un bar lesbien entourée de femmes qui sont complètement sûres d'elles et de leur sexualité et qui ne vont pas se jeter dans les bras d'un homme au moindre souci.

— Allez, allez, dit Nick, tâchons au moins d'être justes.

— S'il te plaît, ne choisis pas son camp encore une fois, Nick. Elle m'a quittée pour un homme. C'est moi qui mérite ton empathie.

— Ma chérie, je t'ai manifesté toute mon empathie. Je t'ai accueillie à bras ouverts dans ma ville adoptive. Je t'ai baladée partout. Je t'ai évité cette profonde solitude. En gros, me voici devenu ton meilleur ami, nul besoin de me faire la leçon sur l'empathie.

Charlie, enhardie par l'alcool, répliqua :

— Aujourd'hui, elle partage son lit avec Christian Robson.

Apparemment trois margaritas n'étaient pas suffisantes pour apaiser la peine de Charlie, car prononcer ces paroles lui transpercèrent le cœur, comme si Jo l'avait quittée la semaine précédente et non plusieurs mois auparavant comme c'était vraiment le cas.

— C'est un fait, acquiesça Nick, mais toi et moi savons tous les deux, car nous sommes des adultes raisonnables, qu'il y a toujours deux sons de cloche à une histoire.

— Allez, arrête de te faire l'avocat du diable.

Charlie sentit une boule se former dans son ventre, ce poids qu'elle avait tenté de fuir en s'installant sur la côte Ouest et en acceptant cette proposition de scénariste à Hollywood pour travailler sur l'adaptation télé de ses romans les plus vendus. Quelque chose qu'elle n'aurait jamais fait si Jo ne l'avait pas quittée.

— Ça fait presque un an, Charlie. Il est temps de passer à autre chose et d'oublier ta rancœur. Tu te fais du mal, à toi. Jo veut simplement savoir si tu t'acclimates à la ville et si tout va bien pour toi.

Charlie poussa son verre de margarita à demi-plein vers le côté. Elle avait assez bu.

— Ce n'était pas du tout ainsi que ça devait se passer, Nickie. Moi, seule dans cette ville de faux-semblants et de presque célèbres. Nous avions une belle vie à New York.

Jusqu'à ce que Jo gâche tout.

— Moi aussi j'ai déménagé ici, ma belle. Je sais mieux que quiconque à quel point la transition peut être difficile. Mais tu m'as moi. Tu n'es pas toute seule. Et tu travailles sur la série la plus excitante qu'Hollywood ait vue depuis des dizaines d'années.

Apparemment, Nick n'en avait pas fini avec son cosmo ni avec son discours.

— Et s'appesantir sur son sort, c'est tellement peu glamour, conclut-il.

— C'est facile à dire pour toi. Tu as Jason. Des millions de gens t'adorent. Tu es même ami avec Ava Castaneda bon sang.

Ava Castaneda était cette déesse qui présentait l'émission de cuisine très populaire *Knives Out* et cela faisait des années que Charlie avait le béguin pour elle.

— Je me demandais à quel moment tu allais parler d'Ava aujourd'hui, répliqua Nick dans un immense sourire. Je pourrais te la présenter, tu sais ? Ça te mettrait peut-être du baume au cœur.

Charlie fit un geste de la main comme pour lui signifier son congé.

— Pardon d'être de si mauvaise compagnie. Entendre parler de Jo me met de mauvaise humeur.

— Je sais, mais regarde autour de toi. Tu ne peux pas me dire que personne ne pourrait t'intéresser ici simplement parce que ton ex-petite amie et toi avez rompu il y a neuf mois. Je déclare la période de deuil officiellement terminée.

Charlie n'était pas convaincue que son deuil de Jo Cook se termine un jour. Elle n'était peut-être pas la personne la plus facile à vivre mais Jo était restée avec elle pendant sept ans, donnant ainsi à Charlie l'impression qu'elle n'était finalement pas si mal, pour en fin de compte la quitter au moment où Charlie s'y était le moins attendue. Et pour un homme. Elle avait beau essayer, Charlie n'arrivait pas à s'en remettre.

— J'ai trop bu, Nickie, déclara Charlie, je crois que je vais y aller.

— Mais vous, les lesbiennes, êtes censées bien mieux tenir l'alcool que nous.

Nick vida son verre d'une traite puis s'empara du verre de Charlie avant de poursuivre.

— Tu es vraiment une petite nature, Char. Je pensais t'avoir mieux habituée que ça.

Il finit la margarita de Charlie et lui dit :

— Allez, viens. Je te raccompagne chez toi.

Chez moi, se dit Charlie, *là où personne ne m'attend.* Elle acquiesça et suivit Nick hors du bar.

CHAPITRE 2

— Ce serait bien d'avoir un joueur en plus pour notre équipe de softball, déclara Liz.

Elles étaient les deux seules personnes à être restées dans le bureau des scénaristes. Tous les autres étaient en pause cigarette ou café.

— Tu pourrais faire le tour des bars, évidemment, si c'est plus ton style, poursuivit Liz, mais pour des lesbiennes, rejoindre une équipe de softball c'est le meilleur moyen de rencontrer des femmes *qui ont les mêmes centres d'intérêt*.

Bien entendu, Liz était elle-même mariée. Mais plutôt que de lui en tenir rigueur, Charlie préférait voir ça comme l'exemple que les choses pouvaient bien se passer à Los Angeles.

— Je n'en sais rien, je n'ai jamais joué.

— Peu importe. Tu es américaine, c'est quasiment dans ton ADN. Tu n'as qu'à venir et assister au premier match. Tu boiras une bière dans les gradins, tu rencontreras les filles.

Rencontreras les filles. Charlie ignorait pourquoi mais depuis qu'elle s'était installée ici, et depuis sa rupture brutale d'avec Jo, ces mots lui faisaient une peur bleue. Elle n'était pas comme ça avant. Mais se faire quitter ainsi avait anéanti une grande partie de sa confiance en elle et se posait également le petit problème de ne plus savoir du tout comment faire pour flirter avec une femme.

— On a un entraînement ce soir. Viens nous rejoindre avec Sarah, on grignotera quelque chose et on ira ensemble.

Liz planta ses yeux dans ceux de Charlie pour bien lui signifier qu'un non était hors de question.

— Sans me vanter, je trouve qu'on est vraiment un groupe super sympa.

— D'accord, déclara Charlie, ça marche. Mais ce soir je ne serai que spectatrice.

— Parfait, fit Liz en levant la main pour faire un high five.

Personne ne faisait ça à New York. Puis elle conclut :

— En plus, je veux te présenter quelqu'un.

— Pardon ?

Elle se répéta à elle-même de se détendre mais c'est ce qu'elle se répétait depuis son arrivée dans cette ville et jusqu'ici ça n'avait pas vraiment fonctionné.

— Je plaisante, la rassura Liz dans un grand sourire enfantin. Je crois avoir compris qui tu es. Un bureau où l'on écrit ensemble, c'est plutôt intime comme endroit.

— Ah ça !

Charlie avait passé la majeure partie de sa carrière d'écrivaine à travailler seule dans un bureau tranquille. C'était ainsi qu'elle se sentait le mieux – et ça lui manquait terriblement. Entrer dans un bureau rempli de scénaristes pour la première fois avait été une expérience extrêmement stressante et elle avait mis quelques semaines à s'habituer aux échanges et à l'énergie particulière qui se dégage d'un travail avec d'autres scénaristes sur une série télé. Sortir de sa zone de confort, Charlie considérait qu'elle l'avait fait et largement, avec son déménagement sur la côte Ouest et ce changement radical quant à son quotidien.

— Je t'ai redit récemment que cette série va être géniale ? J'étais tellement contente d'être engagée sur ce poste, tu ne te rends pas compte.

Charlie se rendait bien compte. Depuis le tout début, Liz s'était présentée comme sa plus grande fan. C'était une bonne chose qu'elle ait un humour très corrosif et qu'elle fasse rire Charlie – une nécessité – tous les jours parce que sinon, Charlie se serait vue obligée de démissionner.

Lorsqu'elle avait rencontré son agent et des dirigeants du studio pour parler des droits télé de *Underground* – alors que Jo était toujours dans sa vie – elle avait été fortement irritée par toutes leurs flatteries. Non qu'elle n'apprécie pas les compliments, mais ils sonnaient faux dans la bouche de certaines personnes. Elle savait reconnaître lorsque quelqu'un en faisait beaucoup et se démenait pour la charmer. Charlie était allergique à cette voix particulière, aigüe et dans un perpétuel ricanement que tout le monde prenait, y compris des grands gaillards – pour tenter de signer un contrat avec elle.

— Continue, Liz, répliqua Charlie qui la voyait de plus en plus comme une amie dans cette ville de paillettes. Je veux en savoir plus.

— J'ai vraiment envie de frimer en te présentant à mes coéquipières de softball. Je suis devenue mille fois plus populaire depuis que j'ai commencé à travailler sur cette série.

— D'accord, d'accord. C'est bon, interrompit Charlie qui observait Liz et ses grands yeux et qui portait toujours une veste de tailleur.

— Dieu merci je dois aller aux toilettes avant d'en dire plus.

Charlie sortit de la pièce avec Liz puis s'adossa contre un mur et regarda son téléphone. Nick avait publié une photo de lui et Annie, son chien, sur Instagram et Charlie lika la photo. La photo suivante dans son fil d'actualité était une photo d'Ava Castaneda. Malheureusement, la présentatrice ultra sexy n'avait pas publié une photo d'elle-même mais d'un plat qu'elle avait préparé. Charlie cliqua sur le cœur également.

Elle fit défiler les différents posts sur son fil et finit par envoyer un message à Nick.

> Je vais à un match de softball ce soir à West Hollywood avec tout un groupe de lesbiennes. Tu veux venir ?

Charlie l'avait envoyé comme une blague. Elle imaginait très bien la réponse de Nick, qui arriva dans la minute qui suivit.

> Sûrement pas, ma belle. Amuse-toi bien.
> Bisous.

———

Et Charlie s'amusa bien, effectivement. Pendant le dîner avec Liz et sa femme Sarah, elle avait joyeusement accepté deux bières alors que ses deux hôtesses n'en avaient pas voulu, prenant leur entraînement à venir très au sérieux. Lorsqu'elles arrivèrent sur le terrain, Charlie était un peu grisée et elle se sentait plutôt légère.

Liz la présenta à ses coéquipières qui l'accueillirent avec gentillesse mais sans en faire trop, ce que Charlie détestait tant. Pendant leur échauffement Charlie prit place aux côtés de plusieurs femmes qui allaient et venaient sur le terrain.

Le soleil se couchait dans le ciel et quelqu'un avait amené une glacière avec de la bière, et lorsque Charlie renversa la tête en arrière pour boire et qu'elle sentit les rayons du soleil couchant sur son visage, elle ressentit ce qu'une personne lambda aurait décrit comme du bonheur, si cette personne n'avait pas été aussi déçue que Charlie de sa vie. Et elle n'était pas du tout prête à accueillir cette émotion.

Pourtant, elle devait bien avouer qu'il faisait toujours beau à Los Angeles. Il y avait toujours du soleil et jamais avec cette moiteur typique des étés sur la côte Est, celle qui vous faisait avoir envie de climatisation et de l'hiver.

Charlie discuta de petites choses avec la plupart des joueuses et l'intensité de la conversation dépendait complètement du temps que chacune passait assise à côté d'elle.

— Alors, tu en dis quoi ? lui demanda Liz lorsque vint son tour de prendre place sur le banc. Je te commande une tenue ?

— Je pourrais me laisser tenter, répondit Charlie en regardant droit devant elle.

Celle qui s'était présentée comme Britt un peu plus tôt venait de manquer une balle facile.

— Mais il me faudra de l'entraînement.

— Je ne vais pas prétendre que nous n'aimons pas la compétition – et en disant nous je veux dire je – mais on fait ça surtout pour s'amuser. Que tu sois forte au lancer de balle ou avec une batte en main, peu importe. Britt par exemple ne sait pas frapper la balle, même lorsqu'elle manque la prendre en plein visage, ce qui s'est d'ailleurs déjà produit.

Charlie se mit à rire.

— Vous vous entraînez combien de fois par semaine ?

— Une fois les mercredis et on a un match de championnat le week-end. C'est souvent le dimanche matin.

— Il y a un championnat ?

— Évidemment. Le bébé de l'équipe, Sharon, a tendance à venir encore saoule de la veille tous les dimanches mais le reste de l'équipe est plutôt raisonnable. On a toutes nos chats à mettre au lit par exemple.

— Au risque d'être un cliché ambulant, j'ai très envie de prendre un chat. J'en avais deux à New York mais c'est mon ex qui en a eu la garde lorsqu'on s'est séparées. Ils vivent avec un homme désormais, déclara-t-elle sans réussir à masquer son aigreur.

— Les pauvres chatons, compatit Liz.

Charlie lui avait déjà parlé plusieurs fois de sa rupture douloureuse et compliquée.

— Je veux être sûre de rester ici d'abord, je ne veux pas me séparer d'un autre animal.

— Liz c'est à toi, annonça Britt en s'approchant du banc. J'en ai assez de toute façon.

Elle se laissa tomber lourdement à côté de Charlie et enchaîna :

— Passe-moi une bière s'il te plaît.

Charlie s'exécuta et en sortit une de la glacière pour elle également.

— Merci, la remercia Britt qui lui fit un joli sourire. Tu viens souvent ici ? Et oui, je sais que cette phrase d'approche ne fonctionne jamais.

Charlie était trop grisée par l'alcool pour prêter la moindre attention à une phrase d'approche. Elle sourit et déclara :

— C'est ma première fois. J'imagine que ça me rend vierge à nouveau.

Britt lui donna un petit coup de coude dans le bras.

— Je ne suis pas censée te le dire mais certaines filles ont fait un pari te concernant.

— Pardon ?

— Tiff, Josie et Andréa là-bas, ou le Trio Terrible, comme on aime les appeler. Mais ignore-les. Elles adorent créer des problèmes.

— Quel genre de pari ? s'enquit Charlie en prenant des gorgées supplémentaires de sa bière, tout en se demandant à quoi ressemblerait sa vie sans alcool. Peut-être resterait-elle cloîtrée chez elle.

— On va le dire comme ça – une fois que le match sera terminé, tu peux t'attendre à de sacrés plans drague.

— Oh là là, marmonna Charlie, j'espère que tu n'es pas sérieuse.

— Enfin, tu es célibataire, sexy et tu as un bon job. Tu es un super plan, donc..., répondit Britt en haussant légèrement les épaules.

— Tu as parié sur qui, toi ? demanda Charlie.

— Oh moi je n'ai pas parié, répondit Britt faussement ingénue. En fait, je ne parierais sur aucune des trois – c'est la quatrième proposition. Tu ne me sembles pas être le genre de fille qui se laisse draguer dans les gradins d'un match de soft-ball. Je peux me tromper ceci dit, mais c'est l'impression que j'ai.

— Et toi ? demanda Charlie en regardant Britt de côté. Une tenue de softball n'était flatteuse sur personne mais Britt était néanmoins très séduisante dedans. Elle poursuivit :

— Il y a des paris sur toi ?

— Sur moi ? Et pourquoi donc ?

— Je ne sais pas, répondit Charlie en haussant les épaules. Parce que tu es sexy ?

Si ça c'était du flirt, il était très clair qu'elle ne s'en sortait pas bien du tout.

Britt laissa échapper un gros rire qui semblait venir de très loin.

— Excuse-moi, dit-elle une fois calmée, je ne m'attendais pas du tout à ça.

— Allez, Britney, cria Andrea du Trio Terrible. Encore un tour.

— Je suis déjà en train de boire, répondit Britt en levant sa canette de bière pour prouver ses dires. Et c'est Britt mon prénom, avec deux T afin que les gens un peu limités comme toi sachent où s'arrêter.

— On n'entend pas le deuxième T, Britt, répliqua Andréa en insistant sur le son T. Allez, je vais finir ta bière.

— Très bien, fit Britt en se mettant debout. Mais ne te fatigue pas, je viens de parler du pari à Charlie.

Sur ces quelques mots, Britt rejoignit le terrain en courant et

Charlie eut l'impression de déceler une légèreté dans ses pas qui n'avait pas été là plus tôt dans la soirée.

— Afin de couper court à tout malentendu, expliqua Andréa, Tiff, Josie et moi-même ne sommes pas irrespectueuses avec une seule chose en tête ! C'était une blague entre nous, j'espère que tu n'es pas fâchée.

— Bien sûr que non, répondit Charlie en finissant sa troisième bière. Elle était légèrement grisée en entrant sur le terrain, elle était désormais très très gaie.

— Je suis même plutôt flattée, conclut-elle.

— Tu viens prendre un verre avec nous ensuite ? On va dans un bar juste à côté. Et tu vis à WeHo, c'est ça ?

Si Andréa était une pro de la drague, sa façon de parler, presque nerveusement, donnait l'impression que ce n'était pas le cas. Ou peut-être était-ce sa stratégie. Charlie aimait être au centre de son attention en tout cas. Liz avait raison. Aller à un match de softball était bien plus efficace que de faire la tournée des bars.

— Avec plaisir, oui, répondit-elle en faisant un grand sourire à Andréa, histoire de jouer un peu avec elle.

— Je suis sûre qu'on te le dit sans arrêt, mais ton roman *Les Rivières Pleurent* a tellement compté pour moi quand il est sorti ! Je le relis tous les ans.

— Merc…, commença Charlie mais elle fut interrompue par la sortie du terrain du reste de l'équipe. Apparemment, l'entraînement était terminé.

La moitié des joueuses se firent un high five tandis que l'autre moitié restait impassible.

— C'est votre tournée, les loseuses, déclara Josie aux jeunes femmes autour de Liz.

Du Trio Terrible, Josie était probablement celle qui était le plus le type de Charlie. Elle était d'origine asiatique et elle avait les pommettes les plus hautes que Charlie ait vues jusqu'à présent à LA, et LA étant LA, ça voulait dire beaucoup.

— Charlie vient avec nous prendre un verre, expliqua Andréa à Liz.

— Parfait. On y va, les lesbiennes, répliqua Liz.

Charlie avait eu l'occasion de fréquenter un groupe de lesbiennes à New York, de temps en temps, et l'ambiance entre elles avait été totalement différente de ce qu'elle ressentait avec ce groupe-là à la nuit tombée. LA était, certes, une ville d'apparence et de faux-semblants mais elle offrait également plus d'air que New York. Les vallées ici étaient naturelles et non formées par des bâtiments gigantesques.

Une fois au bar, Charlie se retrouva lancée dans une longue conversation avec Andréa. De plus en plus affectée par l'alcool, c'était de plus en plus difficile de ne pas dévorer Josie des yeux. Lorsqu'Andréa passa aux toilettes, Charlie attira Liz à elle et lui demanda :

— Sur une échelle d'un à cent, à quel point Josie est-elle lesbienne ?

— Ah oui, Josie ? répéta Liz en faisant la moue. C'est ce genre de femmes qui te branche ?

Sa moue s'intensifia et elle poursuivit :

— Elle est adorable mais je ne l'ai jamais vue en couple avec quelqu'un plus de quelques mois. Mais pour te répondre, je pense pouvoir dire sans me tromper qu'elle l'est à 99 pour cent.

— Et l'autre pour cent ? demanda Charlie d'une voix traînante.

— Personne n'est quoi que ce soit à cent pour cent, Charlie. On ne vit pas au pays des bisounours.

Liz lui mit une claque sur l'épaule comme si elle venait de faire une bonne blague. Charlie resta décontenancée même si elle comprenait, dans le brouillard de son esprit alcoolisé, que Liz se moquait de son système de pourcentage.

— Écoute, Liz, je vais y aller. J'ai trop bu et on a une grosse journée au boulot demain.

— Tu m'étonnes, j'espère qu'on aura Elisa. Ce serait génial, non ?

— Ce serait incroyable oui. On va croiser les doigts cette nuit.

Charlie attira Liz contre elle pour la serrer dans ses bras et poursuivit :

— Merci pour l'invitation. Je me suis bien amusée.

Charlie passa dire au revoir au reste de l'équipe, elle fit semblant de ne pas lire la déception sur le visage d'Andréa et elle s'autorisa à rester un peu plus que la normale autour de Josie pour lui dire au revoir.

Elle rentra chez elle en ne marchant pas très droit et se dit à nouveau que ce serait un véritable séisme de faire signer Elisa Fox dans le rôle principal d'*Underground*. Elle fut grossièrement interrompue dans ses pensées par une notification de son téléphone qui annonçait un message de Nick.

Comment c'était cet entraînement lesbiche ?

Charlie était suffisamment alcoolisée pour ne pas répliquer à son commentaire. Elle répondit simplement qu'elle s'était amusée. Au moment où elle arrivait chez elle un second message de Nick apparut.

Pas autant que ce samedi quand tu vas être mon invitée pour dîner chez Ava Castaneda.

Charlie était abasourdie. De quoi parlait-il ? Puis un autre message suivit.

Tu peux arrêter de baver. Jason ne peut pas venir et tu es donc la meilleure remplaçante. Va faire du shopping pour quelque chose de classe.

CHAPITRE 3

— Tu n'es pas en train de me jouer un tour super cruel, hein ? demanda Charlie pour la énième fois.

La voiture de fonction de Nick était passée la chercher avec Nick déjà installé à l'arrière.

— Charlotte Cross, tu vas m'écouter. Même moi je ne pourrais pas être aussi ignoble que de te faire croire que tu vas rencontrer la femme qui tu convoites depuis des années. J'ai des règles. Le crush de quelqu'un c'est important.

— Je suis tellement nerveuse, expliqua Charlie en serrant le genou de Nick avec ses doigts.

— Ce n'est qu'un dîner. Détends-toi. Elle cuisine divinement, ça va être super.

— Qui d'autre sera là ?

— Je te l'ai dit, je n'en sais rien, répondit Nick en soupirant.

— Elle sait que c'est moi qui viens et pas Jason ?

— Oui, répondit-il en posant sa main sur la sienne. Elle est ravie que tu viennes mais Char…un petit conseil.

—Oui ?

— Quand tu bois, tu te mets à parler de ce concept de cent

pour cent lesbienne, expliqua-t-il en formant des guillemets imaginaires. Si tu pouvais t'abstenir ce soir ce serait génial.

Charlie ne sut que dire.

— Je n'en parle pas tant que ça, si ? interrogea-t-elle d'une petite voix.

— Si, quand tu as bu et que tu n'as plus aucun filtre. Mais je te dis ça en tant qu'ami, OK ? Je ne veux pas te froisser.

— Ce n'est pas le cas, répondit Charlie, qui était absolument froissée.

Et plus encore que froissée, elle était gênée. Elle se souvenait avoir expliqué lors d'une ou deux soirées qu'elle ne fréquenterait jamais une femme qui ne pouvait pas prouver qu'elle était une vraie lesbienne. Elle ne voulait pas se limiter à des lesbiennes Gold Star mais il fallait que quelque chose change, même si c'était ridicule. Une nouvelle rupture comme celle d'avec Jo était inenvisageable.

Le trajet se poursuivit vers Malibu, là où Ava vivait.

— Tu es bien silencieuse, déclara Nick avec la voix que prenait son alter ego télévisuel lorsque ce dernier voulait obtenir quelque chose. Je ne voulais pas t'ennuyer. Reviens sur terre, ma chère, reviens.

Charlie lui fit un petit geste de la main signifiant que ce n'était pas grave, elle se redressa et se concentra sur le fait que d'ici quinze minutes elle allait se retrouver face à Ava Castaneda. Cette sublime Latina n'était pas seulement un ancien mannequin, elle était également la présentatrice de l'émission culinaire phare *Knives Out* depuis quinze ans. Et ce n'était pas rien dans le monde actuel de la télévision. Charlie n'était pas vraiment une pro de la cuisine mais elle regardait l'émission religieusement malgré tout, car elle avait besoin de sa dose hebdomadaire de la belle brune.

— Comment l'as-tu rencontrée déjà ? demanda Charlie alors que la voiture s'engageait dans une allée impressionnante qui menait à une clôture très haute.

— Nick Kent et son invitée, annonça le chauffeur dans l'interphone, et les grilles s'ouvrirent.

— Je suis gay et célèbre, ma chérie. Tout le monde veut être ami avec moi, et surtout les gens super beaux. Et tu es bien entendu dans cette liste, chuchota-t-il dans son oreille.

Charlie savait qu'il lui disait ça pour lui donner confiance en elle.

Quelques instants plus tard, ils se tenaient devant la porte d'entrée de la maison d'Ava, étonnamment simple. Ce n'était pas une petite mansarde, évidemment, mais ce n'était pas non plus la propriété luxueuse à laquelle Charlie s'était attendue.

— Nickie, s'exclama Ava en sortant de chez elle les bras grands ouverts.

Elle était vêtue d'une robe longue écrue qui mettait sublimement en valeur la couleur de sa peau.

Charlie ne lui avait pas encore dit bonsoir qu'elle avait déjà du mal à respirer.

— Bonsoir, ma belle, répondit Nick en la serrant dans ses bras.

Charlie resta silencieuse. Elle voyait deux véritables amis, et pas l'une de ces accolades Hollywoodiennes sans émotion auxquelles elle avait assisté trop souvent depuis son arrivée à LA.

— Et tu dois être Charlotte, déclara Ava après que Nick l'ait relâchée.

Charlie s'était attendue à une poignée de main mais Ava l'attira contre elle pour la serrer elle aussi dans ses bras.

— Bienvenue chez moi.

— Je suis ravie d'être ici, marmonna Charlie. Et appelle-moi Charlie. Même ma mère ne m'a plus appelée Charlotte depuis mon dixième anniversaire.

Elle était tellement nerveuse qu'elle n'arrivait pas à apprécier la chaleur d'Ava contre elle. Elle posa ses mains sur les épaules d'Ava très délicatement, comme si cette dernière était faite en une porcelaine extrêmement fragile et elle poursuivit :

— J'admire tellement ton travail.

Charlie avait entendu ces mêmes mots prononcés un peu partout dans cette ville et ils sonnaient donc un peu banals même si elle les pensait complètement.

— Et moi le tien. J'ai entendu dire qu'Elisa Fox rejoignait ta série. C'est un sacré coup.

— Ça c'est sûr, intervint Nick.

Ava prit quelques secondes supplémentaires pour observer Charlie. C'était comme si Ava brillait de mille feux dans le soleil couchant. Charlie n'avait jamais vu une personne si belle en vrai. Et c'était comme si les yeux noirs d'Ava lisaient directement dans son cœur – une sensation un peu ridicule et perturbante.

— Entrez, déclara Ava en les guidant à l'intérieur puis dans un jardin qui donnait directement sur l'océan. Les autres sont déjà là.

La maison d'Ava avait du style mais sans ostentation. Et c'était exactement ce à quoi Charlie s'attendait, à part sa relative petite taille. La vue sur l'océan, par contre, était absolument incroyable.

— Nick, tu connais déjà Eric et Sandra.

Ces derniers se levèrent et leur sourirent. Charlie reconnut Eric qui était l'un des juges de *Knives Out* et qui était également, si l'on en croyait la presse people, le petit ami d'Ava par inter-mittence.

Eric, Nick et Sandra se serrèrent dans les bras puis Ava leur présenta Charlie.

— Sandra est ma chargée de communication et tu reconnais peut-être ce jeune homme.

— Absolument, répondit Charlie et elle fit la bise à ces gens qu'elle ne connaissait pas, tâchant de décider si Eric et Sandra étaient ensemble.

Après que chacun ait pris sa place à table, Ava leur servit du champagne de la bouteille qu'elle gardait à côté d'elle dans un seau au style très années cinquante.

— Merci à tous d'être venus.

Ava fit en sorte de trinquer avec chaque invité en les regardant dans les yeux. Charlie se sentit défaillir un peu lorsque vint son tour. Toutes les femmes qu'elle avait un jour convoitées et même celles avec lesquelles elle avait eu une histoire n'étaient rien à côté de cette femme sublime qui se tenait en face d'elle.

Ça n'aura pas pris longtemps, lui chuchota une petite voix moqueuse. *Cinq minutes avec elle et tu es fascinée comme une ado.* Charlie n'avait rien à rétorquer. Et elle n'en avait pas envie. Elle souhaitait simplement apprécier la façon dont Ava avait déposé la bouteille puis croisé ses jambes, dévoilant ainsi un peu d'une cuisse toute lisse grâce à la fente de sa robe.

Il ne fallait pas que Nick s'inquiète. Il était peu probable que les fantômes de son passé viennent la hanter ce soir – Jo Cook était bel et bien aux oubliettes. Charlie était concentrée sur la grâce et la beauté d'Ava.

— Comment tu trouves Hollywood ? l'interrogea Ava un peu plus tard alors qu'elles étaient assises à la table de jardin. Ava avait insisté pour que Charlie s'installe face à l'océan. Charlie était tellement perturbée par la beauté indescriptible d'Ava Castaneda baignée de la lumière du soleil se couchant sur le Pacifique qu'elle avait du mal à avaler quoi que ce soit.

— C'est…particulier, répondit Charlie.

— Si jamais tu as besoin d'une chargée de communication, intervint Sandra, je suis celle qu'il te faut.

Elle était plutôt agréable. Eric et elle ne donnaient aucun indice indiquant qu'ils étaient ensemble. Et Eric et Ava non plus d'ailleurs. Peut-être que pour une fois Charlie n'était pas la seule célibataire de la soirée.

— J'ai lu toute la série des *Underground*, déclara Ava. J'ai tellement hâte de voir ce que ça va donner à la télévision.

— Vraiment ? répondit Charlie, totalement surprise.

— Évidemment. Un roman sur une agence d'espionnage entièrement féminine, clandestine et badass, c'est totalement mon genre, répliqua Ava en fixant Charlie avec le même regard que plus tôt dans la soirée. Je ne racontais pas de bêtises quand je t'ai dit que j'adorais ton travail. Pour dire la vérité, et ce n'est pas une attaque envers ton adorable mari, Nickie, j'étais ravie lorsque Nick a demandé s'il pouvait venir avec toi plutôt qu'avec Jason.

— S'il te plaît, Ava, arrête. Elle sera insupportable quand on va rentrer ce soir.

— Ils vont changer l'orientation sexuelle d'Aretha et la rendre hétéro, comme ce que font habituellement les grands pontes d'Hollywood ? interrogea Sandra.

— Certainement pas, s'exclama Charlie en s'installant mieux sur sa chaise. J'ai été très claire dès que les négociations ont démarré en expliquant que quiconque avec ces intentions n'obtiendrait jamais les droits.

— Bien dit ! s'écria Nick en faisant mine d'applaudir avec ses doigts. Plus de gays et de lesbiennes à la télé.

— Et c'est un network privé donc nous sommes bien plus libres de montrer ce que nous voulons.

Charlie se remémorait bien la scène écrite la veille avec les scénaristes mettant en scène Aretha, la cheffe du réseau d'espionnes, qui avait interrogé une suspecte de manière effectivement très intéressante.

— Je suis tellement enthousiaste que j'ai envie de bondir hors de ma chaise, affirma Ava en regardant Charlie droit dans les yeux de nouveau.

Et cette fois, avec les quelques verres de vin et de champagne bus, Charlie ne put s'empêcher de rougir lorsqu'Ava l'interrogea.

— La date de la première est prévue quand ?

— Je ne sais pas si j'ai le droit de le dire. La chaîne n'a pas encore donné l'info.

— Oh allez, dit Ava en posant sa main sur celle de Charlie, ton secret est en sécurité avec nous.

Charlie était comme hypnotisée par la main d'Ava sur la sienne. Jamais plus elle ne laverait cette partie de son corps. Ava garda sa main sur la sienne quelques instants supplémentaires mais il était clair qu'elle était très tactile et que ses émotions – et ses impatiences – passaient par beaucoup de gestes. Charlie était suffisamment aguerrie pour savoir qu'il ne fallait pas en tirer de conclusions mais le feu qui s'était embrasé en elle lorsqu'Ava l'avait prise dans ses bras à son arrivée ne fit que grandir.

— Très bien, si vous promettez tous de ne pas répéter ce que je vais vous dire…

Elle jeta un œil autour d'elle. Eric semblait ailleurs, comme s'il n'était pas vraiment intéressé par la série télé sur laquelle Charlie travaillait, alors qu'Ava et Sandra semblaient très enthousiastes.

— Je le jure, dit Ava en levant deux doigts en signe de promesse.

— Je suis attachée de presse. C'est mon boulot de garder les secrets des autres. Et ils sont souvent plus gênants que la date de la première d'une série très hype. Donc oui, évidemment, tu as ma parole, expliqua Sandra.

— Oui, oui, intervint Nick. De toute façon quelqu'un de l'équipe va bientôt faire fuiter l'info. Dis-le nous, pas besoin d'en faire une histoire.

Charlie le foudroya du regard et reprit :

— Les négociations avec Elisa sont en cours, on avait un plan B au cas où elle se retirerait du projet au dernier moment, et donc nous commençons le tournage dans deux semaines.

Charlie avait envie d'imiter Ava et de bondir hors de sa chaise à l'idée de voir ses écrits prendre vie sur un écran.

— La date de la première est prévue dans sept mois à compter de ce dimanche. Le dix-sept janvier.

— Oh mais non, protesta Ava, il va vraiment falloir que j'attende si longtemps ?

— Je crois que nous savons tous que la patience n'est pas considérée comme une vertu dans cette ville, dit Eric. C'est plutôt une vraie nécessité.

— D'ailleurs, reprit Ava, je ne vais pas vous faire attendre plus longtemps pour le plat principal.

Elle se leva et se dirigea vers la cuisine.

— Tu as besoin d'aide ? demanda Sandra.

— Non. Mes invités n'ont qu'une seule chose à faire lorsqu'ils sont ici : se détendre, leur cria Ava alors qu'elle pénétrait dans la maison.

Ava leur avait présenté un ceviche de Saint-Jacques en entrée et Charlie avait hâte de connaître le plat, mais elle ne pouvait pas dire qu'elle avait faim. Elle avait un peu trop bu, oui. Et était émerveillée par Ava, absolument. Elle avait des papillons dans le ventre.

Ava sortit de la maison et amena un tagine d'agneau, et malgré son manque d'appétit, Charlie finit son assiette entièrement. Elle préférait avoir l'estomac lourd plutôt que de se montrer impolie et ne pas finir ce qu'Ava avait préparé.

— Je veux bien de l'aide pour amener le dessert par contre, déclara Ava en regardant Charlie dans les yeux comme si cette dernière était la seule personne à table.

Sandra était partie se laver les mains et Eric et Nick étaient en pleine conversation pour décider laquelle des agences artistiques était la meilleure, TPA ou bien Berkovitz. Charlie, elle, s'était retrouvée à regarder l'océan, comme si elle flottait sur un nuage de bien-être dû à l'endroit, à la cuisine exquise et la non moins exquise compagnie.

— Bien entendu, répondit-elle en se levant brusquement, des fourmis dans les jambes d'être restée assise dans la même position si longtemps, et elle suivit Ava dans la cuisine. Elle y avait jeté un œil plus tôt dans la soirée en allant aux toilettes mais elle avait désormais tout le loisir d'observer la pièce et elle fut éblouie par son équipement professionnel.

— C'est la pièce la plus importante de ma maison, expliqua Ava qui avait bien compris que Charlie était admirative.

— Je peux t'assurer que c'est la pièce la moins importante chez moi, rétorqua-t-elle sans réfléchir. Après tout, elle était toute seule dans une pièce avec Ava. Son cerveau refusait de fonctionner correctement.

— On devrait peut-être faire en sorte que ça change un de ces jours, lui répondit Ava dans un sourire malicieux. Je peux te donner quelques cours de base si c'est ce que tu cherches.

Ce que je cherche ? Charlie ne savait pas répondre à cette question mais si Ava proposait de passer du temps avec elle, elle allait accepter avec grand plaisir. Mais elle ne put proposer qu'un petit rire embarrassé.

Ava fouilla dans son congélateur et en sortit de la glace.

— Elle est faite maison évidemment, dit-elle. Elle souleva le couvercle et Charlie, bien que n'ayant plus faim, se sentit impatiente de la goûter.

— Je vais mettre des boules de glace sur du café chaud et il va falloir être rapide. C'est pour ça que je t'ai demandé de m'aider, expliqua-t-elle.

— Bien sûr oui, à ton service, répondit Charlie en s'appuyant nonchalamment contre une étagère. Elle était convaincue que sa prétendue nonchalance ne trompait personne. Mais Ava devait avoir l'habitude de voir des admiratrices se comporter bêtement donc elle cessa de s'inquiéter de l'image qu'elle donnait et elle se concentra plutôt sur l'efficacité méthodique d'Ava. Quelques minutes plus tard, les deux premiers desserts étaient prêts et Charlie fit de son mieux pour ne pas trébucher en les amenant à table.

Lorsqu'elle retourna à la cuisine, Sandra y était avec Ava.

— Je m'en occupe, ma belle, dit-elle. Retourne donc t'asseoir.

Le soleil s'était désormais complètement couché et l'océan formait une masse sombre dans la continuité du ciel. Charlie s'imagina Ava venant ici les matins, en robe de chambre, prendre un café avant de démarrer sa journée. Sa robe de chambre s'ouvrirait peut-être laissant apercevoir un peu de cette peau douce et appétissante…

— Et voilà, annonça Ava et posant devant Charlie un Affogato. J'espère que tu vas aimer. De mon côté, à partir de maintenant je me détends complètement.

— Je croyais que proposer à tes amis des plats succulents était ta façon de te détendre, intervint Nick.

— Ça l'est, confirma Ava en prenant une cuillérée de glace. Puis elle lécha sa cuillère d'une façon que Charlie n'allait pas oublier de sitôt. Mais j'ai 45 ans et je suis fatiguée les soirs en ce moment.

Comme c'était rafraîchissant, se dit Charlie, d'entendre une femme à Hollywood avouer sans gêne qu'elle avait dépassé les quarante ans. Ava l'avait impressionnée tout au long de la soirée.

Après des au revoir très élaborés à base de bises et d'étreintes, Charlie se retrouva à nouveau sur la banquette arrière de la voiture de Nick.

— Et l'on dit qu'il ne faut jamais rencontrer ses héros, dit-elle comme pour elle-même. La personne qui a dit ça se trompe complètement.

— Et ce crush, Charlie, ça se passe comment ? lui demanda Nick. J'ai l'impression qu'il est bien là, non ?

— J'ignorais que des gens comme elle existent pour de vrai. Il va falloir que je revoie ma position sur la magie de cette ville, soupira Charlie. Elle est parfaite, elle n'a aucun défaut et elle nous fait tous ressembler à des pauvres hères qui tentent d'exister dans la vie.

— Parle pour toi, rétorqua Nick en lui donnant un petit coup de coude. Je me considère comme plutôt accompli.

Charlie aurait eu tellement de choses à répondre, mais elle n'avait plus l'énergie pour. Elle décida d'utiliser les quelques forces qui lui restaient pour se remémorer Ava léchant sa petite cuillère.

CHAPITRE 4

— Il faut vraiment qu'on aille à ce truc ? demanda Charlie à Liz.

Les producteurs leur avaient envoyé une voiture et elles étaient donc sur Mulholland Drive en route vers l'une des villas les plus chic d'Hollywood.

— Toi non. Tu es Charlie Cross. Tu vas rapporter à ce type une montagne de fric. Mais moi, oui, répondit Liz en posant sa main sur le genou de Charlie. Merci de m'aider à fayoter auprès de mon employeur, ma belle.

Liz la regarda en battant des cils exagérément et déclara :

— Tu peux me demander ce que tu veux en échange.

— C'est grâce à toi que j'ai appris à connaitre ce noble sport qu'est le softball. Donc c'est moi qui te suis redevable.

Charlie jeta un œil à Liz qui avait l'un des visages les plus agréables de tous ceux qu'elle avait croisés à LA. Charlie s'estimait heureuse de la compter parmi les quelques amis qu'elle avait ici.

— Je ne suis pas fan de ce genre de soirée alcoolisée moi non plus mais je suis tellement contente de pouvoir y aller !

La voix de Liz trahissait son enthousiasme. Abe Eisenberg,

le patron d'EBC, organisait une grande fiesta pour fêter ses cinquante ans et il avait invité la moitié d'Hollywood.

La voiture prit quelques virages puis s'arrêta.

— Allez, souris, Lizzie, déclara Charlie en sortant de la voiture du côté passager, car quelqu'un lui avait ouvert la portière.

— Ouh là là, s'exclama Liz.

Elle portait sa veste de tailleur très classe pour l'occasion.

— Effectivement, répliqua Charlie, admirant la magnifique demeure bien éclairée face à elle.

Jo aurait adoré l'accompagner à cette soirée, car ça lui aurait donné l'occasion de se promener librement et d'admirer le travail d'un architecte d'intérieur de classe mondiale.

— C'en est même gênant, ajouta-t-elle.

Un homme vêtu d'un smoking les accompagna à l'intérieur, là où la soirée semblait déjà battre son plein.

— Voyons qui nous connaissons, dit Liz en observant le salon.

Charlie regarda autour d'elle. La pièce était au moins deux fois plus grande que le grand loft dans lequel elle vivait avec Jo à New York.

— Tiens, il y a Michelle, fit Liz en agrippant le bras de Charlie. Allons donc saluer la cheffe de notre série adorée.

En chemin on leur proposa du champagne que Charlie accepta avec empressement. C'était étrange d'être invitée à la soirée d'anniversaire – en plus pour fêter ses cinquante ans – d'un homme qu'elle connaissait à peine. Elle avait rencontré Eisenberg quelques fois mais il avait invité toutes les personnes qui travaillaient sur *Underground* et probablement toutes les autres séries d'EBC.

— J'ai entendu dire qu'il organisait cinq soirées, expliqua Michelle. C'est la première. L'échauffement j'imagine.

— C'est tellement gentil de sa part de nous inviter ici. Cet endroit est dingue, répondit Liz.

Ses yeux ne cessaient de s'arrondir de surprise au fur et à mesure qu'elle regardait autour d'elle. La plupart des meubles étaient blancs, avec quelques touches de turquoise et de bleu plus foncé.

— Vous êtes allées dehors ? demanda Michelle. Je pense qu'une centaine de personnes peut se baigner dans sa piscine, en même temps.

— Allons voir ça, déclara Liz en finissant son champagne avant de se voir offrir une nouvelle coupe, comme par magie. Tu viens, Charlie ?

Charlie finit son verre et en accepta un autre avec joie. Elles se frayèrent un chemin parmi tous ces gens que Charlie n'avait jamais vus avant. De l'autre côté du salon, des portes-fenêtres coulissantes étaient ouvertes et permettaient une transition parfaite entre l'intérieur de la maison et l'extérieur, avec une vue incroyable sur le magnifique jardin bien éclairé, la grande piscine et une vue sublime sur toute la ville.

— Seigneur, murmura Charlie.

— Elisa Fox vit probablement dans une maison de ce genre, dit Liz. Si on se débrouille bien, on devrait s'y faire inviter.

— Charlie ? dit quelqu'un que Charlie ne parvint pas immédiatement à identifier. C'est moi, Sandra, tu te souviens ?

Sandra, l'amie et agent d'Ava Castaneda la prit par les épaules et l'embrassa légèrement sur les joues.

Évidemment que Charlie s'en souvenait. Chaque menu détail de sa soirée du samedi précédent était gravé pour toujours dans sa mémoire. Charlie présenta Sandra à Liz et elles échangèrent quelques paroles agréables.

— Abe et moi..., commença Sandra avant d'être interrompue par une voix que Charlie aurait reconnue entre mille.

— Charlie ! s'exclama Ava, et comme c'était la norme à Hollywood, elle prit Charlie dans ses bras comme si elles étaient amies depuis des années alors qu'elles n'avaient dîné ensemble qu'une seule fois.

Ceci dit, c'était loin de déranger Charlie. Être dans les bras d'Ava avait été bien trop court à son goût. Mais la soirée prenait une toute nouvelle saveur.

Après avoir présenté Ava à Liz, Charlie lui demanda :

— Comment peux-tu n'être invitée qu'à la soirée d'échauffement ?

— Ah mais je n'étais même pas invitée, répondit Ava. J'accompagne Sandra.

Ava semblait ne pas s'en formaliser et elle fit un grand sourire à Charlie. Elle portait une robe orange décontractée qui faisait ressortir les petites touches ambrées de ses yeux. Les fines bretelles de sa robe mettaient en valeur ses épaules et Charlie n'en perdit pas une miette.

— Mesdames et messieurs, votre attention s'il vous plaît, annonça une voix dans les enceintes. L'attraction musicale est arrivée.

La musique d'ambiance fut remplacée par une chanson de Bollywood et une dizaine de danseurs vêtus de couleurs vives apparurent aux quatre coins du jardin.

— Ah super, cria Ava pour se faire entendre sur la musique. J'adore ça.

Elle se mit à bouger ses hanches au rythme de la musique.

Tout le monde se regroupa sur la terrasse, entre la maison et la piscine et tous les regards se tournèrent vers les danseurs et leur chorégraphie compliquée.

— Et toi, Charlie ? lui chuchota Ava à l'oreille, tu aimes danser ?

Charlie se tenait entre Ava et Liz et elle ressentait sur sa peau la chaleur de leurs deux corps. Elle planta ses yeux dans ceux d'Ava et tenta d'ajouter un peu de style à sa voix, même si elle était prise de court par la question.

— J'ai un certain savoir-faire.

Ava haussa les sourcils en guise de surprise et lui répondit :

— Je serais ravie de voir ça un de ces jours.

Elle fit un petit clin d'œil à Charlie et s'intéressa de nouveau aux danseurs tout en bougeant ses hanches avec un peu plus d'abandon – sans se soucier, apparemment, du fait qu'elle effleurait souvent Charlie en dansant. Charlie, elle, s'en souciait franchement.

Les danseurs firent deux chorégraphies qui furent reçues avec des tonnerres d'applaudissements puis Abe s'avança et fit un discours. Charlie tenta de l'écouter mais elle ne réussit à se concentrer que sur ses réactions à être si proche d'Ava.

— Je vais voir si je trouve Michelle, j'ai quelque chose à lui demander, déclara Liz une fois que la foule se dispersa après le discours d'Eisenberg.

Elle fixa Charlie du regard une fraction de seconde de plus que ce qui était nécessaire pour annoncer quelque chose d'aussi basique puis elle pivota et laissa Charlie en compagnie d'Ava.

— C'est le moment idéal pour montrer ce savoir-faire, déclara Ava.

La musique avait repris, c'était une chanson des années soixante mais Charlie ne se souvenait plus du titre.

Charlie chercha Sandra des yeux mais elle la vit en pleine conversation avec une femme que Charlie reconnut comme travaillant chez EBC.

— Allez, Charlie, ne sois pas timide.

Ava la saisit par le poignet et la guida vers un coin de la terrasse qui servait aussi de piste de danse. Quelques personnes courageuses l'occupaient déjà, bougeant leurs hanches, les mains en l'air. Ava les imita, lâchant la main de Charlie et balançant ses longs cheveux bruns de gauche à droite, sur le rythme de la musique.

Charlie n'avait plus le choix. Elle devait danser avec Ava. C'était tout sauf une corvée. Charlie se mit à bouger en rythme avec la musique et se rapprocha petit à petit d'Ava. Cette chanson serait peut-être suivie par un slow et…

— J'adore cette chanson, lui dit Ava.

En dansant, sa robe bougeait sur son corps, révélant un genou, voire parfois une cuisse. Elles dansèrent l'une à côté de l'autre sans dire un mot sur la chanson suivante. Lorsque Charlie aperçut un serveur avec un plateau chargé de verres, elle en prit deux et en offrit un à Ava.

— Cela fait très longtemps que je ne me suis pas amusée comme ça un mardi soir, déclara Charlie.

— Tu as vraiment du savoir-faire, Charlie, répondit Ava.

— Tu peux parler.

La veille au soir, Charlie avait regardé une rediffusion de *Knives Out*, et avait tenté de comparer la façon dont Ava léchait sa cuillère à la télé et dans la vraie vie.

— Tu veux t'asseoir un petit peu ? interrogea Ava.

— Avec plaisir.

Plutôt que de choisir l'une des nombreuses tables de la terrasse, Ava l'entraîna vers la piscine, là où deux chaises longues étaient disposées.

Ava s'installa sur l'une des deux avec élégance, une élégance que Charlie ne pouvait qu'admirer. Elle-même s'assit et fit tourner son verre de vin entre ses doigts.

— Je fais une relecture de *Les Rivières Pleurent* expliqua Ava. C'est complètement différent de lire un livre quand on a rencontré l'autrice.

— J'ai regardé une rediffusion de *Knives Out* hier soir et je suis d'accord. C'est une expérience complètement différente, acquiesça Charlie.

Ava se mit à rire.

— Ce n'est pas tout à fait la même chose.

Elle avait une main derrière la tête et elle semblait complètement détendue.

Charlie but une gorgée de champagne pour se calmer. Par rapport à la situation présente, danser avec Ava avait été facile.

— Mes recherches minutieuses indiquent que tu lèches une

cuillère avec davantage d'abandon loin des caméras, dit-elle en tâchant de ne pas quitter Ava des yeux.

Elle n'y parvint cependant pas.

— Je fais tout avec davantage d'abandon loin des caméras. Mais…

Ava s'interrompit pour prendre une gorgée de son verre. Elle reprit :

— Lors du tournage de la prochaine saison, je ferai en sorte de proposer une excellente version de moi léchant une cuillère, pour toi, Charlie.

Ava se mit à rire et c'était tellement agréable que Charlie voulut la faire rire de nouveau. Et vite.

— Je peux t'assurer que je serai devant mon écran.

— J'ai une question plus sérieuse à te poser par contre, déclara Ava, toujours souriante.

Charlie se pencha vers elle, le cœur battant.

— Tu es chez Lynch & Archer, c'est bien ça ? Ils me proposent un contrat très généreux pour écrire un livre.

— Vraiment ? C'est une excellente nouvelle.

— Je ne suis pas certaine d'avoir envie de le faire. Quiconque a fait de la télé pendant cinq minutes sort un livre en ce moment. Je vais peut-être paraître snob mais… moi, j'aime la littérature. Pas les mémoires insipides d'une célébrité.

Ava se redressa. Peut-être que le ton de cette conversation l'amenait à prendre une pose moins lascive.

— Moi, par contre, j'adore lire des histoires croustillantes, répliqua Charlie.

— Tu n'es pas la seule. Ces livres se vendent comme des petits pains, ce qui rend cette proposition très tentante mais… je ne sais pas. Je pense que j'aimerais proposer quelque chose d'autre. Quelque chose avec un peu plus de contenu.

— Si c'est toi qui écris le livre, tu peux choisir de lui donner autant de profondeur que tu le souhaites, expliqua Charlie.

— Mais personne n'a envie de lire ça. Ce que les gens

veulent, c'est que je parle de mes relations amoureuses et de comment j'ai fait pour percer à Hollywood.

Ava fit la moue.

Charlie, quant à elle, aurait adoré lire les mémoires d'Ava.

— Il faudrait ajouter des secrets jamais encore dévoilés, afin que la promotion du livre fonctionne à plein.

— Évidemment, oui, acquiesça Ava, souriante à nouveau. Bref, c'est un problème de riche.

— Cette ville entière est un problème de riche.

— Ah vous êtes là, interrompit Sandra en les rejoignant. Il ne faut pas rater Abe découpant un gâteau gigantesque en forme de télévision.

— J'espère que c'est un écran plat de plus de 150 cm, déclara Charlie.

— Cet homme adore la télévision. Il n'y a rien d'autre à ajouter, répondit Sandra tout à fait sérieusement.

Ava se leva et posa la main sur l'épaule de Charlie.

— On continuera notre conversation plus tard.

Elles reprirent la direction de la fête. Sandra n'avait pas raconté de bêtises. Un gâteau gigantesque en forme de télévision avec le logo d'EBC sur l'écran trônait au milieu du salon.

Charlie retrouva Liz et pour le reste de la soirée, à chaque fois qu'elle cherchait Ava du regard, cette dernière discutait avec quelqu'un d'autre. Charlie n'avait aucune envie d'être celle qui allait interrompre une conversation. Elles devraient donc trouver un autre moment pour continuer leur discussion. Charlie était extrêmement impatiente.

CHAPITRE 5

Charlie était assise dans le jardin de Nick et Jason lorsque Nick lui dit :

— Comment ça tu es tombée sur Ava lors d'une soirée ? Quelle soirée, et quand ?

Nick tapota la table nerveusement.

Il était un public conquis d'avance, surtout sur ce genre de choses, et Charlie adorait ça. Elle lui raconta la soirée d'EBC chez Abe Eisenberg et ajouta :

— On a bien discuté elle et moi.

Charlie s'était rejoué la scène de sa conversation avec Ava des millions de fois dans sa tête depuis. Elle ajouta :

— Et je me trompe peut-être mais… j'ai eu l'impression qu'elle flirtait avec moi un petit peu.

Nick écarquilla les yeux et déclara :

— Eh bien tu as peut-être raison, Charlie, parce que regarde un peu ça.

Nick toucha plusieurs fois l'écran de son téléphone puis il le montra à Charlie.

> Nickie, tu pourrais me passer le numéro de Charlie Cross s'il te plaît ?

— Mais non ! fit Charlie en tâchant d'être la plus dramatique possible. Elle t'a envoyé ça quand ?

— Juste avant que tu arrives. Jason en est témoin. Je ne garderais jamais ça pour moi pendant plus de 30 secondes, mais vu que tu venais nous voir, je me suis dit que ça pouvait attendre de te le dire en personne.

Il fit tourner le vin rouge dans son verre.

— Tu lui as répondu quelque chose ?

— Non. Je voulais ta permission avant. C'est Hollywood, chérie. Les numéros de téléphone personnels sont précieux.

Charlie était à deux doigts d'avoir des palpitations.

— Mais envoie-lui mon numéro maintenant, enfin !

— Pourquoi est-ce si palpitant ? demanda Jason. L'enthousiasme me gagne moi aussi, Charlie.

Charlie dut s'empêcher d'avoir des pensées trop farfelues.

— Elle est hétéro à cent pour cent, hein ? répondit-elle brusquement.

Nick leva les yeux au ciel.

— Toi et tes pourcentages ridicules, dit-il en écartant enfin les doigts de son verre de vin. Quand est-ce que tu vas oublier ça ? Tu devrais avoir compris depuis le temps. Et en plus, c'est très irrespectueux pour beaucoup de gens.

— Pourquoi ? C'est mon système personnel. Je ne juge personne, je ne fais que me protéger.

— Oui, oui, oui, bien sûr, répondit Nick en la foudroyant du regard. On ne parle plus de pourcentages ce soir et j'envoie ton numéro à Ava dans la foulée.

— Oui, vas-y s'il te plaît, répondit Charlie en criant presque.

Elle était dans tous ses états. Elle se sentait presque hors de son propre corps de joie. Nick prit quelques secondes pour composer un message.

— Voilà, c'est fait.

Charlie ne quittait pas des yeux son téléphone au cas où il aurait une réponse.

— Essaie de la jouer détendue, chérie. En plus, Jason a une nouvelle à partager. Tout ne tourne pas autour de toi, tu sais ?

Charlie posa ses yeux sur Jason. Il était tellement grand, mystérieux. Si Nick pouvait mettre la main sur un homme aussi beau, pourquoi Charlie ne pourrait-elle pas, même une fraction de seconde, se laisser aller à fantasmer sur elle et Ava Castaneda ? Cette ville était remplie de fantasmes. Et elle avait besoin de quelque chose à faire pendant son temps libre, pendant ces longues heures avant de s'endormir. Et c'était cent fois mieux que de revivre les souvenirs de sa vie révolue avec Jo.

— Je suis rentré de New York ce matin, commença-t-il avant de s'interrompre à dessein.

Charlie connaissait déjà la direction de cette discussion, mais elle était d'excellente humeur, le regard toujours attiré par le téléphone de Nick, et elle retint le soupir habituel qu'elle poussait lorsqu'elle avait des nouvelles de Jo.

— Et j'ai vu Jo, comme d'habitude.

Nick et Jason étaient des amis de Jo à l'origine. Elle avait noué une amitié avec Jason lorsqu'ils étaient devenus collègues dix ans auparavant. Et malgré leur rupture compliquée et le fait que Charlie soit convaincue qu'elle n'avait rien à se reprocher, elle ne pouvait pas en vouloir à Jason d'avoir gardé contact avec son ex.

— Sa boîte veut l'envoyer à LA pour quelques mois. Elle a réalisé le penthouse d'Alex Duffy sur Park Avenue et il a demandé personnellement à ce que ce soit elle qui s'occupe de sa maison à Hollywood.

— Tu te fous de moi ? répliqua Charlie qui sentit sa bonne humeur fondre comme neige au soleil de Los Angeles. Pas question qu'elle vienne ici.

— Elle peut difficilement refuser, expliqua Nick. C'est sa

porte d'entrée avec des gens pleins aux as. Elle serait folle de dire non.

— Et moi ?

— Mais quoi, toi ? intervint Nick.

Jason ne lui aurait jamais parlé sur ce ton. Il l'aurait pensé mais jamais énoncé.

— Ça va faire dix mois que vous avez rompu, reprit Nick.

Neuf mois et vingt jours, pour être exacte. Elle se tourna vers Jason dans l'espoir de lire un peu de compassion sur son visage.

— Jo m'a demandé si, à mon avis, tu serais OK à cette idée.

— J'espère que tu lui as répondu non.

Charlie se sentit retomber dans cette spirale de désolation pour elle-même.

— Mais, ma chérie, ce n'est pas à toi de décider. Tu ne peux pas refuser à ton ex une telle opportunité professionnelle juste parce que tu te sentirais un peu inconfortable de la savoir dans la même ville que toi. Grandis un peu.

Jason posa sa main sur le bras de Nick et dit :

— Laisse-la tranquille, chéri.

— Non, Jase, ça suffit. Ça dure depuis combien de temps ? s'enquit-il en regardant tour à tour Jason puis Charlie. Oui, elle t'a quittée. Oui elle est en couple avec un homme désormais. Ce sont des choses qui arrivent. La vie arrive. Et tu n'as pas le droit de faire comme si tu n'y étais absolument pour rien dans la fin de votre relation. Tu l'as quasiment poussée dans les bras de Christian.

Charlie resta figée sur sa chaise, la bouche entrouverte, la surprise l'emportant sur le reste. Nick venait bien de tenir ces propos ? Ou bien venait-elle d'entrer dans un univers parallèle où la semaine écoulée – la première semaine depuis son arrivée à LA où les choses semblaient lui réussir – ne s'était pas produite ? Un univers où son ex allait s'installer dans sa ville et où la personne qu'elle considérait comme son meilleur ami venait de lui dire que c'était de sa faute si Jo était redevenue hétéro ?

Jason, toujours désireux d'apaiser les choses, déclara :

— Ne fais pas attention à lui, Charlie, il est à cran. Il n'a pas obtenu le rôle dans *Dream Makers*. C'est Patrick Girardeau qui l'a eu.

— Ces Français sont en train de coloniser la ville, marmonna Nick.

L'espoir d'intégrer le casting de ce projet lui tenait très à cœur mais cela n'excusait pas le fait qu'il tienne Charlie pour responsable de sa rupture avec Jo.

— Je suis navrée, Nickie. Pourquoi tu n'as rien dit ?

— Je ne veux pas en parler.

— Certains préfèrent ruminer en silence. Il va s'en remettre, déclara Jason en passant son bras autour des épaules de Nick. Et puis il m'a, moi.

Nick posa sa tête sur l'épaule de Jason. Charlie préféra ne pas insister, elle lui demanderait plus tard ce qu'il pensait réellement de sa rupture.

Jason reporta son attention sur Charlie et dit :

— Jo arrive la semaine prochaine pour voir la maison une première fois. Je me suis dit qu'il fallait que tu saches qu'elle serait en ville, OK ?

— Elle loge chez vous ? demanda Charlie.

Elle adorait la maison de Nick et Jason, son intérieur incroyable et son petit jardin si beau. C'était l'endroit où elle pouvait se détendre, loin des bars, loin des autres femmes, loin des attentes des gens. Et loin de ses propres pensées destructrices.

— Sa boîte lui a pris une chambre dans un hôtel. Et si elle décide d'accepter la mission, ce sera temporaire. Sa vie est à New York.

Sa vie *sans* moi, *avec* nos chats et cet abominable type barbu.

— Peu importe, répondit Charlie qui ne se sentait pas prête à faire bonne figure.

Pas encore, tempéra-t-elle. Est-ce qu'elle pouvait encore jouer cette carte et être crédible après avoir été quittée près de dix mois auparavant ? En plus elle n'était plus vraiment accro à Jo. Le temps avait fait son œuvre et avait pansé certaines blessures. Mais la façon dont tout s'était joué lui laissait un goût détestable en bouche.

— Charlie, je suis désolé, lui dit Nick. Je n'aurais pas dû dire tout ça.

— C'est pas grave, répondit Charlie en passant du visage sombre de Nick à son téléphone qui s'illumina à cet instant précis.

— Oh là là, s'écria Charlie, c'est elle ?

Nick prit son téléphone et lut le message.

— Désolé, ma chère. C'est mon agent. Encore pour me consoler.

Charlie commençait à se demander quel type d'amie elle était si Nick ne se sentait pas capable de partager de mauvaises nouvelles avec elle.

— Alors ? relança Jason, les sourcils levés en signe d'intérêt, tandis que Nick répondait à son agent. Il paraît que tu as rejoint une équipe de softball. Tu as rencontré des gens intéressants ?

Charlie s'était rendue au match de *son* équipe le dimanche passé, mais elle avait été tellement obnubilée par des images d'Ava qu'elle ne s'était pas attardée.

Pourtant, pendant une pause, Liz lui avait assuré qu'après l'entraînement du mercredi, elle pourrait jouer contre les *Mound Mermaids*.

— Je ne sais pas encore, répondit Charlie en haussant les épaules. Peut-être.

L'idée que Jo puisse passer du temps à LA serait peut-être le déclencheur pour qu'elle soit ouverte à la possibilité d'avoir un date. Et Josie était très mignonne.

La sonnerie de son téléphone la fit sursauter. Elle le sortit rapidement de sa poche.

Un numéro inconnu apparut sur l'écran, avec un message texte. Charlie ne donnait pas facilement son numéro, ça ne pouvait donc être qu'une seule personne. Elle sentit son cœur s'emballer en faisant glisser son pouce pour déverrouiller son téléphone.

> On le fait ce cours de cuisine ? (tu regardes et moi je cuisine pour toi) ;-) Ava C.

Trop enthousiasmée pour parler, Charlie montra son téléphone à Nick et Jason. Aucun d'eux ne fit le moindre commentaire pendant plusieurs secondes. Ses doigts tremblaient tellement que son téléphone s'en échappa presque lorsqu'elle le reprit en main pour observer le message.

— Je dois attendre combien de temps avant de répondre ?

— Ce n'est même pas la peine de faire semblant de la jouer cool, répliqua Nick. Réponds-lui *Oui, quand tu veux*. Et c'est tout.

— J'ai un agenda très chargé, répliqua Charlie avec malice.

— Ah oui, elle a softball désormais, acquiesça Jason, pince-sans-rire.

Ils se mirent tous à rire. Nick et Jason semblaient aussi nerveux que Charlie.

— C'est dingue, reprit Charlie qui avait toujours du mal à croire qu'elle avait un message d'Ava Castaneda elle-même sur son téléphone.

— D'ailleurs, Miss Cross, tu ne m'as jamais parlé de ce cours de cuisine, déclara Nick sur un ton de reproche. Tu ne sais toujours pas que tu dois me tenir informé de ce genre de choses ?

— On s'est taquinées lorsque je l'ai aidée à préparer son dessert. J'ai avoué ne jamais utiliser ma cuisine. Et elle m'a proposé de m'apprendre les bases.

Nick joignit ses mains et les porta à son visage, avec exagération, sa bouche grande ouverte bien visible entre ses doigts.

— Et voilà, dit-il en ôtant ses mains. Il n'aura fallu que quelques heures en ta présence pour effacer au moins un pour cent de son hétérosexualité.

Jason lui mit une petite claque sur la main avec malice.

— Laisse-la tranquille. C'est un grand moment pour Charlie.

Charlie décida d'ignorer cette remarque de Nick et se mit à taper sa réponse. Elle effaça les trois premières.

— Écrire c'est ton métier. Dis quelque chose de cool et plein de sous-entendus, lui conseilla Nick qui ne pouvait s'empêcher de donner son avis.

— Savoir écrire n'a rien à voir avec le fait de répondre parfaitement à une offre de dîner en tête à tête par message texte, répondit Charlie. C'est bien plus difficile.

— Et tu pourras même l'admirer en pleine action, reprit Nick en faisant semblant de lécher une cuillère. Ouh là là.

Charlie, convaincue qu'il valait mieux rester simple, appuya sur *envoyer*.

———

Sur le chemin du retour, Charlie se retint de se pincer plusieurs fois pour se convaincre qu'elle n'était pas en train de rêver. Vendredi soir, elle avait un rendez-vous avec Ava Castaneda.

Elle serait chez Ava en train de la regarder cuisiner, puis elle dînerait avec Ava tout en contemplant l'océan.

On n'était que mardi. Comment allait-elle faire jusqu'à vendredi ?

Charlie venait à peine d'entrer chez elle qu'elle entendit le ding de son téléphone indiquant un nouveau message d'Ava.

> Je suis toujours dans Les Rivières Pleurent. C'est vraiment différent de ma première lecture.

Un grand sourire prit place sur le visage de Charlie. Elle se laissa tomber sur son canapé et réfléchit à une réponse appropriée.

> Combien de cuillères vas-tu lécher pour moi vendredi ?

Charlie n'était pas convaincue qu'Ava avait flirté avec elle lors de la soirée le jeudi précédent – c'était peut-être simplement sa personnalité – mais Charlie était convaincue qu'*elle* était entrée dans le monde des messages équivoques. C'était bien plus simple de garder son sang-froid sur son téléphone. En plus, Ava était hétéro. Et parfois, devenir amie avec quelqu'un pouvait nécessiter un petit peu de flirt platonique.

Ava mit du temps à répondre. Pour s'empêcher de conclure qu'elle s'était montrée trop entreprenante avec son dernier message, Charlie parcourut le compte Instagram d'Ava pour voir si quelque chose de nouveau s'était produit depuis sa dernière visite. Ava avait posté une photo un peu artistique de son repas – et un poulet rôti n'avait jamais semblé aussi diablement appétissant.

Au moment où Charlie appuyait sur le cœur pour liker la photo d'Ava, son téléphone se mit à sonner. Charlie fut tellement surprise qu'il lui échappa sur ses genoux. Elle le récupéra et vit *Ava Castaneda* inscrit en grandes lettres bien visibles sur son écran.

— Bonsoir, fit Charlie qui tenait à donner une impression de confiance.

— Je peux en lécher autant que tu le souhaites, Charlie, dit Ava, mais c'est la seconde fois que tu changes brutalement de sujet dès que je parle de *Les Rivières Pleurent*. Tu veux m'en parler ?

— Je pense que te parler est une trop grande distraction.

— Ah oui ? Et pourquoi ça ? Et tu as interdiction d'utiliser le mot cuillère.

Est-ce que c'était de la séduction ? Ou autre chose ?

— Tu as raison, confessa Charlie. Je n'aime pas trop en parler. Mais d'ailleurs, puisque l'on parle de livres…parlons de ton livre potentiel. Pourquoi tu n'écrirais pas avec un angle culinaire ? Ton Instagram est rempli de photos plus appétissantes les unes que les autres. Tu pourrais raconter ta vie grâce à des anecdotes culinaires. J'imagine que tu en as un sacré paquet.

Charlie improvisait totalement dans l'espoir de ne pas paraître trop entreprenante.

— J'ai effectivement pensé à faire quelque chose lié à la cuisine mais pas de cette façon. Merci, Charlie.

— Je t'en prie, répondit Charlie, un peu plus détendue.

— J'ai hâte de t'avoir à la maison vendredi. Et j'essaierai de ne pas parler de ton roman, ajouta-t-elle en laissant échapper un petit rire.

Après ce coup de fil, Charlie allait devoir débriefer avec Liz et Nick.

— Et je ne jetterai même pas un œil à une cuillère.

— C'est ce qu'on verra, répondit Ava. Bonne nuit, Charlie.

— Bonne nuit.

Elles raccrochèrent et Charlie se retrouva à fixer son téléphone pendant un long moment. Elle n'était pas stupide. Elles flirtaient. Ava flirtait avec elle et dans quelques jours, Charlie allait passer la soirée dans sa merveilleuse demeure à Malibu. Charlie était à la fois absolument ravie et morte d'angoisse.

Elle alla sur Instagram et vérifia son propre compte – si elle retournait sur le compte d'Ava elle ne fermerait pas l'œil de la nuit. Elle scrolla pour regarder ses notifications et à sa grande surprise, elle vit qu'Ava avait commenté sur l'une de ses photos. C'était une photo de la version poche du dernier volume de sa série *Underground*.

Les Rivières Pleurent reste mon préféré.

CHAPITRE 6

— C'est un rendez-vous ? demanda Liz l'air très sérieux.

— Mais non, bien sûr que non.

Charlie avait réussi à s'isoler avec sa collègue et désormais coéquipière. L'entraînement de softball était fini et elle allait exploser si elle ne parlait pas à un autre être humain de ses projets. Elle et Nick avaient échangé un nombre de messages hallucinant depuis la veille au soir mais Nick étant Nick, il ne pouvait s'empêcher de saupoudrer ses conseils de remarques ironiques qui ne calmaient pas du tout Charlie.

— Ah, et donc on appelle ça comment quand une femme que l'on vient juste de rencontrer propose de vous faire à manger pour le dîner, chez elle ? interrogea Liz, décontenancée. Qui plus est quand ladite femme a flirté avec toi sous mes yeux, ajouta-t-elle.

— Heu, de l'amitié? Elle sait que je suis encore peu habituée à la ville et...

Charlie ne croyait pas un mot de ce qu'elle disait, Liz non plus, mais elle sentait qu'elle allait partir dans tous les sens si elle se laissait griser par l'idée d'avoir un date avec Ava.

— Je peux me renseigner pour toi tu sais, proposa Liz en se

rapprochant. Je peux secouer quelques branches de l'arbre à ragots lesbiens et te dire ce que je récolte.

Charlie haussa les sourcils en signe de surprise.

— Pardon, le quoi ?

— Je suis née ici et j'y ai toujours vécu Charlie. Je sais…des choses. Je sais à qui m'adresser pour des sujets plus confidentiels.

Charlie se mit à rire.

— Non ça va.

Et pourtant si elle était parfaitement honnête, elle y avait pensé. Tout pourcentage mis de côté, Charlie était parfaitement au fait de la fluidité sexuelle, des zones grises et plus important encore, de la nécessité de sauver les apparences.

— C'est toi qui vois, répondit Liz, imperturbable.

Elle était à l'évidence investie et tout ceci était apparemment important pour elle.

— Tu as des exemples de célébrités qui sont vues comme hétérosexuelles et qui ne le sont pas, selon ton…arbre ? interrogea Charlie.

— Tu as une heure ou deux à me consacrer pour que je te fasse la liste ? répondit Liz sur un ton aussi sérieux que d'habitude.

— En dépit du fait que j'ai un boulot très prenant, j'ai effectivement un peu de temps libre.

— Je plaisantais, répliqua Liz, même si l'expression de son visage disait tout l'inverse. Je ne peux pas divulguer ce genre d'information, sauf si j'avais l'impression que, sur le plan moral, c'était la chose à faire. Dans le cas d'Ava, ce serait le cas.

— Très bien, acquiesça Charlie avec des papillons dans le ventre. Secoue les branches de l'arbre pour moi.

— C'est noté, ma belle, répondit Liz en lui faisant un clin d'œil, comme si elles étaient désormais de connivence. Et donc, pour Josie ?

Charlie dirigea son regard sur les deux femmes qui étaient

assises ensemble à quelques tables d'elles, accompagnées de bouteilles d'eau et de bière.

— D'après mes informations, elle avait un pari en cours avec ses copines Andrea et Tiff pour savoir qui me séduirait en premier, répondit-elle.

— C'est vrai ? interrogea Liz qui semblait vraiment choquée. Je vais me renseigner.

Elles retournèrent avec les autres mais même avec les plaisanteries, les remarques pleines de séduction et les échanges de regard avec Josie, Charlie ne pensait qu'à une seule chose.

———

Lorsque Charlie quitta son travail vendredi soir, Liz n'avait rien pu confirmer au sujet d'Ava. Selon Liz, cela signifiait qu'elle était soit extrêmement prudente, soit qu'elle était tout simplement hétéro.

Cette information ne fit rien pour calmer les nerfs de Charlie tandis qu'elle conduisait en direction de Malibu après avoir pris deux douches et passé une heure à se lamenter devant son miroir parce que non, elle n'avait vraiment rien à se mettre pour une soirée cool avec une femme qu'elle espérait être gay mais qu'elle savait être hétéro au fond d'elle.

Elle gara sa voiture, se regarda une dernière fois dans son rétroviseur et se dirigea vers la maison d'Ava. À la différence de la première fois, la porte ne s'ouvrit pas alors qu'elle s'approchait. Charlie perdit un peu de sa contenance mais avant qu'elle ait eu le temps de frapper, la porte s'ouvrit et Ava apparut. Ses longs cheveux étaient détachés et légèrement balayés par le vent.

Charlie voulut parler mais aucun son ne sortit de sa bouche. Absolument envoûtée par Ava, elle était incapable d'aligner deux mots.

— Bienvenue, dit Ava qui était à l'évidence beaucoup moins impressionnée par Charlie que cette dernière ne l'était par elle.

Ava ouvrit grand les bras – ce que Charlie avait espéré la voir faire – et Charlie vint s'y nicher.

Ava avait un parfum de fleurs et d'agrumes et Charlie aurait facilement pu passer toute la soirée avec le corps svelte d'Ava contre elle.

Leur accolade ne dura pas suffisamment longtemps pour qu'elle se transforme en ce fantasme qui occupait l'esprit de Charlie depuis qu'elle avait reçu l'invitation. La rencontre de deux corps. Une prise de conscience. Une accolade se transformant naturellement en un bisou sur la joue et puis inévitablement, par un baiser sur les lèvres, suivi par une course folle jusqu'à la chambre d'Ava où elles arracheraient les vêtements de l'autre.

En lieu et place de tout ça, elle suivit Ava dans la cuisine, la gorge totalement nouée, les joues rosies du plaisir de leur brève étreinte et l'esprit complètement embrumé par ce qui se passait. Oui, Charlie était là pour apprécier la compagnie d'Ava et sa cuisine, mais sa mission principale était de savoir pour quelle véritable raison Ava l'avait invitée. Était-elle ici simplement pour parler bouquins et obtenir quelques astuces culinaires ?

— J'ai décidé de faire quelque chose de plutôt simple comme ça ce sera facile pour toi de participer, expliqua Ava en se laissant aller contre le bar dans la cuisine. J'aurais pu choisir du très simple mais quelque chose me dit que tu seras à la hauteur, Charlie.

La façon dont Ava prononçait son nom – pas si différente de celle dont Nick et Liz le disaient si l'on était objective – lui donnait des palpitations comme si Ava caressait lentement son corps. Le genre de promesse qui l'électrisait.

Elle aurait dû *relâcher la pression* avant d'arriver. Elle avait essayé mais n'avait pas réussi à aller au bout. C'était peut-être à cause de cette boule de stress dans son ventre. Charlie n'identifiait pas vraiment ce qui l'avait arrêtée. Rien que l'idée de venir ici, d'imaginer ce rendez-vous qui n'en était pas un avec Ava, elle s'était sentie paralysée et ses doigts s'étaient mis en grève.

Et elle était donc là, consumée par son désir, tandis qu'Ava lui jetait un sourire encourageant.

— D'abord, buvons, dit-elle. Tu as amené quoi ?

Charlie lui tendit la bouteille de Château Margaux 1999. À cause de son travail, Ava était très tranchée, dans ses interviews, sur ses goûts en matière de nourriture et de vin. Charlie n'avait pas eu à chercher beaucoup pour trouver quel était son vin préféré.

— Oh là là, fit Ava en la regardant, pleine de séduction.

Charlie eut immédiatement en tête les paroles de la chanson *Bedroom Eyes.*

Ava posa la bouteille sur le bar de la cuisine et tendit le tire-bouchon à Charlie.

— Je te laisse faire ? Il faut sûrement le laisser respirer un petit moment.

Ouvrir une bouteille de vin était probablement l'activité que Charlie maîtrisait le plus dans une cuisine et se voir chargée de cette mission lui redonna un peu de confiance en elle. Alors qu'elle s'occupait de la bouteille, elle se dit silencieusement de ne pas trop boire. Elle détesterait se rendre ridicule. Après tout, c'était un rendez-vous amical. Des amies n'étaient pourtant pas pleines de désir comme elle-même l'était pour Ava. Elle décida donc qu'elle allait se ressaisir une fois qu'elle aurait ouvert cette bouteille.

Elle n'était plus une adolescente facilement impressionnable. Elle avait trente-huit ans, elle se sentait dans la meilleure période de sa vie et au sommet de sa carrière professionnelle. Elle ne s'était pas retrouvée à Hollywood par chance. Elle avait imaginé l'une des séries télé les plus intéressantes des dix dernières années. Une série pour laquelle Elisa Fox acceptait de faire la transition entre le monde du cinéma et celui de la télévision – elle n'était pas la première star de cinéma à le faire, mais elle était la plus célèbre.

— On va s'asseoir dehors un petit peu d'abord. On servira le vin avec le dîner. Moi j'ai ça, conclut-elle en lui montrant une bouteille de champagne.

Oh zut. Des petites gorgées !

— Parfait, répondit Charlie dans un grand sourire.

Tout comme la fois précédente, Charlie eut le souffle coupé par la vue sur l'océan. Ava lui servit un verre de champagne et elles restèrent là à regarder l'horizon pendant quelques minutes.

— C'est incroyable, dit Charlie. Tu as tellement de chance de vivre ici.

— Je sais. Même si c'est moins grand que la demeure d'Abe Eisenberg.

— Il n'a pas la vue sur mer. Et tu devrais voir mon jardin à moi, répliqua Charlie.

— Un jour peut-être…

Au ton de sa voix il était clair qu'Ava n'attendait pas de réponse. Elle reprit :

— Tu loues ?

— Oui, j'ai un appartement à West Hollywood.

— Évidemment.

Charlie n'avait aucune idée de ce qu'Ava voulait dire par là. Et de toute façon, elle n'était pas vraiment passionnée par l'immobilier. Si elle décidait de faire de LA sa ville de résidence, alors elle achèterait peut-être une maison. Mais quoi qu'il en soit, elle n'avait pas l'argent pour s'offrir une maison en bord de mer. Et en plus, penser à des maisons à Hollywood la faisait penser à l'arrivée imminente de Jo.

— On va s'asseoir, fit Ava en se dirigeant vers les chaises.

Elles partagèrent une chaise longue à deux places face à l'océan, à distance confortable l'une de l'autre.

— Je me suis dit qu'on allait préparer une sauce simple pour des pâtes, expliqua Ava et tournant son visage vers Charlie. Parce que sauf si c'est ce que tu veux, je ne compte pas vraiment t'apprendre à cuisiner. C'était juste un prétexte pour t'inviter ici.

Des feux d'artifice se déclenchèrent dans le cerveau de Charlie et l'empêchèrent donc de trouver quelque chose d'intelligent à répondre. Elle tourna la tête sur le côté pour observer Ava et tenter de déchiffrer des signes de séduction affichée. Elle avait son petit sourire en coin, ses yeux pétillaient de malice. Charlie était peut-être hors course depuis un moment mais elle savait quand même reconnaitre des signes de séduction, surtout quand ces derniers la regardaient droit dans les yeux comme ce soir.

— Je suis navrée, dit Ava. Je t'ai mise mal à l'aise ?

— Non, pas du tout, répliqua Charlie avec difficulté. Je suis simplement surprise, c'est tout.

Ava eut un petit rire très agréable.

— Je suis quelqu'un d'assez direct. Pas complètement mais assez.

Elle planta ses yeux dans ceux de Charlie, qui en arriva à la conclusion que les recherches de Liz manquaient de pertinence.

— Je ne suis pas tellement intéressée par un cours de cuisine ce soir, répondit Charlie. Pour moi ce serait pareil si on commandait une pizza.

— Ha, fit Ava en buvant une gorgée de champagne, je ne sais pas si je dois être flattée ou blessée par cette phrase.

— Vraiment ? répliqua Charlie qui sentait sa capacité à flirter lui revenir. Je pense que tu sais à quel point j'ai aimé ta cuisine pourtant.

— Effectivement. Dans ce cas, je suis flattée que tu préfères ma compagnie à ma cuisine.

— D'ailleurs, on peut se faire livrer par une super pizzeria qui est dans mes favoris sur mon téléphone, déclara-t-elle en mordant sa lèvre inférieure.

Si Ava flirtait avec elle, Charlie n'allait pas rester sans rien faire de son côté.

— Pas besoin. Mon congélateur est plein de très bonnes choses.

Ava finit son champagne et posa son verre sur la table devant elle, sans regarder Charlie, ce qui leur permit d'apaiser un peu la tension entre elles.

— Je peux te demander quelque chose de…personnel ?

Charlie était impatiente d'avoir quelques réponses.

— Bien entendu, fit Ava en attrapant la bouteille afin de remplir à nouveau le verre de Charlie puis le sien.

— Je ne crois pas tout ce que je lis dans les magazines people mais…toi et Eric avez été ensemble ?

Ava lui fit un sourire prudent.

— Je me demande pourquoi tu me demandes ça.

Charlie eut un petit rire gêné et reprit :

— Je ne veux pas faire ma curieuse…

Ava leva la main et l'interrompit.

— Pas de problème, dit-elle avec un sourire de plus en plus grand. Je sais pourquoi tu me le demandes.

Elle laissa tomber un bras sur ses genoux et cela fit bouger sa robe légère vers la droite, dévoilant ainsi son genou.

Si c'était fait pour distraire Charlie, ça fonctionnait.

— La réponse est oui. Eric et moi sommes tombés amoureux peu de temps après qu'il ait rejoint *Knives Out* il y a une dizaine d'années. Notre histoire compliquée a duré cinq ans. Rien d'aussi dramatique que ce que *Us Weekly* veut nous faire croire. À cause du travail, il a fallu que l'on reste en bons termes quand ça s'est fini. Ce ne fut pas facile au début mais nous sommes aujourd'hui de supers amis. Je le considère comme l'un de mes tout meilleurs amis.

Charlie se força à prendre une expression peinée.

— Ça a dû être difficile non, de travailler avec lui après votre rupture ?

Elle pensa à sa propre expérience. Elle ne pouvait même pas être dans la même ville que Jo – même si elle allait y être forcée très bientôt.

— Notre histoire a été émaillée de tellement de ruptures que ça a été un soulagement quand on y a mis fin. On a tous les deux dépassé ça. On a fréquenté d'autres personnes et nous avons progressé dans notre projet d'être simplement amis.

Ava fixa son regard sur l'océan pendant quelques secondes, à l'évidence perdue dans ses souvenirs avec Eric.

— Lui et moi sommes tous deux passionnés et très directs. Quand on était ensemble, c'était trop compliqué. Nos disputes étaient…épiques.

Ava eut un grand sourire, comme si cette conversation avait réveillé de bons souvenirs en elle.

— Mais nous en rions aujourd'hui.

Elle planta à nouveau ses yeux dans ceux de Charlie et lui demanda :

— Et toi ? J'imagine que les lesbiennes de WeHo sont folles de toi ?

— Les lesbiennes de WeHo ? répéta Charlie dans un petit rire.

— Nick me raconte des choses.

— Ah oui ? fit Charlie tout en se promettant de le pourrir le lendemain si elle apprenait qu'il avait parlé d'elle dans son dos.

— Pas sur toi personnellement. Il me raconte des choses en général. Tu connais sa façon de vouloir expliquer aux gens la culture gay, tout ça.

— Je n'ai plus besoin d'explications, moi, répliqua Charlie qui allait finir son deuxième verre de champagne et qui commençait à avoir faim. Mais toi, peut-être.

Le champagne la rendait un peu plus audacieuse que ce qu'elle aurait été sobre.

— Très juste, fit Ava en penchant son verre vers celui de Charlie.

Charlie trinqua avec elle.

— Et cette pizza alors ?

Il fallait qu'elle mange si elle voulait garder un peu de retenue et de distance dans cette soirée.

Ava acquiesça de la tête.

YouTube débordait de vidéos d'Ava en train de cuisiner. Charlie les avait probablement toutes vues.

— Je t'ai déjà vue émincer des oignons à une vitesse surhumaine à la télé et je suis déjà complètement abasourdie.

Charlie avait vraiment l'impression que Nick avait dit quelque chose à Ava à son sujet en lui envoyant son numéro.

— Laisse-moi voir ce que j'ai, dit Ava en se levant.

— Tout ce que tu auras sera un délice, répliqua Charlie. Je peux t'aider ?

— Tu peux finir cette bouteille de champagne et amener le vin.

La robe d'Ava était très décolletée et formait un V très accrocheur entre ses seins.

— Ça marche, dit Charlie, même si elle venait de décider qu'elle ne toucherait plus au champagne.

CHAPITRE 7

Ava mit à réchauffer une succulente sauce d'accompagnement pour des pâtes qu'elle sortit de son congélateur et toutes deux mangèrent une assiette de spaghetti assises côte à côte en regardant le coucher du soleil. Dans son émission, Ava était réputée – et très appréciée – pour sa façon très expressive d'apprécier ce qu'elle mangeait, à base de *hmm* et de *aaaah* très évocateurs lorsqu'elle goûtait aux plats des candidats.

Ava semblait réellement apprécier sa propre cuisine à en juger par les bruits qui émanaient de son côté à elle de la table.

Même si le vin était bien plus chic que ce qu'elles mangeaient, il allait parfaitement avec leur plat et Charlie se sentit moins grisée par le champagne. Lorsque le soleil ne fut plus qu'un point orange à l'horizon, elle s'était totalement reprise.

— Nick t'a raconté des choses sur moi ? demanda Charlie, se disant que c'était une question logique.

— Il m'a dit que tu étais célibataire, répondit Ava. Et que tu sortais d'une rupture très difficile avant de venir t'installer à Los Angeles.

— C'est la vérité.

Charlie décida de suivre le conseil que Nick lui avait donné la semaine précédente et évita de parler de son ex. Elle déglutit et dit :

— Mais c'est du passé.

— Mais tu es toujours célibataire ? interrogea Ava.

— Absolument, répliqua Charlie en tentant de prendre une attitude plus détendue, l'arrondi de son verre entre ses doigts. Et toi ?

— Oui.

— Je fais partie d'une équipe lesbienne de softball par contre.

Charlie se serait mis une claque. Bravo pour le côté détendu. Cela n'avait rien à voir avec le reste de la conversation.

— C'est un euphémisme ? demanda Ava. Si c'est le cas, je n'ai pas la référence.

Elle ne se mit pas complètement à rire mais Charlie entendit l'amusement dans sa voix.

— Il y a une fille dans l'équipe…, commença Charlie, qui sentait qu'elle devait expliquer pourquoi elle avait balancé ça sans raison.

Et pourtant, en y réfléchissant, c'était bien la dernière chose dont elle avait envie de parler.

— Allez, raconte, fit Ava en reculant sa chaise et en se tournant afin d'être bien en face de Charlie.

Puisqu'elle s'était engagée sur ce terrain, c'était une façon comme une autre d'en apprendre plus sur les intentions d'Ava.

— On n'a pas vraiment parlé, je viens juste d'intégrer l'équipe.

Charlie n'avait rien de plus intéressant à dire à moins d'inventer quelque chose. Elle n'avait aucune envie de raconter à Ava le pari du Trio Terrible par exemple.

— Rien d'intéressant en fait. Je crois que mon esprit est occupé par d'autres choses.

— Ta série ? questionna Ava, l'innocence incarnée, son

visage éclairé par la lumière de la bougie, ses grands yeux sombres et brillants.

— Je crois que je ne suis presque plus maîtresse à bord désormais.

Charlie était passionnée par son métier, et notamment par la série télé pour laquelle elle avait accepté d'emménager à Hollywood mais elle ne souhaitait pas en parler. Elle décida qu'il était temps pour elle de poser la seule question pour laquelle elle voulait une réponse.

— On tourne autour du pot depuis le début de la soirée, commença-t-elle avant de planter ses yeux dans ceux d'Ava. Pourquoi m'as-tu invitée ici ce soir ? Moi toute seule, pour ce qui ressemble beaucoup à un rendez-vous.

— Ah, fit Ava en hochant la tête lentement de bas en haut et en pinçant un peu les lèvres. J'ai cru que tu ne me le demanderais jamais.

Charlie sentit son ventre papillonner et elle leur resservit du vin à toutes les deux afin de reprendre un peu de contenance.

— J'aime être avec toi. C'est aussi simple que ça, expliqua Ava en portant son verre à ses lèvres.

Aussi simple que ça ?

— Donc… tu veux qu'on devienne amies ?

— Oui, confirma Ava, pour commencer.

Elle jeta un regard à Charlie par-dessus son verre à vin.

— Mais…je…je crois que je ne comprends pas tout, fit Charlie en tenant de calmer ses nerfs en buvant de grosses gorgées de vin.

— Je t'apprécie, Charlie Cross. Est-ce si difficile à comprendre ?

— Non, mais bon, tu sais…, commença Charlie avant de prendre une grande inspiration. Elle était lasse de sa façon de parler en hésitant constamment. Elle reprit :

— Moi aussi je t'apprécie mais d'une façon probablement très différente de la façon dont toi tu m'apprécies.

— Je suis d'accord avec toi, le moi apprécier peut avoir des définitions différentes dans notre contexte mais je suis moi plutôt certaine que je t'apprécie de la même manière que tu m'apprécies moi.

Charlie eut un immense sourire.

— Allez, fit Ava en posant son verre sur la table. Enlève tes chaussures.

— Vraiment ?

C'était une demande très claire et très directe. Ava ne lui avait pas demandé de se déshabiller mais il fallait bien commencer quelque part.

— Allons sur la plage, expliqua Ava qui se leva et ôta ses chaussures.

— Ah, d'accord.

Charlie mit plus de temps que d'habitude pour défaire ses lacets et lorsqu'elle fut enfin prête, Ava avait déjà traversé le petit chemin en bois qui menait à l'océan. Elle attendait Charlie à l'endroit où le bois faisait place au sable.

— Aucun intérêt de vivre ici si c'est pour simplement regarder les vagues.

Elle tendit la main à Charlie, qui s'en saisit. C'était le moment le plus romantique de sa vie, et de loin.

Main dans la main, elles se dirigèrent vers le bord. Il faisait presque complètement nuit, mais les étoiles et une moitié de lune les éclairaient. Elle n'avait jamais l'occasion de voir les étoiles aussi bien à WeHo.

Le sable était frais sous ses pieds, la main d'Ava chaude dans la sienne et Charlie dut se concentrer pour ne pas laisser son esprit mettre en pièces ce moment. Elle se trouvait sur une petite plage isolée avec Ava Castaneda, l'eau venait sur leurs pieds et la lune leur offrait un halo de lumière digne d'un film.

— Tu en dis quoi, Charlie ?

— De quoi ?

Elles cessèrent de marcher et le vent ramena les cheveux

d'Ava sur son visage lorsqu'elle se tourna pour être face à Charlie et qu'elle saisit son autre main.

— C'est le meilleur endroit pour notre premier baiser ou on peut faire mieux ?

— Faire mieux c'est impossible.

Charlie prononça ces mots dans une sorte de murmure mais brusquement. Elle n'était pas petite mais avec ses jambes interminables de mannequin, Ava était bien plus grande qu'elle.

Ava fit un pas vers elle et son parfum vint distraire Charlie. Elles levèrent leurs mains, leurs doigts entrelacés. Charlie ne voyait plus que le visage d'Ava, sa tête légèrement penchée sur le côté et tournée vers elle, sa bouche incurvée en un petit sourire.

Lorsqu'elles s'embrassèrent, Charlie eut l'impression de flotter au-dessus du sable. Comme si tous ses rêves étaient devenus réalité à l'instant précis où leurs bouches s'étaient rencontrées. Leur baiser fut chaste quelques secondes puis leurs lèvres s'ouvrirent en même temps et Ava fit pénétrer sa langue dans la bouche de Charlie qui ne prêta aucune attention aux signaux de danger qui clignotaient dans son esprit. Elle s'abandonna entièrement à la sensation merveilleuse d'un baiser partagé avec Ava sur une plage de Malibu au clair de lune.

Ava lâcha les doigts de Charlie et les laissa retomber le long de son corps jusqu'à ce que Charlie positionne elle-même ses mains sur la taille d'Ava et l'attire à elle. Leurs langues étaient toujours entremêlées mais leurs lèvres se séparèrent une seconde et Ava fit le même genre de bruits que ceux qu'elle faisait lorsqu'elle dégustait un plat délicieux.

Ava passa ses bras autour du cou de Charlie et l'attira encore plus fort contre elle. Leurs deux corps se touchèrent délicatement et leurs lèvres firent de même.

Charlie sentit ses jambes trembler lors de la seconde incursion de la langue d'Ava dans sa bouche. Elle serra Ava fort dans ses bras et se colla à elle. Elle sentit les battements de son cœur s'accélérer au contact du corps d'Ava, ses seins contre les siens, juste au-dessus de ses tétons. L'océan sembla rugir et Charlie se sentit bientôt aussi mouillée que les vagues à ses pieds. Mais son cerveau refusa de rester en dehors de ça et de la laisser apprécier l'instant, apprécier ce fantasme incarné. Que ressentait Ava ? Est-ce que le sang battait aussi dans ses veines ?

Avait-elle envie d'arracher les vêtements de Charlie, autant que Charlie désirait libérer Ava de sa robe ?

Cela semblait peu probable.

Pourtant, lorsque leur second baiser prit fin, Charlie sentit un immense sourire sur son visage. Lorsqu'elle regarda Ava, elle vit sur son visage le même genre de sourire.

— On rentre ? proposa Ava.

— Avec plaisir, répondit Charlie même si elle était certaine que le charme serait rompu. Peut-être que sur une plage, dans l'obscurité, entourées de sable et de l'océan, elles pouvaient peut-être être à égalité pendant un baiser de quelques minutes, mais une fois de retour dans la maison d'Ava, tout allait changer. Le cerveau de Charlie était déjà en train de tout faire changer.

Ava s'empara de sa main à nouveau et cette fois-ci, ce contact électrisa Charlie encore plus fort qu'auparavant. Son corps lui disait d'attirer Ava contre elle, de l'embrasser sur les lèvres, le nez, les pommettes, et plus bas encore. Mais l'esprit de Charlie ne la laissait pas tranquille. Ava l'avait peut-être embrassée mais ça ne faisait pas d'elle une lesbienne.

Ava l'entraîna vers la maison. Elles s'essuyèrent rapidement les pieds sur un tapis rugueux devant la porte avant d'entrer en trébuchant dans la cuisine, leurs corps et leurs lèvres à nouveau collés l'un à l'autre.

Sans l'ombre d'un doute, ce rendez-vous allait bien au-delà de ce que Charlie avait imaginé. Ava lui avait donné une réponse très claire quant à la raison de sa présence chez elle. Elle voulait passer la nuit avec Charlie. Et ce n'était pas possible. Pas avant d'avoir plus d'informations sur les motivations d'Ava ainsi que son passé.

Ava passa ses lèvres sur la bouche de Charlie puis son oreille et lui murmura :

— Tu veux rester ?

— Oh, Seigneur oui, gémit Charlie.

Son corps entier frémissait de désir.

— Mais je ne peux pas.

— Pourquoi ? répondit Ava dans un grognement étouffé.

— Parce que…, s'interrompit Charlie qui mit un peu de distance entre elles. Je te connais à peine.

Les paroles de Liz lui revinrent à l'esprit. *Soit Ava est ultra prudente, soit elle est tout simplement hétéro.*

— Et tu n'es pas…branchée femmes, conclut-elle.

— Lorsque je fais ça, fit Ava en se rapprochant et en enfouissant ses doigts dans les cheveux de Charlie, tu as vraiment l'impression que je ne suis pas branchée femme ?

Ava fit glisser le bout de sa langue contre l'oreille de Charlie, qui se sentit submergée par une vague de désir. Mais son esprit avait toujours été plus fort que son désir.

— Il faut arrêter maintenant, dit-elle d'une voix un peu plus forte que ce qu'elle aurait voulu.

Ava se recula brusquement et resta silencieuse quelques instants, son regard braqué sur Charlie.

— Je suis désolée, je me suis laissée emporter.

Elle offrit un sourire plein de séduction à Charlie et reprit :

— On n'a même pas encore goûté au dessert.

— Je ferais mieux d'y aller, répondit Charlie en se remettant droite.

C'était une nouvelle fois son esprit qui gagnait du terrain dans la bataille contre son cœur.

— Maintenant ? Oh mais, Charlie.

Ava pencha la tête et posa une main juste au-dessus de sa poitrine.

— Je suis désolée. J'y suis allée trop fort. Je suis comme ça parfois. J'avais envie de t'embrasser et j'y suis allée franchement sans prendre tes sentiments en compte. Tu as raison. On se connaît à peine. Mais on ne peut pas corriger ça si tu pars.

Elle laissa retomber sa main le long de son corps.

Sa robe était toute froissée de leurs étreintes.

— Reste.

Cela ressemblait à une supplication.

— On pourra discuter, conclut Ava.

— Je suis navrée, Ava, c'est impossible, je…

Charlie s'interrompit, incapable de trouver des mots qui ne la feraient pas passer pour une idiote. *Je ne me suis pas totalement remise de mon histoire précédente et je ne sais pas comment gérer l'éventualité que notre histoire se passe mal ?* Et vraiment, comment ça pourrait se finir autrement ?

— Très bien.

Le visage d'Ava se transforma en un instant. Elle n'était probablement pas habituée à ce qu'on lui dise non.

— Mais tu ne peux pas conduire. Tu as trop bu. Je vais t'appeler un taxi, lui dit-elle.

Charlie ne pouvait qu'être d'accord.

— Merci, grommela-t-elle.

Elle voulut s'excuser une nouvelle fois mais Ava quitta la cuisine en quête de son téléphone.

Charlie remit la main sur ses chaussures. Alors qu'elle refaisait ses lacets, elle sentit son cœur se contracter. Était-elle vraiment en train de dire non à Ava Castaneda ?

— Le taxi sera là dans dix minutes, informa Ava dans l'embrasure de la porte. Tu n'as qu'à finir le vin.

Charlie se redressa et se dirigea vers Ava tout en s'arrêtant à bonne distance d'elle.

— Il faut me croire, Ava, tout ça n'a rien à voir avec toi. C'est moi. Certaines choses…je…, s'interrompit-elle, comme paralysée.

Elle était incapable de prononcer des mots sensés.

— Pas de problème, tu n'as pas à t'expliquer.

— Je te trouve extrêmement séduisante, déclara Charlie qui se sentait la dernière des idiotes.

Elle n'avait rien à faire ici, dans cette ville où des femmes hétéros la draguaient.

— C'est juste que..., s'interrompit-elle de nouveau, incapable d'expliquer le blocage dans son cœur et la façon dont son cerveau fonctionnait.

Ava leur servit du vin à toutes les deux et tendit un verre à Charlie.

Charlie le fixa du regard, incapable de bouger. Jo l'avait-elle traumatisée au point qu'elle était désormais incapable d'accepter les avances d'Ava ?

— J'ai assez bu. Je vais aller attendre dehors.

En plus d'être paralysée de peur de voir son cœur se briser en miettes, Charlie était également mortifiée d'avoir laissé la soirée se dérouler ainsi.

— Nul besoin de faire ça, Charlie, répondit Ava dans un sourire beaucoup moins lumineux qu'auparavant.

— Merci pour le dîner, répondit Charlie qui sentit qu'il était vital qu'elle s'éloigne d'Ava.

— C'était un plaisir, répondit Ava dans un regard peu amical.

— Il faut vraiment que j'y aille.

Charlie fit un pas en arrière, pivota sur elle-même et traversa la pièce pour atteindre la porte d'entrée. Après que cette dernière se fut refermée sur elle, elle prit de grandes inspirations afin de ne pas s'écrouler complètement sur le perron d'Ava. Elle vérifia deux fois que sa voiture était bien fermée à clef et attendit le taxi au clair de lune qui ne cessait de lui rappeler ce qui s'était passé sur la plage.

CHAPITRE 8

— Viens avec moi s'il te plaît, implora Charlie.

— Tu peux te servir de mon abonnement à ce service auto-mobile, mais je ne peux vraiment pas, répondit Nick. Jason et moi avons une interview avec *Vanity Fair*.

Charlie s'en souvenait maintenant. Il avait besoin de se préparer, elle ferait donc mieux de ne pas lui prendre trop de temps.

— Je…je ne peux pas retourner là-bas toute seule.

— Mais bien sûr que si, répliqua Nick d'un ton impatient.

Elle entendait des bruits de cintres sur des portants en métal dans le fond.

— Ça vous donnera l'occasion de vous parler, conclut-il.

— Elle ne t'a pas appelé ? l'interrogea Charlie une nouvelle fois.

— Non, fit-il en soufflant. Écoute, ma belle, n'en fais pas toute une histoire, d'accord ? Je te connais et je sais que tu peux en faire une montagne. De ce que tu m'as dit, tu plais à Ava. Réagis en adulte.

Elle entendit des bruits sourds de son côté à lui et elle était

presque certaine que leur conversation avait été coupée lorsqu'elle entendit Nick lui dire :

— Il faut vraiment que j'y aille. Je t'envoie une voiture. Et
vas-y maintenant, avant que tout ça ne prenne des proportions
démentes dans ton esprit.

— Merci, Nickie. Et fais tourner la tête à cette journaliste de
Vanity Fair.

— Tu me connais, ma chère, fit-il puis il raccrocha.

Dix minutes plus tard, une berline noire se gara devant chez
Charlie. Une heure plus tard ils étaient chez Ava. Charlie
demanda au chauffeur de ne pas dire à Ava qu'elle était dans la
voiture avec lui. Avec un peu de chance, Ava se dirait que
Charlie avait mandaté quelqu'un pour récupérer sa voiture et
ainsi Ava resterait chez elle.

Au moment où ils arrivèrent devant sa maison, elle sentit
son cœur battre la chamade. Soulagée, elle vit que la porte d'entrée était bel et bien fermée et que sa Mini Cooper l'attendait,
sans personne autour. Elle se l'était offerte sans réfléchir à son
arrivée. À New York, Charlie n'avait pas de voiture mais vivre
à LA nécessitait un véhicule si elle ne voulait pas passer la
moitié de ses journées à attendre un taxi.

— Merci, fit Charlie au chauffeur alors qu'elle sortait de la
voiture. Vous n'avez pas besoin d'attendre.

Elle n'avait plus qu'à attendre que le chauffeur fasse demi-
tour et s'engage dans l'allée avant de pouvoir le suivre et partir.
Elle venait d'ouvrir sa voiture lorsqu'une voix retentit derrière
elle.

— Tu vas vraiment partir comme ça, comme une voleuse?

Charlie se retourna et se trouva face à Ava qui portait un
jean, un t-shirt et pas de maquillage. Sous le soleil en ce samedi
matin, elle était encore plus belle que la veille au clair de lune.

— Non, non, bien sûr que non, mentit Charlie.

— Tu veux entrer ? Tu as pris ton petit déjeuner ?

C'était exactement pour cela que Charlie avait demandé à

Nick de venir avec elle. Elle ne pouvait décemment pas s'enfuir deux fois en moins de vingt-quatre heures.

— Avec plaisir oui, merci.

Elle tâcha de donner un semblant de confiance à sa voix.

Une fois attablée et face à une tasse de café fumant, Charlie laissa échapper un grand soupir et tenta de se lancer dans des excuses acceptables.

— Écoute, Ava, je…

— Avant que tu dises quoi que ce soit ? Charlie, je te dois des excuses. J'ai été trop directe et j'ai mal réagi quand tu n'as pas répondu à mes avances. J'étais dans un drôle d'état hier soir. Je n'aurais pas dû te laisser partir comme ça. Ça sautait aux yeux que tu n'allais pas bien.

En entendant ça, Charlie put enfin souffler pour de vrai et se détendre un peu plus. Elle avait répété ce qu'elle voulait dire, chaque mot, comme si elle passait une audition pour un rôle, celui d'une lesbienne extrêmement stricte et coincée. Elle était dans la ville parfaite pour ce rôle.

— C'est entièrement de ma faute. J'aurais dû mieux réagir. Tu es absolument sublime. Tu es également une hôtesse charmante, une excellente cheffe et une femme adorable. J'étais tellement contente d'être invitée à nouveau chez toi. Et, heu, j'ai…, s'interrompit Charlie, hésitante. J'ai beaucoup apprécié notre baiser sur la plage.

— Mais tu t'es mis dans la tête que je suis hétéro et ça t'a fait vriller, termina Ava.

Charlie ne l'aurait pas dit comme ça mais c'était pourtant la vérité. Elle hocha la tête en signe d'acquiescement. Elle se préparait à dire les mots qu'elle détestait prononcer, mais il le fallait, afin de remettre les choses d'aplomb.

— Jo, mon ex, m'a quittée pour un homme et je crois que je suis encore en convalescence. M'amuser avec une femme hétéro n'est pas…quelque chose que je me sens capable de faire en ce moment. Et peu importe qu'elle soit sublime, que j'aie un énorme crush sur elle ou qu'elle embrasse divinement bien.

Charlie secoua la tête et conclut :

— Je ne peux pas.

— Pourquoi es-tu si convaincue que je suis hétéro ? demanda Ava en souriant.

— Peu importe que tu sois hétéro ou bisexuelle. À l'évidence, tu n'es pas lesbienne. Je ne peux pas me mettre en danger comme ça.

— Et c'est tout ? demanda Ava qui, étrangement, gardait son sourire aux lèvres. Je suis congédiée ?

— Je comprends que tu sois sceptique, et je connais très bien les arguments que tu peux m'opposer mais je sais ce qu'il faut que je fasse pour ne pas revivre ce que j'ai vécu avec Jo, jamais. Même si ça me coûte beaucoup.

Charlie était convaincue de ce qu'elle disait mais sa curiosité eut raison d'elle.

— Tu n'es pas obligée de me répondre bien sûr mais, heu, tu as déjà été amoureuse d'une femme ?

Ava réfléchit à la question tout en regardant Charlie par-dessus sa tasse de café.

— Amoureuse…Je ne crois pas, dit-elle. J'ai eu une histoire avec Sandra mais nous n'avons jamais réussi à vraiment tomber amoureuses.

— Sandra ? Elle est lesbienne ?

Charlie n'avait pas du tout eu cette impression et l'attachée de presse d'Ava n'avait donné aucun indice à ce propos.

— Pas ouvertement.

Charlie souffla bruyamment.

— Ce que je cherche, moi, c'est une femme parfaitement claire. Quelqu'un qui s'assume et qui est suffisamment sûre de sa sexualité pour ne pas me quitter pour un homme. Je trouve personnellement que ma liste est raisonnable mais Nick, par exemple, ne cesse de me critiquer pour ça. Il trouve que je suis trop rigide d'exiger qu'une femme soit totalement lesbienne. Il pense que j'ai peur et que je cherche des excuses.

— Et tu es déjà convaincue, après seulement un baiser, que si nous étions amenées à vivre…quelque chose, je finirais par te quitter pour un homme ?

Ava la fixa et ne dit plus un mot.

— C'est possible oui, fit Charlie en regardant le fond de sa tasse. Et une fois que c'est dans mon esprit, c'est impossible de ne plus y penser.

Elle se risqua à jeter un coup d'œil à Ava.

— Et en plus, pourquoi quelqu'un comme toi serait intéressée par quelqu'un comme moi ?

— Qu'est-ce que tu veux dire par *quelqu'un comme moi ?* interrogea Ava en reposant sa tasse.

— Tu as été mannequin. Tu passes à la télé. Tu pourrais avoir absolument qui tu veux.

— Mais pas toi, répliqua Ava de façon définitive. Je gagne ma vie grâce à mon physique, Charlie. J'ai appris des choses en cuisine et sur l'animation mais si je suis parfaitement honnête, tous mes succès je les dois à mon physique. Par contre, toi, tu as un esprit incroyable qui produit des phrases absolument magnifiques. Je trouve ça extrêmement séduisant.

Elle glissa de son tabouret et se mit debout.

— Je voudrais te montrer quelque chose.

Charlie traversa le salon à la suite d'Ava jusqu'à une pièce attenante qu'elle n'avait pas vue lors de ses deux précédentes visites. L'endroit était rempli d'étagères débordant de livres.

Ava se dirigea vers une étagère près de la fenêtre et dit :

— Ils sont rangés par ordre alphabétique. Et c'est ici que sont les C.

Elle montra l'étagère du milieu.

Charlie reconnut facilement son nom et elle sentit son cou rougir de plaisir et de gêne.

— Ces livres sont à moi, Charlie, c'est vrai, mais surtout, je les ai tous lus. Et oui, ceux qui sont un peu osés également. Je ne plaisantais pas quand je t'ai dit que j'étais fan de ton travail.

Elle sortit un livre et déclara :

— Je sais que ce n'est pas très orignal mais comme je te l'ai déjà dit, c'est *Les Rivières Pleurent* que je préfère.

Charlie regardait fixement la couverture du roman qui l'avait lancée. Celui qui lui avait fait un nom et permis de se faire remarquer par Hollywood.

— Je voulais te demander de me le dédicacer hier soir et puis les choses ne se sont pas passées exactement comme je l'espérais.

— Tu espérais m'embrasser ? demanda Charlie sentant un peu de confiance en elle lui revenir en ayant ses livres sous les yeux et en voyant Ava lui vouer une admiration de fan.

— Je ne dirais pas *espérais*, mais j'y ai en tout cas beaucoup pensé, admit Ava en feuilletant le livre.

Elle l'avait probablement lu un certain nombre de fois à en juger par le nombre de pages cornées.

— C'est mon passage préféré, déclara-t-elle.

Elle prit une grande inspiration et semblait prête à le lire tout haut lorsque Charlie l'en empêcha.

— Non, s'il te plaît.

— Vraiment ? demanda Ava en la regardant.

— D'accord, conclut-elle sans s'attarder.

— Mais je peux te le dédicacer si tu en as toujours envie.

— J'aimerais beaucoup oui.

Ava lui tendit le livre et dit :

— Prends-le avec toi. Tu me le dédicaces tranquillement et tu me le ramèneras plus tard.

Charlie s'empara du livre et accepta.

— J'adorerais te connaître mieux. Et comme ça nous nous reverrons.

— Tu veux toujours que l'on soit amies ?

— Je promets en tout cas de ne pas te braquer avec des

baisers impromptus sur la plage, fit-elle en se rapprochant de Charlie, sans la toucher. D'ailleurs en parlant de plage…Tu veux rester et aller piquer une tête ?

Cette fois ce furent ses joues que Charlie sentit rougir.

— Je n'ai pas pris mon maillot de bain.

— Personne n'en met ici, répondit Ava dans un petit rire. Je plaisante. J'ai pléthore de tailles, je suis sûre qu'on peut te trouver quelque chose.

Charlie décida d'ignorer son hésitation. Elle avait été claire avec Ava quant au fait qu'il ne pourrait rien se passer mais cela ne voulait pas dire qu'elle ne pouvait pas profiter de la vue d'Ava en bikini.

— Très bien, après tout pourquoi pas ?

— Voilà, parfait.

Ava se rapprocha et donna un petit coup d'épaule à Charlie.

— Et on pourra toujours commander une pizza ensuite.

Charlie sentit son ventre se nouer. Combien de temps son esprit allait-il pouvoir tenir face à l'assaut de ses émotions et de son désir ?

———

— Je peux t'arranger un rendez-vous avec Sandra si tu veux, déclara Ava.

Elles s'étaient baignées rapidement dans l'océan et étaient désormais étendues sur des chaises longues qui leur offraient une vue splendide sur l'étendue bleue.

— Mais je dois avouer que je serais jalouse, conclut Ava.

Charlie se sentait peu à l'aise dans le maillot de bain prêté par Ava. Il était très échancré au niveau des cuisses et ses seins débordaient presque du haut de bikini. Elle avait dans l'idée qu'Ava le lui avait donné exprès, afin de la mettre un peu mal à l'aise et peut-être aussi afin de voir ce que Charlie avait à offrir sous ses vêtements. De son côté, Ava portait un bikini rouge vif et Charlie avait peine à ne pas la fixer du regard.

— Ah non s'il te plaît, n'arrange aucun rendez-vous avec qui que ce soit, répondit Charlie, les yeux fermés.

— Dis-m'en plus sur la fille dont tu m'as parlé hier soir. Celle qui est dans ton équipe de softball.

— Vraiment ?

Charlie cligna des yeux plusieurs fois à cause du soleil et regarda Ava.

— Absolument. Si nous devenons amies, il est normal de parler de ces choses-là.

Plus Ava parlait de leur amitié, plus Charlie se sentait détester cette idée. Ava était allongée à moitié nue à côté d'elle sur une plage de rêve et elle-même venait de lui annoncer sans équivoque que rien n'était possible afin de protéger son petit cœur fragile. N'importe quelle personne un peu sensée serait pliée en deux de rire. Mais Charlie n'avait pas eu de pensées vraiment sensées depuis un bon moment. Même si, elle devait bien l'avouer, le fait d'avoir nagé dans le Pacifique avec Ava rendait la perspective de l'arrivée de Jo à LA la semaine suivante un peu plus supportable.

— Elle s'appelle Josie. Elle écrit pour un site web lesbien et une BD dans son temps libre. Pour l'instant je n'en sais pas beaucoup plus sur elle.

— Quel site ? demanda Ava qui semblait vouloir savoir.

— Indigo.

— Je le lis de temps en temps.

— Vraiment ?

— Oui, Charlie, répliqua Ava qui prit tout à coup le ton d'une professeure des écoles. C'est vraiment si difficile que ça de te dire que tout n'est pas blanc ou noir ? Tu lis bien des médias *hétéros*, non ? Donc pourquoi moi je ne pourrais pas lire ce site web si j'en ai envie ?

Charlie n'en pouvait plus et elle finit par demander :

— Sur une échelle de zéro à cent, zéro étant totalement hétéro et cent totalement lesbienne, tu te mettrais où ?

— Tu meurs d'envie de me demander ça depuis hier soir, non ?

— Peut-être oui, fit Charlie en haussant les épaules.

Ava lui sourit. Elle était vraiment fair-play.

— Toi d'abord.

— Facile. Cent cinquante.

— Tu n'as pas besoin d'en faire autant, répondit Ava en secouant la tête.

Charlie décida d'ignorer ce commentaire et reprit :

— À toi.

— Tu es donc ce qu'on appelle une élève modèle ? demanda Ava, décidant à son tour d'ignorer la remarque de Charlie.

— Absolument. J'ai su dès l'âge de douze ans que les filles me faisaient beaucoup plus d'effet que les garçons. J'ai évité toute la phase d'expérimentation et j'ai eu ma première petite amie à l'âge de seize ans.

— Pourquoi dans ce cas ajouter cinquante points à ton score ?

— Tu te moques de moi ?

— À peine, fit Ava en riant franchement, ses abdos contractés bien visibles.

— J'attends toujours ta réponse, déclara Charlie qui s'impatientait.

— Je sais, mais c'est impossible de te répondre d'une façon qui te conviendra. Je ne peux pas prétendre être à cent pour cent. Je ne me vois même pas dans les cinquante. Probablement plus vers les trente. Mais je ne veux pas te faire peur.

— Et pourquoi aurais-je peur ?

— Parce que si j'étais dans les cinquante, tu envisagerais peut-être de me laisser une chance…parce que je te plais.

Ava avait le regard fixé droit devant elle, sur l'horizon puis elle tourna la tête pour jeter un œil à Charlie.

— Pour toi je pense que je pourrais être dans les soixante-quinze pour cent, Charlie.

— Oh mais vas-y, moque-toi de moi...C'est sérieux pour moi.

Puis un éclair de lucidité la traversa et l'intuition qu'elle avait eu la veille lui revint complètement en tête.

— Nick t'a parlé de mon obsession des pourcentages ?

Ava se mit à rire.

— Il en a parlé comme ça, en passant. Il m'a dit de ne pas y prêter attention si tu – et je le cite mot pour mot – commençais à te ridiculiser en parlant de ça.

— J'y crois pas, fit Charlie en regardant ailleurs. Si je suis tellement ridicule à ses yeux pourquoi est-il donc mon ami ? Il a pitié de moi peut-être ?

— C'est ton ami parce qu'il t'adore, Charlie. Avec tes bizarreries. Et il a bien raison.

Même si Charlie ne regardait pas Ava à ce moment-là, elle entendit le fond de sourire dans sa voix. Cette matinée ressemblait à un long moment passé à flirter, sans rien à attendre.

— Je vais aller nager, dit-elle en se levant.

— Mais je t'en prie. Tes fesses sont parfaites dans ce bikini.

Charlie jeta un regard par-dessus son épaule et fit un grand sourire à Ava. Il n'était pas sorcier de comprendre à quel jeu elle jouait. Et c'était peut-être bien un jeu pour elle mais pour Charlie, c'était très sérieux.

CHAPITRE 9

Charlie rata la balle encore une fois. Elle passa à toute vitesse à côté de sa batte, directement dans le gant de la receveuse. Dire que son premier match de ligue ne se passait pas très bien était un doux euphémisme.

— Tu es éliminée, annonça l'arbitre, et Charlie se dépêcha de regagner l'abri, découragée et déçue.

— Je suis désolée d'avoir été aussi mauvaise, dit-elle en s'asseyant près de Liz qui lui donna une tape sur l'épaule.

— Ne t'inquiète pas, c'était ton premier match. Tu ne peux pas t'attendre à être la star de l'équipe.

Liz était l'une des personnes les plus positives que Charlie ait jamais rencontrées.

— Ceci dit, tu as l'air un peu distraite. Rendez-vous 'amical' intéressant ?

Liz sourit et lui fit un clin d'œil.

— Je suppose que c'est une façon assez précise de le décrire.

Charlie sourit en se penchant pour chuchoter :

— Elle m'a embrassée, tu sais.

Liz écarquilla les yeux.

— Tu plaisantes ?

— Mais pas du tout, ma chère.

— J'ai l'impression d'entendre une ribambelle de cœurs de lesbiennes se briser à l'instant même.

Cette fois-ci, Liz lui tapa sur le genou.

— Mais bien fait à toi, hein.

— Bien ? Il n'y a aucune chance que ça soit bien pour moi.

Liz la fixa du regard quelques instants, comme si son cerveau mettait du temps à comprendre.

— Ah oui, fit-elle en hochant la tête. Je vois.

— En fait je pense que je vais proposer un rendez-vous à Josie.

— Excellente idée que de choisir la fille qui ne veut pas se poser.

— Et ça veut dire quoi exactement ?

— On en parlera plus tard, ma grande.

Liz s'élança sur le terrain sans se retourner.

Elles perdirent le match mais personne ne semblait s'en soucier. Après, au bar, Charlie resta près de Josie. Elle devait faire quelque chose pour stopper les images d'Ava qui tournaient en boucle dans sa tête.

Ava qui s'avançait pour l'embrasser. Ava qui renversait sa tête en arrière et exposait son cou en buvant du vin. Ava qui lui tendait *Les Rivières Pleurent*. Ava qui marchait vers les vagues dans son bikini rouge.

— Hé, Charlie, on a besoin de toi, dit Sarah. Tu es célibataire, n'est-ce pas ? Sarah se tenait à côté de Josie.

— Remue le couteau dans la plaie, pourquoi pas, répondit Charlie.

— Il n'y a pas de honte à ça. En fait, c'est une excellente nouvelle.

Quelques membres de l'équipe applaudirent.

— Le club organise une vente aux enchères de célibataires

pour la charité dans trois semaines. Si tu acceptais d'être mise aux enchères, ça pourrait rapporter pas mal !

— Une vente aux enchères de célibataires ? Charlie regarda Sarah avec incrédulité.

— Tu sais, où les gens peuvent enchérir pour avoir un rendez-vous avec toi.

Encore plus de membres de l'équipe se mirent à applaudir et à crier.

— Tiff, Josie et Andréa seront aussi de la partie. Je participerais bien moi-même, mais ma charmante épouse n'est pas d'accord.

— Pas besoin de répondre tout de suite, Charlie, ajouta Liz. Sarah te prend vraiment au dépourvu.

— Non, c'est bon. Je le ferai.

— C'est génial ! s'exclama Sarah. C'est pour une bonne cause. On soutient un refuge pour les adolescents sans-abri et beaucoup d'entre eux sont LGBT.

Charlie observa rapidement Josie. Peut-être que c'était le moment de l'inviter maintenant que la conversation portait sur les rendez-vous.

— Je serai honorée de mettre ma réputation en jeu, dit Charlie en leur souriant à toutes.

Tiff, qui se tenait à côté d'elle, leva la main pour un high five, et Charlie claqua joyeusement sa paume contre la sienne. Elle se sentait enfin devenir une part d'une sorte de communauté ici à LA.

— On peut enchérir les unes sur les autres ? demanda Tiff à Sarah.

Sarah leva les yeux au ciel.

Alors que Charlie se décidait à aller à la rencontre de Josie, Liz s'incrusta entre elles.

— Hé, Casanova, dit-elle en passant son bras dans celui de Charlie.

— Oui, boss ?

— Première chose, merci de faire ça. J'allais te le demander en privé afin que tu puisses dire non dignement mais Sarah m'a doublée.

— Pas de souci, je suis ravie.

— Tu dis ça maintenant, fit Liz en tirant une moue comique. On a déjà organisé ce genre d'événement, et ce n'est pas exactement le conte de fées que tu imagines. Certaines des femmes qui enchérissent sont vraiment pleines aux as et prêtes à dépenser beaucoup d'argent pour un rendez-vous, donc on maintient la tradition pour la bonne cause.

— Je peux peut-être demander à Nick de venir et de surenchérir sur tout le monde et me sauver.

— Peut-être mais heu, Charlie, je voulais te parler d'autre chose.

— Laisse-moi deviner, dit Charlie en prenant une gorgée de sa bière d'après match, un peu plate et chaude. Josie ?

— Je n'aurais rien dit si tu ne m'avais pas parlé de ton baiser avec Ava mais je ne veux pas que quelqu'un souffre de tout ça.

— Oh, Liz, quand même, elle a été l'une des premières à parier qu'elle aurait un rendez-vous avec moi.

Liz leva les mains en signe d'excuse.

— Je sais, je sais. Je leur ai fait la leçon pour ça. Ça ne se reproduira plus.

— Tu es une vraie maman poule, Lizzie.

— Il en faut bien une.

— Tu sais que je ne suis pas intéressée par Ava, pas pour ça. C'est impossible. Josie m'intéresse pour de vrai.

— Tant que tu ne l'utilises pas pour…je ne sais pas. Te distraire de tes pensées sur quelqu'un d'autre.

Liz jeta un œil à la bière de Charlie et lui dit :

— Je t'en commande une autre ?

Elle ne pouvait pas faire autrement que d'être la personne la plus gentille du monde.

— Je te promets que mes intentions sont pures, Maman Lizzie.

Charlie attira Liz dans ses bras et lui dit :

— C'est moi qui t'en commande une autre.

Après avoir apporté sa bière à Liz, Charlie se décida enfin à aller voir Josie.

— Ça te dirait de gagner un pari ? demanda-t-elle.

Elle avait mis toute la durée du match de softball à trouver cette phrase d'accroche.

— Oh joli !

Josie trinqua avec Charlie mais renversa un peu de bière sur elle.

— Oh zut, je suis désolée, fit-elle en remarquant la tache sur le pull de Charlie.

— Ne t'inquiète pas. C'est la raison pour laquelle les machines à laver ont été inventées.

— Et comment puis-je gagner ce pari ? reprit Josie.

— En acceptant un date avec moi bien entendu, répondit Charlie dans un sourire triomphant.

— Je ne vais rien gagner mais c'est déjà un bon début.

— Pardon ? Je vous ai entendues faire un pari, toi, Tiff et Andréa, sur laquelle d'entre vous réussirait à sortir avec moi en premier.

En le disant, elle entendit à quel point c'était ridicule.

— Sortir avec toi ? fit Josie en secouant la tête, souriante. Je crois que tu n'as pas eu les bonnes infos.

— Ah.

— Hé, après tout on joue au softball. On est plus enclines à parier sur la « base » qu'on peut atteindre.

Charlie fit semblant de rire à cette mauvaise blague.

— C'est pas grave, dit-elle en faisant mine de partir.

— Attends, fit Josie. Je suis désolée, je te taquinais. C'est ma faute.

Elle posa sa main sur le bras de Charlie.

— Je fais des mauvaises blagues lorsque je suis nerveuse, c'est tout.

— On est toutes passées par là, répondit Charlie en la regardant bien en face.

— Tu veux qu'on aille au ciné ? demanda Josie dans un charmant sourire. Je suis libre ce soir.

Charlie souffla très fort pour donner un peu de tension dramatique et répondit :

— J'en serais ravie.

———

Josie vivait dans un appartement avec une amie à quelques rues de celui de Charlie. Charlie vint la chercher et elles partirent ensemble au cinéma.

Depuis la première fois où Charlie était allée au cinéma quand elle était enfant, elle avait été fascinée par la puissance de ce médium et par l'aventure que pouvait être le fait de s'asseoir dans une salle obscure avec un groupe d'inconnus. Par contre, ce jour-là, peu lui importait le film qu'elle allait voir, tant que c'était divertissant, et qu'en plus, il permettait d'en parler facilement après. Charlie laissa Josie choisir le film et elles se retrouvèrent à une séance de *Nothing Without You*, la dernière rom-com de Jenna Blakely.

Au début, elle ressentit une forme d'excitation à être assise dans la pénombre à côté de quelqu'un qu'elle venait de rencontrer, leurs bras se touchant à chaque fois qu'elles prenaient une gorgée de leur boisson. Alors que le film se rapprochait de sa fin prévisible, Charlie devait se tirer des rêveries où elle se voyait dans un cinéma faiblement éclairé avec Ava, plutôt qu'avec Josie..

Le fait que Josie éclate de rire à une blague bien lourde ne fit rien pour arranger tout ça. Et dire qu'elle était censée être une humoriste.

— C'était vraiment bien, dit Josie lorsqu'elles sortirent du cinéma. Tu as aimé ?

— Ce n'est pas vraiment le genre de films que je préfère, répondit Charlie, diplomate.

— Ah bon ? Tu aurais dû me le dire.

— Mais non, il n'y a pas de souci, tant que toi tu t'es amusée.

Elles avançaient lentement vers la voiture de Charlie.

— À toi de choisir où on va pour boire un verre alors.

Josie portait un short ultra court. Et Josie avait les jambes pour se permettre cette tenue mais Charlie n'aurait jamais choisi ça pour aller voir un film.

— Lux ? proposa Charlie, consciente que c'était une proposition assez égoïste parce qu'elle pourrait rentrer chez elle à pied.

— Un nid de vipères, répondit Josie. La moitié de l'équipe y sera ainsi qu'un tiers de mes ex.

— J'ai un jardin agréable et tranquille, suggéra Charlie. Et quelques bouteilles d'excellent vin.

— Parfait, répondit Josie en la fixant de sous de très longs cils.

Ava elle aussi avait des cils très longs mais ils ne semblaient pas si artificiels.

Sur le trajet vers chez elle, Charlie se fit des remontrances de laisser Ava dominer ses pensées à ce point. Elle avait un rendez-vous. En plus, c'était elle qui avait invité Josie. Elle l'avait fait en toute conscience et elles en étaient là. La politesse voulait qu'elle s'amuse, au moins.

— Tu gagnes quoi si tu gagnes le pari ? demanda Charlie en s'engageant dans son allée.

— Un titre honorifique, répliqua Josie avec un petit sourire contrit. Même si ce n'était pas très honorable.

Lorsqu'elle souriait ainsi, Charlie sentait l'envie de l'embrasser. Elle lui sourit en retour, lui ouvrit la portière et l'emmena à l'intérieur.

— Tu peux attraper deux verres dans cette armoire ? fit-elle en montrant celle au-dessus de son évier. J'arrive avec une très bonne bouteille de Pinot noir. À moins que tu ne préfères du blanc ?

— Le rouge me va bien, répondit Josie en attrapant les verres. C'est charmant chez toi.

Charlie n'avait jamais vraiment vu sa maison comme charmante. Le loft qu'elle occupait avec Jo à Brooklyn était spectaculaire – avant tout grâce aux talents d'architecte d'intérieur de Jo. Ici, c'était une maison meublée et elle ne reflétait pas du tout les goûts de Charlie. Ce n'était qu'un endroit temporaire pour elle. Si *Underground* marchait et qu'elle décidait de rester – ce qui pourrait arriver pour d'autres raisons d'ailleurs, mais elle n'en savait rien encore – elle chercherait un endroit plus permanent qu'elle ferait sien.

— Merci, répondit Charlie en revenant avec la bouteille qu'elle voulait.

Elle sortit le tire-bouchon du tiroir et se remémora son état de nerfs lorsqu'elle avait fait les mêmes gestes chez Ava.

— Tout va bien ? demanda Josie. Tu semblais perdue dans tes pensées là.

— Tout va bien oui, répondit Charlie en les emmenant dans son petit jardin.

— Oh là là, s'exclama Josie, un peu à la façon dont Charlie elle-même s'était extasiée en silence sur la vue sur mer du jardin d'Ava. C'est ici que je veux vivre.

— Buvons un peu de vin d'abord, fit Charlie en lui tendant un verre qu'elle venait de remplir.

— Pas de blagues sur les emménagements rapides, je te le promets, dit-elle en respirant les arômes de son vin, comme une connaisseuse. Donc vas-y, j'écoute, Charlie. Pourquoi m'as-tu choisie moi ?

— Ouh là. Tu as attendu toute la soirée pour me demander ça ?

— Absolument. Le pire qu'il peut se produire maintenant, c'est que tu me jettes dehors à cause d'une question indiscrète.

— La question est particulièrement simple, répliqua Charlie en goûtant le vin.

— Bravo pour la franchise, fit Josie, amusée.

— Parce que tu es mon type, expliqua Charlie en se mordillant la lèvre, anxieuse de voir comment Josie allait le prendre.

— Très bien, répondit Josie en souriant de façon très séduisante. Tu aimes les filles exotiques qui ont de longs cheveux noirs.

Tu n'as même pas idée, se dit Charlie.

— Oh que oui.

— Eh bien moi j'aime les écrivaines aux yeux bleus et aux cheveux blonds un peu sauvages.

— Ça ne pourrait pas mieux tomber, fit Charlie, consciente de l'ironie de la situation.

— J'ai quelques idées pour que ce soit encore mieux, répliqua Josie qui avait désormais enclenché le mode séduction.

Alors même que Charlie tentait de proposer une réponse décente, elle sentit son téléphone vibrer contre sa jambe. En temps normal, Charlie n'aurait pas regardé son téléphone pendant un date mais c'était comme si son sixième sens l'avertissait que le message était d'Ava.

— Je suis navrée, mon téléphone, dit-elle en faisant une petite moue d'excuse.

Josie haussa les épaules et prit son sac, probablement pour regarder ses messages elle aussi.

Charlie sentit le rythme de son cœur s'accélérer lorsqu'elle sortit son téléphone de sa poche. Il était là, en lettres lumineuses sur son écran. Le message d'Ava.

Quand pourrai-je récupérer mon livre ?

Charlie sentit un immense sourire se former sur son visage.

— De bonnes nouvelles ?

La voix de Josie sortit Charlie de ses pensées qui ne tournaient qu'autour d'Ava.

— Excuse-moi, quoi ?

— Tu pourrais faire fondre ce qui reste de glace au pôle Nord avec ce sourire.

— Oh, oui, répondit Charlie dans un petit rire. Une seconde s'il te plaît.

Et au risque de sembler malpolie, elle tapa sa réponse.

> Laisse-moi tranquille, j'ai un rancard.

Elle n'était pas certaine qu'envoyer ça à Ava soit une bonne idée mais elle n'eut pas le temps d'y réfléchir trop longtemps. Elle appuya sur *envoyer* et posa son téléphone, écran sur la table.

— Je suis toute à toi.

— Je n'en suis pas sûre, déclara Josie en se redressant. Je ne suis pas née de la dernière pluie, Charlie et je n'ai jamais eu droit à ne serait-ce qu'un ersatz du sourire que je viens de voir. Ça ne me dérange pas que tu voies d'autres personnes, évidemment, mais y assister de mes propres yeux m'a fait mal.

— Je t'assure que je ne vois personne d'autre. Si c'était le cas je ne t'aurais pas proposé ce rendez-vous.

— Et c'était qui alors ?

— Juste une amie.

Cette conversation mit un terme à l'humeur souriante de Charlie. Elle avait eu cette conversation avec Jo suffisamment souvent pour se laisser désarçonner.

— Très bien, si tu le dis, répliqua Josie, visiblement peu convaincue.

Charlie avait elle-même prononcé ces mots à Jo, de la façon

la plus passive-agressive possible, plusieurs fois lors des derniers mois de leur histoire.

Il faisait de plus en plus sombre et il était difficile de faire semblant de ne pas voir la légère lumière de son téléphone, même si l'écran était face contre table. Charlie mourrait d'envie de regarder la réponse d'Ava mais cela mettrait un terme immédiat à la soirée.

— Sois honnête, Charlie et dis-moi si tu as envie que je reste, demanda Josie en se réinstallant sur le bord de sa chaise.

— Bien sûr que oui, répondit Charlie qui tenta de ne pas regarder son téléphone mais elle ne put s'en empêcher. Nous venons juste d'arriver, commença-t-elle.

— Eh bien je te propose de te laisser quoi qu'il en soit, comme ça tu pourras être entièrement disponible pour la personne qui t'envoie tous ces messages.

Charlie eut un instant de panique et elle se mit debout. Avait-elle été impolie à ce point ? Ou est-ce que Josie réagissait avec trop d'impulsivité ? Quoi qu'il en soit, elle avait raison de penser que rien ne se passerait si un simple texto d'Ava mettait Charlie à ce point dans tous ses états.

— Je suis navrée.

— C'est bon, Charlie, je comprends. Tu es probablement entourée d'admiratrices.

Charlie ne put retenir un petit rire. Pourquoi tout le monde imaginait la même chose ? C'était particulièrement drôle – ou triste, selon la façon dont on se plaçait – car rien n'était plus éloigné de la vérité.

— Je n'ai pas…, commença Charlie mais Josie se dirigeait déjà vers le portail.

Charlie se précipita à sa suite et dit :

— On peut au moins se dire au revoir correctement.

Josie pivota sur elle-même et posa un baiser rapide sur sa joue. Elle leva les sourcils comme pour demander *C'est correctement ça ?*

— Bonne nuit, Charlie. À mercredi pour l'entraînement.

Le portail se referma et Charlie récupéra son téléphone.

Elle a un pourcentage de combien ?

Charlie resta plantée dans son jardin, à sourire comme une idiote alors qu'elle n'avait pas tant de raisons de le faire.

CHAPITRE 10

Charlie avait l'exemplaire de *Les Rivières Pleurent* appartenant à Ava dans les mains et n'avait toujours aucune idée de quoi écrire. Lorsqu'Ava avait commencé à vouloir lire un passage du roman la semaine précédente, elle l'avait arrêtée parce qu'à moins qu'Ava ne soit complètement différente des autres personnes qui lui avaient parlé de son roman, Charlie savait exactement quelle phrase Ava allait lire.

Charlie se vantait d'écrire avec son cœur, mais *Les Rivières Pleurent* était le roman de sa rupture d'avec Robin, son histoire avant Jo. Bizarrement, Charlie avait fini par être reconnaissante d'avoir tant souffert de cette rupture, même si, au moment même, ça avait été vraiment horrible.

La sonnerie de son téléphone retentit. C'était Nick. Charlie était extrêmement en retard pour une soirée que lui et Jason organisaient et c'était déjà la deuxième fois qu'il appelait. La seule autre invitée était Ava, qui avait écrit à Charlie pendant la semaine pour lui parler de la dédicace que Charlie allait lui mettre au début de son roman. Elle lui avait envoyé des messages du genre *Ça doit être une sacrée lettre que tu m'écris,*

Charlie. Pourquoi gardes-tu mon livre aussi longtemps ? Tu as peut-être d'autres idées en tête ?

Ces messages n'aidaient pas du tout Charlie à calmer son obsession liée à Ava Castaneda. Se sachant incapable de résister à la tentation, elle avait obligé Nick à organiser un dîner pendant lequel elle pourrait rendre son roman à Ava *en toute sécurité*. Après tout, ils étaient désormais tous des amis.

Et zut. Elle n'allait rien pouvoir écrire d'intéressant mais pas trop personnel avec les coups de fil de Nick toutes les deux minutes. Cela faisait une semaine qu'elle y pensait et elle n'avait encore rien trouvé – pour une autrice, bravo.

Elle fourra le livre dans son sac, au cas où le simple fait de voir Ava lui donne l'inspiration. Sinon, elle le garderait encore un petit peu.

Avant de partir, elle envoya un message à Nick pour le prévenir qu'elle était en route. Elle comptait sur le trajet en voiture pour se calmer. Les changements de dernière minute étaient incessants au travail et Liz et elle-même avaient été obligées de manquer l'entraînement de softball le mercredi précédent, ce qui n'avait pas dérangé Charlie outre mesure, car cela signifiait qu'elle n'avait pas eu à affronter Josie.

Mais ce n'était rien comparé à la façon dont toutes ses pensées revenaient vers Ava et que chacune de ces pensées était agréable. Charlie était ravie de l'attention qu'Ava lui prodiguait. Elles ne s'étaient pourtant ni vues ni appelées. Non, elles s'écrivaient. Et elles likaient les photos de chacune sur Instagram. Ce genre de choses. Ava avait posté une vidéo d'elle à la salle de sport et pendant un rare moment de calme au travail, Charlie s'était retrouvée à ne pas pouvoir lever les yeux de son écran, comme une imbécile, et à se repasser la courte vidéo de dix secondes en boucle, tout en se demandant comment quelqu'un de si sublime et ayant autant de succès pouvait également être si intelligente, les pieds sur terre et d'aussi bonne compagnie.

Sa vie aurait été beaucoup plus simple si Ava s'était avérée être une icône hollywoodienne fade ou bien une femme pourrie gâtée entourée d'assistants. Mais ce n'était pas le cas. Dans ses messages, elle se moquait sans retenue de Charlie et ses pourcentages, de sa réticence à parler de *Les Rivières Pleurent* et de ses fesses dans le bikini qu'Ava lui avait prêté – elle en avait même pris une photo.

Lorsqu'elle arriva enfin chez Nick et Jason, Charlie n'avait plus une once de calme en elle, le trajet n'avait pas du tout eu l'effet escompté. Et lorsqu'Ava l'embrassa sur la joue et passa un bras autour d'elle pour la serrer brièvement dans ses bras, Charlie se sentit submergée par le désir.

— Quelle semaine, annonça-t-elle en se laissant tomber lourdement sur une chaise dans cet endroit qui était naguère son refuge et qui était désormais envahi par Ava.

Charlie avait travaillé tard et portait la tenue qu'elle avait porté toute la journée. Ava par contre s'était pomponnée et portait un pantalon noir taille haute ainsi qu'un chemisier noir rentré dans le pantalon, ce qui accentuait sa taille de mannequin. Charlie allait avoir besoin de plus que d'un verre de vin pour se sentir moins négligée et moins agacée par son choix de tenue. De leur côté, Nick et Jason donnaient toujours l'impression qu'ils venaient de récupérer leurs vêtements au pressing.

— Puis-je vous servir une boisson, madame ? demanda Nick qui semblait d'excellente humeur.

— Un grand verre, chéri, répondit Charlie qui, déjà, ne pouvait quitter des yeux Ava, installée face à elle.

Tandis que Nick et Jason étaient à l'intérieur, occupés à préparer les boissons et le dîner, Ava se pencha vers Charlie et lui demanda :

— Sur une échelle de zéro à cent, quel est ton degré de stress ?

Charlie rejeta la tête en arrière et tenta de masser ses propres épaules.

— Cent cinquante, répondit-elle.

— Charlie Cross, tu es la personne la plus mélodramatique que je connaisse.

Ava poussa un soupir exagéré et se leva.

— Mais laisse-moi te montrer à quel point je suis une amie formidable, poursuivit-elle en venant se positionner derrière Charlie et en lui donnant une petite tape sur les mains pour qu'elle les enlève.

Charlie ne portait qu'un léger t-shirt et le contact des doigts d'Ava sur elle – même à travers le tissu – ne fit que la tendre davantage.

— Mais c'est pas possible, tu as songé à aller voir un vrai kiné ? demanda Ava qui semblait réellement préoccupée. Tes muscles sont des pierres sous mes mains.

Elle enfonça ses doigts plus encore dans les épaules de Charlie.

Pendant un bref instant, Charlie envisagea de vraiment apprécier le contact d'Ava, mais son instinct de protection prit le dessus. Se faire masser par Ava ne pouvait que vouloir dire davantage encore de tristesse. Lorsqu'elle sentit les doigts d'Ava toucher son cou directement, Charlie se sentit parcourue par un courant électrique. Elle posa sa main sur celle d'Ava et déclara:

— Je suis sûre que tu peux me donner un nom.

Ava arrêta ses mouvements.

— En tout cas, tu peux te rasseoir je crois, conclut Charlie.

Leurs mains restèrent en place une seconde de plus, hésitantes, aucune d'elles ne montrant beaucoup d'envie de changer la situation, jusqu'à ce que Charlie retire la sienne.

Ava fit une dernière petite pression sur ses épaules et retourna s'asseoir.

— Pardon de t'avoir mise mal à l'aise, dit-elle.

— Ce n'est pas grave, répondit Charlie, incapable de regarder Ava dans les yeux.

Heureusement, Nick revint les bras chargés d'un plateau de petites choses à grignoter et d'un verre de vin pour Charlie.

— Ça a l'air délicieux, déclara Ava.

— Servez-vous, je vous en prie, fit Nick en les rejoignant à table, faisant ainsi disparaître une grande partie de la tension sexuelle entre Ava et Charlie. Pourtant, lorsqu'Ava se lécha les doigts après avoir dévoré un canapé aux asperges et à la pancetta, Charlie se sentit envahie de désir à nouveau. Peut-être qu'elle devrait aller courir le lendemain. Ou faire une petite randonnée. Il fallait qu'elle fasse quelque chose en tout cas pour libérer son corps de toute cette tension.

Après qu'ils se furent tous les quatre assis à table pour déguster une assiette de burrata avec de tomates fraîches arrosées d'une sublime huile d'olive, Charlie fit son annonce :

— Je vais être vendue aux enchères pour une association.

— Pardon ? fit Nick.

Charlie leur expliqua que la ligue de softball avait organisé cette vente aux enchères de célibataires pour dans deux semaines.

— Si ce n'était pas pour une bonne cause, je trouverais ça d'un goût douteux, déclara Jason.

— Je me demande à combien tu vas être vendue, dit Nick. Et tu vas leur faire lire des règles à suivre avant de, euh, te mettre en vente ? Comme par exemple l'obligation pour toute acheteuse d'être à cent pour cent ?

— Laisse-la tranquille, Nick, coupa Ava. Je trouve que c'est admirable.

Nick fit un *Oh* offensé et Charlie regarda Ava. Si cette dernière se mettait à être chevaleresque désormais, Charlie allait avoir beaucoup de mal à ne pas vouloir passer du temps avec elle.

Ava lui lança un clin d'œil, puis continua d'imbiber son morceau de pain d'huile d'olive dans son assiette. Pas de régime pauvre en glucides pour Ava non plus.

— Tu as vu Jo ? s'entendit dire Charlie à Jason.

Elle n'avait aucune idée de pourquoi elle demandait des nouvelles de son ex. Même si cette dernière était désormais à LA, Charlie n'avait pas vraiment pensé à elle ces derniers temps. Elle avait peut-être simplement besoin de changer de sujet de conversation.

Jason hocha la tête et répondit :

— Elle est au Standard sur Sunset Boulevard. Elle va y rester quelques jours encore, elle a accepté la mission.

— Ah.

— Tu aimerais la voir ? Elle m'a demandé…, poursuivit Jason.

— Peut-être, on verra, le coupa Charlie en posant sa fourchette. Elle s'installe quand ?

— Dès que possible de ce que j'ai compris. Son client veut qu'elle démarre tout de suite. Mais elle a des choses à régler à New York avant.

— Oui bien sûr, répondit Charlie un peu absente.

— Tu prends tout ça très bien, Charlotte, intervint Nick. Tu grandis.

— Tu avais raison je crois, ça fait effectivement dix mois.

— Et pas de panique, Christian va rester à New York.

— Il a intérêt à bien s'occuper de Stella et Fritzie.

— Les enfants, enfin, les chats, expliqua Nick à Ava.

Charlie donna une petite tape amicale à l'arrière de la tête de Nick.

Nick décida de l'ignorer et poursuivit :

— Ils vont faire des allers-retours toutes les semaines apparemment.

Charlie décida de repousser encore un peu sa confrontation inévitable avec son ex. Il y avait de grandes chances que Jo passe beaucoup de temps avec Nick et Jason. Ce qui voulait dire qu'il fallait qu'elle soit sereine avec tout ça parce que, que ce soit arrangé ou pas, elle allait forcément la croiser rapidement.

Le reste de la soirée les vit discuter de tout et de rien et Charlie se sentit presque complètement détendue avec Ava lorsque minuit approcha.

Elles ramenèrent les assiettes à dessert ensemble en insistant auprès de Nick et Jason pour qu'ils restent assis.

Après les avoir posées sur le plan de travail, Ava se laissa aller contre le bar et observa Charlie. Elle avait l'air d'une reine, encore plus grande que d'habitude avec ce pantalon.

— Et donc ? demanda-t-elle.

— Donc…quoi ?

— Mon exemplaire dédicacé de *Les Rivières Pleurent* ? demanda Ava en souriant.

— Ah oui. Je suis désolée, je n'ai rien trouvé de bien à écrire encore.

— Je dois prendre ça comme un compliment ?

— Absolument.

— Dans ce cas, je te demande de me l'amener chez moi cette semaine.

Le mot *Danger ! Danger !* apparut devant les yeux de Charlie.

— D'accord, dit-elle en n'écoutant pas son instinct. Je prendrai un maillot de bain cette fois, juste au cas où.

— Dommage, j'espérais pouvoir te faire porter un petit maillot moulant à imprimé tigre, répliqua Ava en souriant, et Charlie se sentit fondre à nouveau.

— Ça ne risque pas, répondit Charlie qui serait bien restée à flirter ainsi, presque tendrement, le reste du week-end mais Ava se redressa et elles retournèrent toutes deux dehors.

Après s'être dit au revoir, avec une étreinte qui dura un peu plus que ce que la politesse exigeait, Charlie rentra chez elle et se tortura un peu plus en regardant des vidéos de *Knives Out* sur YouTube.

CHAPITRE 11

Après le match de softball du dimanche, Charlie zappa les verres d'après-match et déclina une invitation de Liz et Sarah à les rejoindre pour dîner avec quelques amis chez elles.

Bien consciente que son esprit ne pensait qu'à une chose, Charlie prit sa voiture et se rendit à Malibu, bien décidée à en finir avec son attirance grandissante pour Ava, sans qu'il se passe quoi que ce soit.

Lorsqu'elle sonna à la porte d'Ava, celle-ci mit plusieurs minutes pour ouvrir, ce qui inquiéta Charlie. Lorsque la porte s'ouvrit enfin, Ava avait la bouche pincée et ses yeux étaient injectés de sang.

— Ça va ? demanda Charlie.

— Apparemment non, d'après certaines personnes, répondit Ava en la regardant.

— Euh, je peux entrer ?

— Oui, bien sûr, fit Ava en s'effaçant afin de laisser entrer Charlie, puis elle referma la porte derrière elles.

Pas d'embrassades ni d'étreintes cette fois-ci.

— Qu'est-ce qui se passe ?

— J'ai brunché avec mon soi-disant ami Eric et il m'a dit ce qu'il avait sur le cœur.

Ava avançait à grandes enjambées dans son salon.

— Tu veux un verre de sherry ? demanda-t-elle en ouvrant d'un geste brusque le meuble à alcool.

Charlie se dit qu'elle aurait assez de temps pour faire passer l'alcool avant de rentrer chez elle et c'était toujours mieux de boire accompagnée d'une amie lorsqu'on était en piteux état.

— D'accord.

Ava posa les deux verres sur la table sans aucune délicatesse.

— Je vais servir, assieds-toi, proposa Charlie.

— Oh là là, je suis navrée, Charlie, pardonne mon impolitesse.

Ava posa la bouteille sur la table avec moins de violence.

— Je ne t'ai même pas saluée correctement. Viens par ici.

Ava ouvrit grand les bras et Charlie vint s'y lover en passant ses bras autour de la taille d'Ava.

— Je suis si contente de te voir, lui murmura Ava à l'oreille.

Des amies ne se disaient pas bonjour ainsi mais Charlie répondit :

— Moi aussi.

Lorsqu'elles se libérèrent de leur étreinte, elles restèrent un moment à se regarder jusqu'à ce que Charlie y mette fin.

— Ah oui, un verre de sherry.

Elle leur servit à toutes deux un fond de verre et elles se dirigèrent dehors.

À peine assises, Ava vida son verre d'un trait.

— Qu'est-ce qui s'est passé ? demanda Charlie, son verre de sherry entre les doigts. Ce n'était pas sa boisson préférée.

— Je ne sais même pas par quoi commencer sans donner l'impression de radoter, expliqua Ava en prenant une grande inspiration. Chez Nosh tout à l'heure, Eric s'est mis à flirter avec moi, comme ça. Je le lui ai fait remarquer et j'en ai profité pour lui dire que j'étais intéressée par quelqu'un d'autre. Après tout, il est l'un de mes meilleurs amis, je devrais pouvoir lui parler de ce genre de choses.

Charlie sentit un petit picotement fort malvenu dans son ventre. Elle poussa son verre de sherry vers Ava.

— Évidemment, il m'a demandé de qui je parlais donc je lui ai avoué mes sentiments pour toi.

Ava racontait ça de manière très détachée et Charlie était plutôt contente qu'Ava soit lancée dans un monologue parce qu'elle était, elle, incapable de dire quoi que ce soit. Elle avait besoin d'y réfléchir. Ava poursuivit :

— Il est comme devenu fou. Il était sûrement jaloux mais ça ne lui donne pas le droit de me parler sur ce ton.

— Qu'est-ce qu'il t'a dit ? demanda Charlie, espérant secrètement apparaître maîtresse de ses émotions.

— Que j'étais sûrement en pleine ménopause et d'autres conneries de ce genre. Vraiment rien qui vaille la peine d'être répété. Je…je me sens complètement trahie par lui. Comme si notre amitié ne voulait rien dire parce qu'il décide, tout à coup, qu'il a encore des sentiments pour moi. Ça fait cinq ans ! Je sais ce que ça fait d'être célibataire, tout ça. Je sais que c'est parfois pesant mais quand même… Un peu de respect pour soi-même !

— Il s'est excusé ? demanda Charlie qui n'avait pas la moindre idée de quoi dire d'autre.

N'était-elle pas en train de jouer avec les sentiments d'Ava elle aussi ?

— Je ne lui en ai pas laissé le temps. Je suis partie. Il ne cesse d'appeler et de me laisser des messages depuis, mais j'ai mis mon téléphone en mode silence.

— Les amis peuvent vraiment être insupportables parfois. Personne n'est parfait, dit Charlie en posant ses yeux sur le verre de sherry qu'elle avait repoussé.

Elle l'aurait bien bu maintenant.

— Je suis certaine qu'il est vraiment désolé, conclut-elle.

— J'espère qu'il va le rester longtemps, fit Ava en prenant le verre de sherry et en le vidant également d'une traite. Je m'excuse d'être si mélodramatique aujourd'hui, Charlie. Je suis à fleur de peau en ce moment.

— Nul besoin de t'excuser auprès de moi.

— Il m'a posé une question pertinente par contre, reprit Ava en fixant un point sur l'horizon. Pourquoi je ne peux pas être avec toi Charlie ? Si je suis aussi dingue de toi, pour quelle raison ne pouvons-nous pas être ensemble ?

— Je crois qu'il nous faut un autre verre, répondit Charlie en se levant pour aller chercher la bouteille de sherry.

Elle en profita pour prendre de grandes inspirations.

— C'est bon, reprit Ava dès que Charlie réapparut avec la bouteille. Je sais pourquoi tu ne veux pas de moi. Tu n'as pas besoin de t'expliquer de nouveau.

Charlie se sentit comme une imbécile. Elle remplit de nouveau leurs verres et Ava but le sien cul sec de nouveau.

— Tu veux nager ? demanda-t-elle d'une voix traînante.

— J'imagine que ce ne sont pas tes premiers verres de la journée ? demanda Charlie en observant avec attention le visage d'Ava.

Ses yeux et sa bouche étaient comme tirés vers le bas.

— J'ai brunché, je te l'ai dit.

— Je vais faire du café.

Charlie n'attendit aucune réponse et s'engouffra dans la maison. Ava avait une machine à café haut de gamme et très chic et Charlie mit quelques minutes pour comprendre comment elle fonctionnait. Elle finit par réussir à faire deux grandes tasses pour elles deux. Dix minutes plus tard, elle tendait son café à Ava et elle remarqua que le niveau de sherry dans la bouteille avait encore baissé.

— Bois ça, ordonna-t-elle en déplaçant la bouteille loin d'Ava.

Ava obéit.

Une part de Charlie souhaitait s'en aller et ne pas avoir cette conversation qui était pourtant nécessaire, mais elle ne pouvait pas laisser Ava dans cet état.

Après quelques gorgées de café, les yeux d'Ava s'illuminèrent et elle demanda :

— Tu as ramené le livre?

— Oui, répondit Charlie en serrant dans ses mains sa tasse de café.

— Je peux le voir? demanda Ava en levant les sourcils.

— C'est le tien donc oui, même si je ne suis pas sûre que tu sois en état pour ça.

Charlie resta immobile, sans faire le geste de prendre son sac.

Ava posa ses coudes bruyamment sur la table et déclara :

— Pas d'inquiétude, Charlie, ma grande scène mélodramatique se termine.

Elle pencha la tête vers l'avant quelques instants, ses longs cheveux la cachant entièrement à l'exception de ses épaules, puis dans un mouvement vif, elle redressa la tête et ses cheveux suivirent le mouvement.

— Je suis moi-même à nouveau, fit-elle dans un grand sourire.

Charlie ne put s'empêcher de rire et elle sortit le livre de son sac, dans lequel se trouvait également un maillot de bain, et le tendit à Ava.

Ava s'empara du roman et le pressa contre son cœur.

— Mon trésor, dit-elle en accrochant le regard de Charlie. La dernière fois, lorsque j'ai voulu lire un passage tu m'en as empêchée, pourquoi ?

Charlie considéra que le cerveau d'Ava était encore embrumé par les vapeurs d'alcool.

— Parce que je déteste quand les gens lisent ce que j'ai écrit tout haut. Je ne sais pas l'expliquer mais ça me gêne terriblement. Et surtout le passage que tu allais lire.

— Comment sais-tu ce que j'allais lire ? demanda Ava en feuilletant son livre. Tu es brillante *et* médium ?

— Aucun des deux mais les gens sont assez prévisibles.

— Vraiment ? Donc tu savais que j'allais lire ça ! dit-elle en ouvrant le livre et en faisant mine de prendre une grande inspiration.

Elle ajouta :

— Je te taquine, Charlie, je ne sais pas pourquoi, mais j'adore le faire. Je peux lire ta dédicace ou tu préfères que j'attende pour le faire ? ajouta-t-elle très souriante.

Charlie sentit la sueur couler dans son dos mais elle acquiesça de la tête.

— Vas-y. Mais ne la lis pas tout haut.

Charlie avait passé une grosse partie de son samedi à essayer de trouver quelque chose- une nouvelle fois.

Elle avait fini par choisir ceci :

Pour Ava

Que notre nouvelle amitié soit l'inspiration de beaucoup d'histoires qui se finissent bien.

— C'est adorable, merci, fit Ava puis elle marqua une pause. Tu as le temps de travailler sur un nouveau roman alors que tu travailles sur *Underground* ?

La question était amicale mais bien plus importante que ce que semblait penser Ava parce que même si Charlie appréciait son travail d'adaptation d'*Underground* sur le petit écran, elle regrettait de ne plus avoir le temps d'écrire.

Charlie passa la main sur son front et fut saisie par ce qui lui apparut comme évident : ce qu'elles étaient en train de faire relevait de la folie pure. Chaque conversation qu'elle avait avec Ava la lui rendait plus accessible, renforçait ses sentiments qu'elle ne pourrait pourtant jamais admettre. Elle ne voulait même pas imaginer se confier à Ava sur le fait qu'écrire seule, assise sur sa chaise lui manquait terriblement. Ni lui raconter simplement ce qui se passait dans sa vie.

— Je suis navrée, je ne vais pas y arriver. Je ne peux pas être là, à discuter tranquillement avec toi. Je vais devenir folle.

Charlie soupira et reprit :

— J'ai des sentiments pour toi et ils ne vont pas disparaître si l'on continue à être *amies*. Franchement, soyons un peu sérieuses.

Ava posa le livre et caressa du bout des doigts la couverture.

— Et tu proposes quoi alors ?

— Je pense que l'on devrait cesser de se voir quelque temps, que les choses se calment.

À chaque mot prononcé, Charlie eut l'impression qu'on lui enfonçait un poignard dans le cœur.

— C'est la dernière chose dont j'ai envie, répondit Ava en passant son doigt sur l'un de ses sourcils parfaitement dessinés pour le remettre en place. Mais dis-moi, Charlie, honnêtement, tu vas me donner une vraie chance un jour ?

— Je n'en sais rien, répondit Charlie en se grattant la joue, histoire d'occuper ses mains. J'en ai très envie mais j'ai peur de tout compliquer si je le fais.

— Mais comment ? Comment ça pourrait être pire qu'aujourd'hui ? À l'évidence, on ne peut pas être des amies. Donc pourquoi ne pas essayer ?

Charlie secoua la tête en signe de dénégation, surtout pour se convaincre elle-même.

— J'aimerais bien que ce soit aussi simple.

— Et si c'était le cas ? Peut-être que tu es tellement obnubilée par ce qu'il y a dans ta tête que tu ne vois pas que ça pourrait l'être, facile.

Charlie secoua la tête plus vigoureusement cette fois.

— Tout est beau et excitant là. Et oui, ce serait simple de se fréquenter, de coucher ensemble, de tomber amoureuse, mais il se passera quoi quand tu te seras lassée de moi ? Lorsque l'attrait de la nouveauté ne sera plus là et que tu te rendras compte que tu n'es pas amoureuse de moi, que c'est autre chose ?

— N'importe quelle nouvelle relation comporte sa part de *si*, Charlie. Il y a toujours un risque. Mais cela ne signifie pas qu'il ne faut pas essayer. Ne plus rien tenter équivaudrait à abandonner toute idée de vivre l'amour.

— Je tenterai avec joie lorsque la bonne personne se présentera.

— Ah, fit Ava en tapotant la table avec ses doigts. Quelqu'un comme Josie tu veux dire ?

Charlie la foudroya du regard et tâcha d'ignorer le sentiment de terreur qui montait dans son corps.

— Je comprends que tu sois sarcastique, vraiment je le comprends. Mais tu n'as aucune idée de ce que j'ai dû endurer pour me remettre debout après que Jo m'ait quittée. Je serais folle de ne pas tout faire pour ne jamais avoir à revivre ça.

— J'ai des infos pour toi, Charlie. Je ne suis pas Jo.

— Je sais. Au moins, Jo se présentait comme une lesbienne lorsque l'on s'est rencontrées, même si je m'en moquais un peu à l'époque.

Charlie sentit les larmes lui monter aux yeux.

— Mais justement, est-ce que cela ne vient pas infirmer ta théorie ?

— On peut parler théorie pendant des heures mais cela ne changera pas mon opinion.

— Même si ça fait de toi une trouillarde prête à sacrifier quelque chose de potentiellement merveilleux juste pour pouvoir continuer à être malheureuse toute seule ?

— Tu as quarante-cinq ans, Ava. Tu ne crois pas que tu le saurais, aujourd'hui, si tu étais vraiment attirée par les femmes ? Coucher avec quelques-unes de tes amies te transforme en cliché ambulant par contre.

— OK. On s'arrête un moment. S'il te plaît.

Charlie reprit un peu d'air et poursuivit sa tirade, malgré la demande d'Ava de faire une pause.

— Tu penses vraiment que je n'aimerais pas que les choses soient différentes ? Je déteste ressentir ça. C'est un enfer d'avoir ce super gros crush pour toi, d'apprendre à te connaître et découvrir que tu fais partie des gens les plus merveilleux que j'aie jamais rencontrés. Mais il ne peut rien se passer. Dire oui déclencherait tellement d'alarmes dans mon esprit, ce serait voué à l'échec dès le départ.

— Dans ce cas, ta solution est probablement la seule qu'il nous reste, conclut Ava qui, pour un fois, semblait ployer sous le poids de qu'elle venait d'entendre. Mais je pense que les choses pourraient se passer différemment.

— Je sais que c'est de ma faute, dit Charlie qui ne put se lever tant elle avait les jambes en coton. Si seulement…, s'interrompit-elle.

— Si seulement quoi ? s'enquit Ava, qui restait séduisante même lorsqu'elle avait l'air sévère.

— Je ne sais pas…si seulement tu étais tombée amoureuse de Sandra. Ou d'une autre femme. N'importe laquelle.

— Je t'aime vraiment beaucoup toi, répondit Ava d'une toute petite voix.

Même si c'était flatteur à entendre, cela ne fit qu'accentuer le chagrin de Charlie, car ça lui donnait raison.

— Oui, mais ce n'est pas suffisant, conclut-elle.

— Je sais, répondit Ava, la voix chancelante.

Charlie devait partir. Elle n'avait pas touché à son verre, au moins elle pourrait conduire sans problème. Elle se leva et lança :

— Je ferais mieux de partir.

Ava acquiesça de la tête. Son corps s'affaissa encore.

— J'ai été contente de te rencontrer, Charlie Cross.

Charlie se précipita à l'intérieur de la maison puis sortit par la porte d'entrée, les larmes aux yeux. Lorsqu'elle arriva à sa voiture, elle donna un grand coup de pied dans le pneu avant. Puis elle tenta de se calmer en posant ses mains sur le toit, en attendant que ses larmes se tarissent.

Elle aurait tellement voulu qu'Ava sorte de chez elle en courant, la prenne dans ses bras presque violemment et lui démontre à quel point elle faisait une erreur. Mais ses paroles avaient fait mouche.

Cela ne serait jamais suffisant.

CHAPITRE 12

Lors d'une pause au travail, Charlie s'occupait comme elle pouvait en faisant défiler sa page Facebook. Elle n'avait pas envie d'être avec les autres. Elle n'avait pas envie de grand-chose depuis qu'elle s'était enfuie de chez Ava le dimanche précédent.

Elle cessa de scroller lorsqu'elle vit la notification qui venait d'apparaître sur son écran. C'était de Liz, qui était à moins d'un mètre d'elle, à l'autre bout de la table.

Tu souriras à nouveau un jour ?

Ce message réussit à lui décrocher un sourire et lorsqu'elle leva les yeux, Liz lui faisait une grimace et Charlie se mit à rire pour de vrai, pour la première fois depuis plusieurs jours. Un nouveau message arriva sur son téléphone, toujours de Liz.

Gagné !

— Allez, fit Liz en se levant et en plantant son regard dans celui de Charlie. Allons prendre l'air.

Charlie se laissa entraîner hors de leur salle d'écriture.

— Même le temps n'est jamais gris et déprimant à LA, dit-elle alors qu'elles étaient dehors, le soleil plutôt doux à son zénith.

— Si tu te plains du fait qu'il y a trop de soleil, je ne suis pas certaine que même moi, la reine de la comédie, puisse faire quelque chose pour toi.

— Depuis quand es-tu une reine de la comédie ? interrogea Charlie sans quitter Liz des yeux. Raconte-moi une blague, maintenant, si tu es aussi forte.

— Mon truc c'est plutôt le burlesque, Charlie, tu le sais. J'admets complètement ne pas être très forte pour raconter des blagues.

Liz posa ses mains sur les épaules de Charlie et exerça une petite pression.

— Allez, raconte-moi, ma belle.

Charlie haussa les épaules.

— J'ai tout gâché. Je le sais. Mais même si je pouvais revenir en arrière, je ne sais même pas comment je pourrais faire autrement.

Liz soupira et fixa Charlie avec un regard plein de détermination.

— Tu as peur, Charlie. Et la peur déclenche des comportements horribles chez les gens.

— Si seulement je savais comment faire pour ne pas être si terrorisée.

— Je n'en sais rien, répondit Liz, ses mains toujours sur les épaules de Charlie. Mais ce que je peux te dire, c'est qu'il n'y a jamais aucune garantie dans la vie. Jo aurait tout aussi bien pu te quitter pour une autre femme plutôt que pour un homme. Ce qui compte c'est qu'elle t'a quittée. C'est absolument normal d'être bouleversée et d'en souffrir mais… je crois que tu te concentres trop sur la personne avec qui elle est aujourd'hui plutôt que le *pourquoi* vous n'êtes plus ensemble.

— Peut-être. Enfin, oui, je sais. Et j'aimerais que les choses soient différentes, vraiment, répondit Charlie. Mais je ne sais pas comment faire.

— Tu as sûrement besoin de davantage de temps. Les ruptures, ce n'est jamais facile.

Liz finit par lâcher les épaules de Charlie.

— Je vais te raconter quelque chose à propos de Sarah et moi. Quand nous nous sommes rencontrées pour la première fois, elle m'a tout de suite plu. Je suis tombée raide dingue amoureuse d'elle. Je ne pensais qu'à elle et je la voulais, pour moi. Lorsqu'on a couché ensemble, j'étais au paradis. Tous mes rêves se réalisaient, tu connais la chanson. Mais le lendemain, elle me disait qu'elle n'était pas prête. Elle se remettait d'une rupture et elle pensait que ce ne serait pas juste de sa part de se remettre en couple aussi vite. Elle m'appréciait beaucoup, *bla bla bla*, mais elle n'était pas prête. Et tu sais quoi ? Elle avait raison.

Liz s'interrompit et regarda Charlie dans les yeux. Elle reprit :

— Plutôt que de me lamenter sur mon sort et le prendre comme un affront, j'ai attendu. Parce qu'elle en valait la peine. Nous sommes devenues amies d'abord. Puis nous nous sommes rapprochées, de plus en plus et quelques mois plus tard, elle *était* prête. Et tu connais la suite.

Liz montra sa main gauche à Charlie et fit bouger ses doigts, montrant ensuite son alliance.

— Ce que j'essaie de te dire, c'est que les choses ne tournent pas toujours comme on le voudrait mais si ça doit arriver, alors ça arrivera.

— Ava avait besoin d'une amie l'autre jour après son brunch avec Eric et au lieu d'être là pour elle, je me suis enfuie, répliqua Charlie.

— Chaque situation est différente. Mais oui, tu es parfois trop empêtrée dans tes pensées, à mon humble avis, fit Liz avec un sourire narquois. Mais tu sais quoi, Charlie ? Ce n'est pas non plus un problème. À l'évidence c'est encore douloureux pour toi. Et personne n'a le droit de te dire combien de temps devrait durer ton chagrin. Essaie juste de moins te prendre la tête…et de t'aimer un peu plus chaque jour. Tu vas finir par y arriver.

— Tu veux dire que je m'apitoie sur mon sort et que je réussis à faire fuir des femmes sublimes à cause de ça ? interrogea Charlie.

— Ce que je veux dire, ma chère, c'est que tu ne devrais pas être aussi dure envers toi-même et que tu ne devrais pas essayer de suivre toutes ces règles idiotes que tu as érigées dans ta tête. C'est tout.

Liz haussa les épaules et conclut :

— C'est facile.

Elle fit un petit sourire d'encouragement à Charlie, l'air moqueur puis reprit :

— Je crois qu'on devrait rentrer. Et n'oublie pas, on fait toutes des erreurs. Je suis sûre que même la divine Ava Castaneda a déjà planté des choses dans sa vie, dit-elle avec son bras autour des épaules de Charlie. Ce qui compte, c'est la façon dont on se remet de ses erreurs.

— Tu n'es peut-être pas une grande comique mais tu es très sage, Liz. Sarah a beaucoup de chance que tu l'aies attendue.

Charlie passa son bras autour de la taille de Liz et elles retournèrent dans leur salle d'écriture.

— Contente de vous revoir, les amoureuses, leur lança Michelle, ce qui provoqua des sifflets et des cris d'appréciation de la part des autres scénaristes.

— Tu es toujours d'accord pour la vente aux enchères, hein ? demanda Liz en lâchant Charlie.

— Je ferais tout pour ma très chère amie Liz, rétorqua Charlie en faisant un clin d'œil.

CHAPITRE 13

— Je peux t'assurer que je ne compte pas manquer une seconde de cette mise aux enchères lesbienne, déclara Nick. Jason, dépêche-toi, on est en retard !

Nick avait réussi à convaincre Charlie de faire le trajet avec eux en lui promettant qu'ainsi elle n'aurait pas à se soucier de ce qu'elle buvait, mais il lui avait également demandé d'arriver au moins une heure en avance afin qu'il puisse *corriger sa tenue*. Charlie était arrivée une demi-heure en avance, avait bu quasiment une bouteille de vin et repoussait Nick lorsqu'il tentait de la toucher. Elle savait bien mieux que lui ce que les lesbiennes aimaient regarder.

Au moment de partir, encouragée par la quantité d'alcool qu'elle avait déjà ingérée, elle osa enfin demander à Nick s'il avait vu Ava.

— Je la vois toutes les semaines à la télé, ma chérie, répondit Nick, clairement en train de répondre à côté.

— Elle va comment ?

— Jason ! hurla Nick. C'est pas vrai ! Les gays et leur salle de bains, c'est un cauchemar.

Il cessa ses allées et venues et s'assit à côté de Charlie sur le canapé.

— Tu veux vraiment savoir ? Vous n'êtes plus amies, c'est peut-être mieux si l'on ne parle plus d'elle.

Charlie avait vu ses journées de travail se rallonger encore maintenant que le tournage d'*Underground* était lancé, et elle ne boudait pas son plaisir de s'immerger complètement dans son travail et l'excitation de participer à une série télé. Passer du temps avec Elisa Fox n'était pas mal non plus. Lorsqu'elle rentrait chez elle le soir elle était trop épuisée pour ne serait-ce que jeter un œil à la télé. Sa consommation de YouTube s'était considérablement réduite également.

— OK, Nickie, c'est toi qui vois.

— Je ne comprends pas bien pourquoi mais elle fréquente Eric à nouveau. Ça doit être sa façon de t'oublier, ce que je lui ai dit, mais les femmes peuvent être vraiment têtues tu sais, confia-t-il d'une traite.

Depuis combien de temps attendait-il le bon moment pour partager cette info ?

Charlie prit la nouvelle comme si quelqu'un l'avait frappée au visage.

— Elle s'est remise avec Eric ?

— Apparemment il lui a fait une grande déclaration. Je ne connais pas les détails et la dernière fois qu'on a discuté, elle semblait ne pas avoir très envie de parler de ça.

Jason sortit enfin de la salle de bains, chaque cheveu de son crâne exactement dans la position qu'il souhaitait.

— Je suis prêt, lança-t-il triomphalement, comme si c'était un exploit d'avoir réussi à se préparer en une heure.

— Ça fait des heures que la voiture nous attend, répliqua Nick en insistant sur le mot *heures*, sans exagérer, comme à son habitude.

— Tu es superbe, Charlie. Je te parie que les enchères vont monter à un million de dollars.

Charlie avait été tellement occupée par le boulot et par le fait de ne pas penser à Ava qu'elle n'avait pas vraiment réfléchi à cette vente aux enchères qui approchait.

— On y va, déclara Nick. Les lesbiennes, ça n'attend pas.

———

Lorsqu'ils arrivèrent sur place, tout le monde était déjà là. Liz bondit sur Charlie dès qu'elle la vit, comme si elle avait guetté son arrivée, saluant à peine Nick et Jason.

— Tu es là ! s'exclama-t-elle.

Elle ne tapota pas sa montre, gentiment. Mais elle était quand même la coorganisatrice de la vente aux enchères.

— Je répète ce que tu as lu dans mon email de la semaine dernière mais il te faudra venir en coulisses à exactement neuf heures moins le quart. Plus tôt si tu veux mais pas plus tard, c'est d'accord ?

— Qui est cette agente des forces de l'ordre, Charlie ? interrogea Nick.

Liz sembla réaliser à cet instant que Charlie était venue avec Nick Kent.

— Oh, mon dieu, je vous adore, dit-elle, méconnaissable.

Puis elle se tourna vers Charlie et lui donna une petite tape sur le bras.

— Pourquoi tu ne nous as pas présentés ? Tu sais à quel point j'adore *Laughing Matters*.

— Euh, Lizzie, tu m'as dit que tu avais candidaté pour un poste de scénariste pour la série il y a des années. Tu ne m'as jamais dit que tu l'adorais.

— Bonsoir, je suis le mari de Nick, intervint Jason en tendant la main. Mais on m'appelle également Jason.

Liz, Nick et Jason échangèrent quelques phrases de politesse et Charlie en profita pour balayer du regard la pièce. Elle reconnut Josie et quelques autres filles de l'équipe de softball à gauche de la scène. Britt l'aperçut à son tour et lui fit un signe de la main, que Charlie lui rendit.

— Il faut que j'y aille. S'il vous plaît, veillez à ce que Charlie fasse ce qu'on lui demande, déclara Liz à l'intention de Nick et Jason. Et j'espère que vous resterez pour la soirée ensuite. Tous les bénéfices vont au foyer pour les jeunes qui sont sans domicile.

— Je ne manquerais ça pour rien au monde, lui répondit Jason en lui passant la main dans le dos. Tu es merveilleuse d'organiser ça.

— Regarde-moi ça, fit Nick à Charlie alors que Liz s'éloignait. Tu es le premier prix ce soir, Charlotte.

Charlie lui prit le programme des mains. Liz le lui avait envoyé pour qu'elle lui donne le feu vert quelques jours plus tôt. La pauvre n'avait pas dû beaucoup dormir, entre le tournage de la série à toute heure du jour et de la nuit et l'organisation de cette soirée caritative. Se voir en photo sur le flyer mit Charlie dans un drôle d'état. Elle avait l'impression que tous les regards étaient braqués sur elle.

— Il n'y a rien pour s'asseoir ? Les lesbiennes n'ont vraiment aucune classe, déclara Nick.

On entendit un petit tapotement dans les enceintes et Charlie en profita pour donner un petit coup d'épaule à Nick. Puis une femme que Charlie ne connaissait pas monta sur scène et les accueillit toutes et tous.

— Je vais nous chercher à boire, proposa Charlie.

La jeune femme était toujours en train de présenter la soirée ainsi que des détails sur l'association choisie. Selon le flyer, dix femmes seraient vendues aux enchères et Charlie serait la dernière à passer. Elle pouvait être soit horriblement nerveuse jusqu'à ce que ce soit son tour, soit boire pour se détendre. Elle choisit la deuxième solution. Elle se dirigea vers le bar et fit l'acquisition d'une bouteille de vin.

Elle salua Sarah et Tiff en revenant s'installer près des garçons, puis elle versa des verres généreux.

— On se calme, la prévint Nick. Tu ne veux pas tomber de la scène. Pense à ta valeur marchande pendant les soixante prochaines minutes s'il te plaît.

Megan, la première femme en lice, faisait partie d'une équipe que Charlie n'avait pas encore affrontée, elle ne la connaissait donc pas. Elle avait bien étudié le flyer de Liz et la seule femme sur laquelle elle aurait été un tant soit peu tentée de faire une offre était Josie. C'était probablement une mauvaise idée mais Charlie la gardait sous le coude malgré tout.

La foule gronda et l'on vit des pancartes se lever avec générosité. Megan partit pour cinq cent cinquante dollars et on lui présenta son date sous les applaudissements très sonores du public.

Charlie attendit que Josie ait disparu dans les coulisses pour laisser Nick et Jason temporairement et rejoindre son équipe pour regarder la vente de plus près.

Son équipe applaudit à tout rompre lorsque Josie se retrouva sur la scène. Sarah fut la première à enchérir.

— Pour faire monter les enchères, chuchota-t-elle à l'oreille de Charlie.

Les montants montèrent effectivement et Josie atteignit les mille neuf cents dollars en un rien de temps.

— Tu crois que je devrais enchérir ? interrogea Charlie.

— Sérieusement ? répliqua Sarah en écarquillant les yeux.

— J'ai l'impression de lui devoir quelque chose.

Tandis que Charlie discutait avec Sarah, deux femmes continuèrent à faire monter les enchères.

— Allez, on n'hésite pas, cria Sarah. Tout doit disparaître aujourd'hui.

Charlie jeta un œil à la concurrence. La femme qui venait de proposer deux mille quatre cents dollars était grande, blonde et tellement estampillée Los Angeles que Charlie fut à deux doigts de laisser tomber. L'autre était d'origine asiatique, comme Josie, mais beaucoup plus trapue, avec des cheveux presque rasés.

— C'est maintenant ou jamais, Charlie, lui fit Sarah en lui serrant le bras.

La maîtresse de cérémonie accepta la proposition de Charlie et cria :

— Nous avons une nouvelle candidate dans cette course. Cela nous amène à trois mille dollars, mesdames et messieurs.

La seconde jeune femme fouilla la pièce du regard et lorsqu'elle aperçut Charlie, elle lui jeta un regard assassin. Elle voulait Josie pour elle apparemment.

La blonde fit une nouvelle offre.

— Trois mille cents, annonça la maîtresse de cérémonie d'une voix de plus en plus aigüe à chaque nouveau montant. Allez, on peut battre un record.

Charlie leva à nouveau la main. La blonde contre-attaqua et elles arrivèrent à trois mille cinq cents dollars. L'adversaire de Charlie jeta l'éponge et ses coéquipières se mirent à siffler et à crier des mots d'encouragement pour Josie tout en donnant des tapes dans le dos de Charlie.

Charlie était encore prise par l'adrénaline de cette enchère et elle n'en sortit que lorsque la maîtresse de cérémonie l'appela sur scène, comme elle l'avait fait avec toutes les autres gagnantes.

— Quelqu'un de très généreux, on adore ça ! lança la présentatrice.

— Certaines choses n'ont pas de prix, répondit Charlie, qui se tenait à côté de Josie.

— Je sais que vous êtes dans la même équipe…au sens propre et au sens figuré donc je ne fais pas les présentations. Amusez-vous bien, mesdames.

— Tu es sérieuse ? lui demanda Josie dès qu'elles se retrouvèrent en coulisse.

— Et pourquoi pas ? rétorqua Charlie. Je pense qu'on devrait tout recommencer. J'ai fait n'importe quoi l'autre soir.

— Les filles, interpela Liz qui avançait vers elles, un grand sourire aux lèvres. C'était génial.

— On en parlera plus tard, répondit Josie.

— Oh allez, c'est pour la bonne cause. Amuse-toi ! fit Liz en donnant à Josie un petit coup de coude dans le bras.

Charlie pencha la tête et battit des cils, espérant séduire Josie avec un peu de comédie.

— OK, très bien, je me rends. On organisera un rendez-vous. Sans téléphone, déclara Josie.

— Et voilà ! s'exclama Liz. La nouvelle candidate est sur scène. Et, Charlie, c'est bientôt ton tour donc reste par ici. Tu peux regarder la scène en te mettant sur les côtés si tu veux. Ou bien tu peux continuer à discuter avec Josie bien entendu.

— Je vais rester là, avec plaisir, répondit Charlie. Je ne suis pas certaine d'être en sécurité si je retourne là-bas. On m'a vraiment mal regardée juste avant que je fasse ma dernière enchère.

— Que s'est-il passé avec celle qui t'écrivait pendant notre rendez-vous ? l'interrogea Josie dans les coulisses.

— Elle est hors-jeu.

Charlie avait du mal à le dire, même si elle souriait.

— Elle est hétéro, donc…, reprit-elle avant d'être interrompue par un cri de Liz.

— Charlie, c'est à toi !

— Bonne chance, fit Josie en levant les pouces.

Charlie s'avança sur la scène, ne voyant presque rien à cause des lumières qui illuminaient la salle, et elle mit du temps à adapter sa vision.

Elle reconnut la voix de Nick dans les cris de la foule. Elle s'attendait à le voir enchérir juste pour s'amuser.

— Et voici Charlie Cross, mesdames et mesdames, et les cinq messieurs dans le fond. Allez, on sort son carnet de chèques pour la dernière fois de la soirée.

Charlie avait suffisamment bu pour ne pas s'écrouler par terre de gène mais elle ne se sentait pas non plus très à l'aise et détendue.

— Vous voulez que je vous présente la charmante Charlie ou ce ne sera pas nécessaire ? demanda la maîtresse de cérémonie.

La foule répondit par des cris enthousiastes.

— Allez, passons aux choses sérieuses, s'écria une voix dans le fond.

Son équipe, à gauche de la scène, répondit par des hurlements.

— Comme vous voulez. Impossible de laisser partir Charlie Cross pour moins de mille dollars, donc commençons les enchères à ce prix.

— Mille cinq cents dollars, cria Nick.

— C'est noté, répondit la présentatrice. Merci, monsieur.

Charlie allait mourir de honte si personne d'autre que son pote gay avec lequel elle était venue ne faisait monter les enchères. C'était horrible d'être exposée ainsi, comme un morceau de viande, aux yeux de tous.

Heureusement, les enchères continuèrent. La ligue avait fait une bonne publicité pour cette vente.

Lorsque la maitresse de cérémonie annonça *cinq mille dollars pour cette jeune femme en rouge*, la plupart avaient abandonné. Charlie s'était habituée aux lumières et reconnaissait davantage de visages dans la foule.

— Y a-t-il quelqu'un qui souhaite dépasser les cinq mille dollars ? s'enquit la présentatrice.

— Six mille, cria l'une des femmes au centre de la pièce.

Charlie reconnut la voix des enchères précédentes.

— Waouh ! Je pense que nous tenons notre gagnante, commenta la présentatrice.

La foule se tut tout à coup, anticipant la suite. Charlie sentit une boule se former dans son ventre.

Puis, alors que la présentatrice prenait une inspiration pour déclarer la vainqueure, une voix retentit du fond de la salle.

— Dix mille, annonça-t-elle.

Charlie aurait reconnu cette voix entre mille. Elle cligna des yeux plusieurs fois et mit sa main en visière pour protéger ses yeux des lumières. Complètement au fond, entre Nick et Jason, Ava était là, la main levée, montrant clairement ses intentions.

Charlie essaya tant bien que mal de contenir ce sentiment de joie pure qui la parcourut à la vue d'Ava. L'espace d'un instant, elle se sentit comme la fille la plus chanceuse du monde.

— Voilà qui met un terme à tout ça, hurla la maîtresse de cérémonie, dans tous ses états. Applaudissons Charlie et sa généreuse acheteuse, à qui je demande de bien vouloir se présenter sur la scène.

La foule applaudit et tout le monde se mit sur la pointe des pieds pour apercevoir le visage de celle qui avait fait cette incroyable offre pour Charlie. Charlie pouvait entendre quelques sons étouffés de surprise venant du public.

Toujours sur son nuage, Charlie ne pensa pas du tout au fait qu'Ava allait s'exposer aux yeux de toutes et tous, au fait qu'elle avait enchéri sur Josie, à rien d'autre que cette espèce de satisfaction totale qu'elle ressentait à l'instant.

La foule laissa passer Ava tandis qu'elle se dirigeait vers la scène, comme si elle était sur un podium. Elle ne regarda personne et garda son regard fixé sur Charlie, qui sentait son cœur battre violemment dans sa poitrine. Elle n'avait qu'une envie, zapper le rendez-vous et ramener Ava chez elle.

Et là, sur cette scène, Charlie se libéra enfin de cette peur qui la paralysait depuis des mois.

Liz se précipita pour aider Ava à gravir les quelques marches pour monter sur la scène. Lorsqu'Ava pivota et fit face à la foule, ce fut du délire. Charlie, elle, n'osa pas regarder Josie sur sa gauche.

— C'est Ava Castaneda, mesdames, hurla la présentatrice. C'est incroyable !

Ava fit un petit coucou au public puis contourna la présentatrice en direction de Charlie. Son sourire toucha Charlie en plein dans son âme. C'était étrange de se rendre compte de ça devant une foule d'inconnus, devant son équipe de softball et sous des lumières brûlantes, mais pour Ava, Charlie s'en sentait capable. Elle allait se débarrasser de cette peur, de ces insécurités et de sa jalousie. Elle allait ouvrir son cœur à Ava.

Ava se pencha vers elle et lui murmura :

— Il n'y a rien que je ne ferais pas pour te montrer à quel point je suis sérieuse en ce qui te concerne.

Elle attrapa la main de Charlie et la serra fort.

D'aussi loin qu'elle s'en souvienne, Charlie n'avait jamais été aussi heureuse.

CHAPITRE 14

Charlie et Ava étaient assises à l'arrière de la voiture d'Ava. Après que l'excitation du grand final de la vente aux enchères se soit apaisée, elles étaient allées en coulisses, et Ava avait rapidement emmené Charlie dehors. Charlie avait un million de questions, mais celle qui brûlait le plus dans son esprit était : *Et Eric ?*

— Grosse erreur, reconnut Ava. J'étais mal et j'ai fait n'importe quoi.

Charlie était trop heureuse pour cuisiner Ava sur ce sujet. Elle n'avait aucune envie de penser à Eric Brunswick en cette soirée magique. Depuis qu'elles avaient quitté la scène, leurs mains ne s'étaient quasiment pas lâchées. Charlie était tout à fait à l'aise à l'idée de ne plus jamais laisser partir Ava.

— Comment as-tu fait pour que Nick ne me raconte pas tout ?

Ava portait une simple petite robe noire près du corps et Charlie n'arrivait pas à la lâcher du regard.

— C'est simple, répondit Ava dans un petit sourire insolent. Je ne lui ai rien dit.

— Mais tu es arrivée quand ? Je ne t'ai pas vue.

— J'avais quelqu'un dans la salle pour me tenir informée et me dire quand faire mon apparition.

— Je n'arrive pas à y croire, fit Charlie dans un sourire béat. Tu te rends compte que tu viens de faire ton coming out ?

— Mon coming out ? Hors du placard tu veux dire ?

Ava traçait les lignes de la main de Charlie avec son ongle.

— Ça ne m'intéresse pas vraiment ça, Charlie. Je m'en moque un peu. Tout ce que je voulais, c'est te faire comprendre les sentiments que j'ai pour toi.

— Ça, c'est fait, c'est certain.

Charlie sentit un autre genre de tension dans son ventre.

Le téléphone d'Ava se mit à sonner dans son sac.

— Oh mais c'est pas vrai, je vais éteindre ce truc.

Son téléphone n'avait cessé de faire plein de bruits différents depuis qu'elles étaient dans la voiture. Ava sortit son téléphone de son sac et y jeta un coup d'œil rapide.

— Sandra fait une crise apparemment, mais elle va devoir attendre.

— Tu sais, une bonne centaine de personnes a posté des photos de nous sur Instagram et Facebook, expliqua Charlie.

— Grand bien leur fasse.

Le sourire d'Ava diminuait à mesure que leur conversation progressait. Elle éteignit carrément son téléphone et le glissa dans son sac.

— Charlie, ce que j'ai fait ce soir peut sembler dingue et pas très prudent pour quelqu'un qui vit et travaille de façon très publique.

Charlie sentit son ongle s'enfoncer plus encore dans sa chair.

— Mais j'ai pris la situation sous tous ses angles, depuis deux semaines, et il n'y a pas eu un seul contre-argument qui m'a convaincue de ne pas le faire. J'espère que tu sais pourquoi.

Très émue, Charlie se contenta de hocher la tête.

— Je vais quand même le dire.

Ava n'en avait pas fini avec ses grands gestes romantiques. C'était la soirée pour.

— Parce que tu en vaux la peine, Charlie. Malgré toutes les choses qui te retiennent et te torturent l'esprit, malgré tes pourcentages stupides, malgré la façon dont tu m'as rejetée plusieurs fois… Je veux que tu me laisses ma chance.

Elle porta la main de Charlie à ses lèvres et déposa un baiser sur ses phalanges.

— Donne-*nous* une chance.

Le baiser se propagea dans le corps de Charlie comme la foudre frappe un arbre. Il lui ôta toutes ses défenses et la laissa entièrement vulnérable.

— De plus, poursuivit Ava, j'ai lu chaque mot que tu as publié et je connais bien ton goût pour tout ce qui est théâtral. Un grand geste était ce qu'il fallait faire pour que tu sortes de cet état de morosité, pour être honnête. Je crois que ça a marché.

Ava déposa un autre baiser sur les doigts de Charlie.

— Tu as déjà payé pour moi au fait?

Charlie plaisantait mais elle était à peu près certaine que si Ava continuait à être aussi sexy qu'elle l'était maintenant, elle, Charlie, allait bientôt ne plus pouvoir parler.

— Ton amie m'a fait signer quelque chose avant que l'on ne s'éclipse.

— C'était Liz. Elle devrait faire des extras en tant qu'organisatrice d'évènements.

Charlie n'avait pas du tout fait attention à la route et elle pencha à gauche tandis que la voiture prenait un virage serré. Étaient-elles déjà arrivées chez Ava ? Était-elle prête pour ça ?

Si elle ne l'était pas ce soir, alors elle ne le serait jamais.

Une fois à l'intérieur, Ava attira Charlie à elle immédiatement et avant de l'embrasser, elle lui glissa :

— J'ai dépensé beaucoup d'argent pour ça donc tu as intérêt à ne pas me décevoir.

Ces paroles ne firent rien pour détendre Charlie.

— Tu as payé pour un date. Si la femme en rouge avait gagné, je ne serais pas là en train de l'embrasser tu sais.

Ava pencha la tête de côté et plongea ses yeux sombres dans ceux de Charlie.

— Es-tu en train de dire que tu n'as pas envie de m'embrasser ?

— Oh que si, répondit Charlie qui perdit tout reste de patience. Elle encercla la tête d'Ava de ses mains et approcha ses lèvres à quelques millimètres de celles d'Ava. *Merci* lui dit-elle avant de goûter ses lèvres.

Ce baiser était différent du premier qu'elles avaient partagé sur la plage parce que plutôt que de bombarder Charlie de doutes et de questions, celui-ci mit en pièces le dernier doute qu'elle avait. Elle avait été folle de vouloir se battre contre cette attirance. Folle de penser qu'elle pourrait oublier Ava facilement. Et bien peu courageuse d'avoir cédé aussi facilement à sa peur.

— J'espère que tu vas rester cette fois-ci, dit Ava lorsqu'elles interrompirent leur baiser.

Charlie lui répondit en l'embrassant de nouveau et en introduisant sa langue dans la bouche d'Ava. Ava avait l'une de ses mains sur sa joue, l'autre sur son cou et Charlie commençait à ne plus trop savoir où elle en était. Non seulement son cœur battait la chamade dans sa poitrine mais d'autres parties de son corps étaient excitées elles aussi.

— Viens. Tu n'as pas encore vu l'étage, dit Ava à Charlie en lui prenant la main et en se dégageant de ses mains sur son cou.

En montant les escaliers de la maison d'Ava au bord de l'océan, les évènements qui allaient se produire étaient très clairs dans son esprit, et cela lui semblait irréel. Charlie sentit l'air lui manquer en regardant les fesses d'Ava bouger dans sa robe près du corps tout en montant les escaliers. Elle avait à peine touché une autre femme depuis Jo. Embrasser Ava sur la plage quelques semaines auparavant était toute l'étendue de ce qu'avait fait Charlie depuis des mois. Elle ne se souvenait même plus de la dernière fois qu'elle avait fait l'amour. Et là, Ava la voulait tellement qu'elle avait affronté toute une salle de lesbiennes déchaînées. Charlie avait encore du mal à réaliser tout ça. Mais elle savait ce qui se passait : elle voulait aller au bout avec Ava.

— Tu pourras admirer ma chambre plus tard, lui dit Ava en l'attirant à elle pour l'embrasser de nouveau. Ça fait trop longtemps que j'attends ça, je n'en peux plus.

Elle l'embrassa avec davantage d'insistance, faisant bouger ses lèvres contre celles de Charlie à dessein. Elle les fit glisser jusqu'à l'oreille de Charlie et lui chuchota :

— J'ai envie de toi, Charlie Cross. Mets-toi bien ça dans le crâne.

S'il y avait bien un moment, après Jo, où Charlie pouvait aisément mettre de côté tous ses doutes et ses excentricités névrotiques, c'était celui-ci. Elle sentit le souffle chaud d'Ava dans son oreille, ses mains qui tentaient de défaire son haut. Elle décida de laisser son corps prendre les commandes, le laisser contrôler son esprit.

— Tourne-toi, murmura-t-elle.

Ava lui sourit et pivota sur elle-même.

Charlie défit la fermeture éclair de la robe d'Ava. Sa nervosité laissa la place au désir pur. Elle n'avait pas besoin de réfléchir cent ans au fait qu'elle allait coucher avec Ava pour savoir quoi faire.

Ava dut se déhancher un petit peu pour se débarrasser entièrement de sa robe. Charlie eut le souffle coupé en voyant le dos d'Ava, complètement nu à l'exception de la fine dentelle de son soutien-gorge. Elle l'avait déjà vue en bikini mais les circonstances avaient été totalement différentes.

Ava ne se retourna pas pour la regarder. Elle choisit plutôt de passer ses mains dans son dos et de défaire son soutien-gorge. Lorsqu'elle pivota de nouveau, elle retenait le tissu sur sa poitrine avec ses deux mains.

— Tu es prête, Charlie ? demanda-t-elle d'une voix terriblement sexy.

Charlie hocha la tête. Ava ne fit pas tomber son soutien-gorge. Elle se fendit d'un immense sourire et dit :

— Ah, tu pensais que c'est de ça dont je parlais ?

Elle fit descendre le tissu un tout petit peu sur ses seins et poursuivit :

— Non, je voulais dire prête à ce que toi tu te déshabilles.

Charlie se mordit la lèvre inférieure et fixa Ava du regard.

— Je veux que ce soit toi qui me déshabilles.

Elles restèrent immobiles quelques instants, la tension plus que palpable et puis Ava acquiesça. Elle laissa tomber son soutien-gorge au sol, Charlie sentit son esprit faire de même et elle n'avait plus qu'une chose en tête, se débarrasser de ses propres vêtements sur le champ si cela signifiait être toute proche de coller son corps nu contre celui d'Ava.

— Très bien, Charlie, fit Ava en faisant un pas vers elle. Mais souviens-toi que c'est toi qui l'auras voulu.

Ava entoura la taille de Charlie de ses mains et souleva son haut très lentement. Charlie ravala un grognement.

Charlie leva les bras au-dessus de sa tête et Ava étant plus grande qu'elle, elle put faire glisser son haut facilement. Puis elle fit glisser ses mains sur le buste de Charlie jusqu'à atteindre la ceinture de son jean et elle en défit le bouton.

— Seigneur, fit Charlie dans un soupir.

Elle allait prendre feu si Ava continuait à la toucher de cette façon.

Ava pencha la tête comme pour dire *C'est toi qui l'as voulu.*

Charlie la laissa faire sans rien dire. Ava ramena ses mains sur le buste de Charlie, traça un cercle autour de son nombril puis fit remonter son doigt afin de suivre les bords de son soutien-gorge.

Cela donna la chair de poule à Charlie qui sentit des palpitations dans sa culotte. Ava passa un doigt dans son soutien-gorge et caressa presque un téton.

Puis Ava laissa descendre ses doigts le long de son ventre et cette fois-ci, elle ouvrit la braguette du jean de Charlie.

— Tu vas peut-être l'enlever, non ?

Elle fit un pas en arrière, offrant sa poitrine nue au regard de Charlie, qui resta médusée et en oublia de faire ce qu'elle était censée faire.

— Juste ton jean, la prévint Ava. On fait comme tu l'as choisi.

Elle haussa les épaules de manière exagérée.

Charlie vacilla sur ses jambes et tomba presque à la renverse en tentant d'enlever ses chaussures et son jean dans un seul et même mouvement. Puis elle se retrouva debout face à Ava, en culotte et en soutien-gorge.

Instinctivement, et probablement aussi parce qu'Ava était, elle, seins nus depuis un moment, Charlie passa ses mains dans son dos.

Ava fit un bruit avec sa langue qui voulait clairement dire *non*, tout en secouant son index. Charlie laissa retomber ses mains le long de son corps.

— Bien, fit Ava en s'approchant d'elle. Je vais te déshabiller complètement, Charlie. Mais je vais prendre tout mon temps. Après tout, toi aussi tu m'as fait attendre un bon moment.

Charlie se sentit complètement submergée par son désir inassouvi – elle avait été même dans l'incapacité de s'autoriser une petite session rapide de masturbation afin de chasser un peu Ava de son esprit. Elle sentit sa respiration s'accélérer et sa poitrine monter et descendre rapidement, en rythme. Sa culotte était trempée et voir Ava approcher sa main de ladite culotte ne l'aidait pas du tout.

Comme elle l'avait fait avec les bords de son soutien-gorge un peu plus tôt, Ava suivit du doigt l'élastique de sa culotte.

— Jolis dessous, Charlie, dit-elle avec une once de moquerie dans la voix. Tu les as choisis exprès pour la vente aux enchères ?

Charlie ne put répondre – son cerveau avait cessé de fonctionner au moment où Ava avait posé un doigt sur son ventre. Ava plaça sa main entre les jambes de Charlie et très délicatement, elle effleura le tissu trempé de sa culotte.

Charlie ne put contenir le gémissement qui venait du fond de son cœur.

— Oh, Seigneur, Ava, je t'en supplie.

Si Ava continuait ainsi, elle allait la faire jouir bien trop tôt. Ava ne s'arrêta pourtant pas. Elle décida de tracer un cercle autour de son clitoris.

Charlie souffla fort par le nez et tâcha de se maîtriser.

— S'il te plaît, supplia-t-elle. Tu ne comprends pas.

— Qu'est-ce que je ne comprends pas, Charlie ?

Ava continuait à faire des cercles autour du clitoris de Charlie, le tissu trempé étant la seule barrière entre elles deux.

— Je ne comprends pas ce que ça fait de se faire torturer de désir ?

Elle mordilla l'oreille de Charlie.

— Si…tu … ne… t'arrêtes pas…, s'interrompit Charlie qui ne put plus rien dire.

Elle sentait ses muscles se tendre de plus en plus. Ce n'était pas ce qu'elle voulait, ce n'était pas le final qu'elle imaginait pour cette nuit ensemble.

Et puis Ava retira sa main, Dieu merci. Elle glissa ses doigts dans l'élastique sur le côté et fit glisser sa culotte le long de ses jambes. La sensation de l'air frais sur ses lèvres gonflées calma un peu Charlie, mais à peine. À l'évidence, sa mission pour le reste de la nuit allait être de s'empêcher d'avoir un orgasme trop rapidement.

— Il faut que tu te détendes, Charlie.

Charlie décela une pointe d'impatience dans le ton d'Ava

qui apparemment en avait assez de susciter le désir de Charlie lentement. Elle défit son soutien-gorge qu'elle jeta par terre et lui ordonna de s'asseoir sur le lit.

De tout ce qu'elle avait pu imaginer, Charlie n'avait jamais pensé qu'Ava serait aussi autoritaire. Charlie avait de l'expérience, elle ; ça devrait être à elle de prendre les devants. Mais elle était trop bouleversée, trop excitée et trop submergée de désir pour dominer Ava. Elle ne réussit qu'à lui opposer un regard plein de défi avant de s'asseoir, comme Ava lui avait dit de le faire.

Ava se tenait devant elle, un immense sourire aux lèvres.

— Je vais te prouver une bonne fois pour toutes, Charlie Cross, qu'un pourcentage n'est qu'un nombre.

Ava s'agenouilla devant Charlie et embrassa sa cuisse. Puis elle lui écarta doucement les jambes.

Charlie partit en arrière en s'appuyant sur ses mains et elle sentit un souffle froid sur son sexe malmené. Elle posa ses yeux sur la masse de cheveux noirs d'Ava et prit plaisir à voir ses longs cheveux tomber sur le haut de ses cuisses. Elle sentit le souffle d'Ava sur son sexe, réchauffant ainsi l'air qui se trouvait entre ses jambes.

Charlie était totalement à fleur de peau, son corps en surchauffe et son clitoris prêt à exploser et lui procurer un orgasme incroyable. Elle pensa même qu'elle allait jouir rien qu'à regarder Ava tête baissée entre ses jambes. Puis son cerveau fit un court-circuit au moment où Ava déposa un baiser à l'intérieur de sa cuisse, provoquant ainsi un long gémissement chez Charlie.

C'était comme si Ava avait compris qu'attendre davantage serait futile et elle déposa un autre baiser cette fois juste en dessous du clitoris de Charlie. Le baiser suivant arriva rapidement et Ava se retrouva bientôt à multiplier de légers baisers entre les jambes de Charlie, qui se sentit perdue pour de bon.

Quelques instants plus tard, Charlie mettait sa main dans les cheveux d'Ava, enfonçait ses doigts dans sa chevelure brillante et épaisse et était saisie d'un orgasme qu'elle accueillit dans un cri grave et profond. Lorsque ses muscles se détendirent enfin, elle se laissa retomber sur le lit et une larme vint rouler sur sa joue.

Ava s'installa sur le lit et colla son corps chaud contre celui de Charlie, encore tremblant.

Charlie attira Ava à elle aussi fort qu'elle le put, espérant disparaître en elle pour quelques instants.

— Seigneur, ça faisait tellement longtemps que j'attendais ça, murmura-t-elle.

Ava se mit sur ses coudes et observa Charlie. Avec le revers de la main, elle lui caressa la joue et écrasa sa larme.

Tout ce qui s'était mis en travers de son chemin pour l'empêcher de faire ça fut oublié une fois qu'elle avait effectivement évacué la tension. Charlie se sentait plus libre qu'elle ne l'avait jamais été depuis un an. Comme libérée d'un sort qu'elle s'était jetée à elle-même. Maintenant qu'elle avait profité de son premier orgasme, elle allait pouvoir s'amuser elle aussi.

— C'est à mon tour, déclara-t-elle en passant un doigt léger sur le dos d'Ava. On va voir combien de temps tu tiens.

Ava la fixa du regard et déclara :

— Je ne dis pas que c'est un concours mais si c'était le cas, tu n'aurais aucune chance, ma chère Charlie.

C'en était trop. Charlie se releva en prenant appui avec ses mains et fit basculer Ava qui se retrouva en un rien de temps sur le dos. Charlie avait une jambe de chaque côté de sa taille fine, puis elle lui attrapa les mains et les mit au-dessus de sa tête en les tenant fermement.

— Il est temps d'effacer ce sourire triomphant, dit-elle même si ces mots qu'elle venait de prononcer n'avaient rien à voir avec ses vrais sentiments. Elle ressentait au fond d'elle du désir, de l'envie qui se mélangeaient aux évènements de la soirée pour la faire se sentir presque extatique. Charlie se prépara à introduire ses doigts en Ava. Cette femme dont elle avait décidé de se passer. Cette femme qui était revenue vers elle, qui s'était battue pour elle et qui avait démontré à Charlie qu'il fallait qu'elle la prenne au sérieux.

Charlie relâcha Ava et lui sourit en la regardant dans les yeux. Ava lui fit un immense sourire, dévoilant ses dents blanches parfaites. Lorsqu'elle souriait ainsi, ses joues formaient des fossettes absolument adorables.

Elle était au-dessus d'Ava et la touchait à peine. Il était grand temps qu'elle découvre les parties les plus intimes du corps magnifique d'Ava.

Charlie laissa ses doigts courir sur le ventre d'Ava, remontant vers ses seins magnifiques. Même si elle venait d'avoir un orgasme qui l'avait libérée, elle sentit son intimité palpiter dès qu'elle toucha les seins d'Ava. Elle fit passer son doigt autour du téton d'Ava, ravie de le voir se dresser d'excitation.

Lorsque Charlie regarda le visage d'Ava, toute trace d'arrogance avait disparu et elle était étendue, les yeux mi-clos et la bouche entrouverte. Charlie prit doucement le bout d'un sein entre ses doigts et serra, provoquant un long gémissement de la part d'Ava, qui planta ses ongles dans le dos de Charlie.

Charlie serra un peu plus fort encore, plutôt fière de laisser une marque sur le corps d'Ava.

Charlie fit la même chose sur l'autre sein, excitant Ava avec ses mains. Lorsqu'elle descendit sa main, elle approcha ses lèvres du sein d'Ava et le prit dans sa bouche. Charlie sentit l'excitation la traverser jusque dans son intimité la plus profonde. Si ça ne tenait qu'à elle, elles n'allaient pas beaucoup dormir.

— Oh, Charlie, gémit Ava en plongeant ses doigts dans les cheveux de Charlie.

Charlie relâcha le sein d'Ava et la regarda.

— Ce n'est pas le moment de me punir parce que je t'ai un

peu titillée tout à l'heure. Moi aussi j'attends depuis un moment, dit-elle dans un souffle.

Plutôt que de la faire attendre de la même façon qu'Ava l'avait fait si cruellement un peu plus tôt, Charlie introduisit sa main dans la culotte d'Ava et n'y trouva que de l'humidité. Ava lâcha les cheveux de Charlie et lui prit la main pour la guider encore plus loin dans sa culotte.

Charlie prit l'un des seins d'Ava dans sa bouche de nouveau et le mordilla tandis que sa main explorait l'intimité d'Ava. Elle voulait voir par contre. Elle voulait voir le sexe d'Ava humide et gonflé de désir.

Charlie laissa s'échapper de sa bouche le sein d'Ava, sortit sa main de sa culotte et prit appui sur ses mains pour se redresser. Elle fit glisser la culotte d'Ava le long de ses longues jambes et put enfin regarder. Elle fut prise d'un désir puissant et soudain de poser sa langue sur l'intimité d'Ava et se laisser emporter. Mais il y avait une chose que Charlie voulait par-dessus tout, c'était planter ses yeux dans ceux d'Ava et la faire jouir avec ses doigts.

Charlie s'installa de manière plus confortable à côté d'Ava et ne put résister à la tentation de reprendre ses tétons dans sa bouche. Elle glissa également un doigt entre les plis d'Ava et remonta vers son clitoris.

— Baise-moi, Charlie, supplia Ava.

Elle était réellement autoritaire et ne semblait avoir de patience que lorsqu'elle avait décidé de prendre son temps.

Après quelques allées et venues seulement, les doigts de Charlie étaient trempés de l'excitation d'Ava. Charlie ne pouvait plus attendre, elle en avait envie autant qu'Ava. Charlie fit redescendre ses doigts vers l'entrée de son intimité et introduisit deux doigts en elle, très lentement. Elle s'obligea à prendre son temps afin que chaque instant se grave dans sa mémoire.

Ava semblait manquer d'air et sa main qui était posée sur le dos de Charlie se tendit brusquement, ses ongles s'enfonçant dans sa peau.

Charlie se délectait de la sensation de ses doigts enfouis dans l'intimité d'Ava, qui donna un coup de bassin contre la main de Charlie, à l'évidence demandant plus encore, et son désir était visible dans la main de Charlie.

— Aah, gémit Ava. Charlie, s'il te plaît, Charlie.

Elle répétait ces mots comme un mantra, comme si elle avait besoin de s'entendre les dire afin de se laisser aller complètement.

Charlie était concentrée exclusivement sur Ava et ne quittait pas des yeux son visage, émerveillée de ses changements d'expression, de ses battements de cils et de la moue de ses lèvres, sa tête en arrière sur son oreiller – mais elle ne pouvait pas ignorer complètement sa propre excitation. Charlie se sentait déborder de désir tandis que ses doigts exploraient et caressaient Ava, profondément.

Soudain, Ava se contracta plusieurs fois et elle attrapa Charlie par le poignet.

— Oh mais…, laissa-t-elle échapper tout en prenant une longue inspiration.

Charlie ôta ses doigts et embrassa Ava doucement sur la bouche. Ava avait un grand sourire aux lèvres que l'on pouvait voir également dans ses yeux.

— C'est pas mal pour un début, déclara Ava en enroulant un bras autour du cou de Charlie.

Charlie s'allongea à côté d'elle, sa tête toujours sur le bras d'Ava.

— C'était bien le dernier endroit sur terre où je m'imaginais finir la vente aux enchères lorsque je me suis réveillée ce matin, avoua-t-elle.

Charlie pensait même qu'elle aurait pu éviter Ava tout le reste de sa vie à Los Angeles.

— J'en conclus que tu passes la nuit ici ? plaisanta Ava.

— Si ça ne tenait qu'à moi, je ne quitterais plus jamais ce lit.

— Tu es en train de me dire que tu veux que je t'y attache avec mes menottes ?

Ava se redressa et regarda Charlie.

— Il m'a semblé détecter chez toi une propension à être autoritaire. Il va falloir y faire quelque chose, répliqua Charlie, qui se sentait comme irradiée de bonheur.

Ava se pencha en avant et déposa un léger baiser sur sa joue.

— Nous verrons ça, conclut-elle sans une once de sincérité dans la voix.

CHAPITRE 15

La première chose que Charlie vit en ouvrant les yeux, ce fut l'océan. Les vagues s'écrasaient sur le rivage. Elle plissa les yeux pour tenter de reconnaître l'endroit exact où Ava l'avait serrée contre elle et embrassée pour la première fois.

Elle se mit sur le dos. Ava était toujours endormie, sur le côté et s'était débarrassée des draps, dévoilant ainsi sa poitrine. Son visage était serein et contrastait fortement avec ce que Charlie avait pu voir la nuit précédente. Elles n'avaient pas beaucoup dormi et Charlie constata en s'étirant que certaines parties de son corps étaient un peu douloureuses, pour la première fois depuis plus d'un an, voire plus.

Elle resta à contempler Ava quelques instants supplémentaires. Elle voulait rester chez Ava pour toujours et ne pas avoir à confronter le monde extérieur.

— Hey, fit Ava lorsqu'elle ouvrit les yeux.

Instantanément Charlie sentit son corps se réchauffer.

— Bonjour, répondit-elle en déposant un baiser sur son front.

— C'est tout ? répliqua Ava. Tu es peu généreuse.

— Tu devrais déjà être bien contente que je sois encore là.

— Dit par la femme qui souhaitait que je l'enchaîne à mon lit hier soir.

— Je n'ai jamais dit…, commença Charlie avant de s'interrompre lorsqu'elle comprit qu'Ava la taquinait.

Ava eut un petit rire et lui demanda l'heure.

— Je n'en sais rien. Je ne sais pas non plus où est mon téléphone et j'ai bien envie de ne pas m'en soucier du tout, répondit Charlie qui n'avait rien de prévu pour la journée.

Ava resta silencieuse un petit moment, dans cette chambre qui avait l'odeur de leurs ébats, puis passa ses mains derrière sa tête.

— À l'heure qu'il est Sandra doit être dans tous ses états. J'ai bien peur de devoir regarder mes messages à un moment donné.

— Plus tard peut-être, répliqua Charlie en déposant de nouveau un baiser sur le front d'Ava. D'abord, on va prendre une douche.

— Excellente idée. Tu vois, je savais que tu étais brillante.

Ava mit ses bras autour du cou de Charlie et l'attira contre elle pour un long baiser.

———

Après leur douche qui fut la plus longue que Charlie ait jamais prise de sa vie, elles s'assirent autour du bar dans la cuisine pour prendre leur petit déjeuner. Ava fixait du regard son téléphone qu'elle n'avait pas encore rallumé.

— J'ai peut-être un peu perdu la tête hier soir, déclara-t-elle en prenant une gorgée de café. Totalement de ta faute par ailleurs.

— Et si je rallumais le mien en premier ? Comme ça on se rendra compte des dégâts et on avisera, dit Charlie en tripotant son téléphone.

— Très bien, fit Ava en prenant un morceau de mangue avec sa fourchette.

Charlie appuya sur le bouton et attendit que son téléphone se rallume. Dès que l'écran s'alluma, ce fut une avalanche de messages.

— Mes coéquipières pour la plupart, rassura-t-elle Ava, et une bonne dizaine de Nick évidemment.

Elle continua à faire défiler ses messages et ne vit rien d'inhabituel.

— Pas de lien vers TMZ, dit-elle à Ava avec un petit sourire d'encouragement.

— Allez, c'est parti, fit cette dernière.

Les messages de Charlie n'étaient rien en comparaison de toutes les notifications sur celui d'Ava lorsqu'elle le ralluma. Elle le posa à côté de sa tasse de café et pendant deux bonnes minutes, elle le fixa du regard comme si elle lui en voulait de déranger sa tranquillité d'esprit.

— Je n'ai que quinze messages de Sandra. Ah, et évidemment Eric a appelé. J'ai une cinquantaine d'appels en absence. Et je ne vais certainement pas ouvrir mes réseaux sociaux.

Ava posa son téléphone et regarda Charlie.

— On est quand même dimanche.

Charlie eut un petit rire et dit :

— C'est vrai. Mais appelle peut-être Sandra. Pour lui dire que tout va bien se passer.

— Je pourrais bien lui raconter ce que je veux, elle ne me croira pas. Je la paie justement pour ça, ne pas me croire.

— Sérieusement, qu'est-ce qui pourrait arriver de pire ? demanda Charlie. Ce n'est pas comme si tu avais eu un date avec Elisa Fox ou quelqu'un dans son genre. Ce n'est que moi.

— Que toi, répéta Ava en plantant son regard dans celui de Charlie. Si j'appelle Sandra, elle va vouloir venir ici et notre journée sera fichue.

— Il faut que tu lui parles. Elle pense peut-être que je t'ai jeté un sort et kidnappée.

Cela fit sourire Ava mais ce sourire fut rapidement effacé lorsque la sonnerie de l'interphone retentit.

— Puisqu'on parle du loup…Je suis certaine que c'est Sandra.

Ava se laissa glisser du tabouret et se dirigea vers l'écran de contrôle qui était sur le mur à côté de son frigo. Elle appuya sur un bouton et une Mustang, que Charlie reconnut de la première fois qu'elle était venue dîner chez Ava, apparut sur l'écran. Ce n'était pas Sandra, c'était Eric.

— Oh, Seigneur, fit Ava en levant les yeux au ciel, exaspérée. Il ne manquait plus que ça.

Elle prit une longue inspiration, planta ses pieds dans le sol, probablement pour plus de stabilité et répondit à l'interphone brutalement :

— Quoi ?

— Je peux entrer ? fit Eric de l'autre côté de l'interphone.

— Pour quoi faire ?

Ava semblait si exaspérée que Charlie se demanda ce qui s'était réellement passé entre eux.

— Pour quoi faire ? répéta Eric. Eh bien pour discuter, parce que je suis ton ami et qu'on travaille ensemble.

— Très bien, répondit Ava en soupirant. Mais pas de leçon de morale, hein.

Elle appuya sur plusieurs boutons et se tourna vers Charlie.

— Je ferais mieux d'aller mettre quelques vêtements supplémentaires.

— Tu veux que je m'en aille ? proposa Charlie, pas exactement ravie de devoir assister à ça.

— Absolument pas, non, répliqua Ava en s'avançant vers elle. Nous n'avons pas à avoir honte de quoi que ce soit. Si Eric veut venir ici et faire une démonstration de testostérone, c'est son problème. Je sais exactement ce qu'il va dire parce qu'il me l'a déjà dit plusieurs fois.

Ava déposa un baiser sur les lèvres de Charlie et conclut :

— Tu pourras le faire entrer pendant que j'enfile au moins un pantalon ?

— Euh, je ne suis pas franchement décente moi non plus, répliqua Charlie qui portait le même haut que la veille et une culotte empruntée à Ava.

— Effectivement, répondit Ava dans un de ses immenses sourires. Eh bien nous allons le faire attendre un petit peu. Viens.

Elles se précipitèrent à l'étage et il fallut quelques instants à Charlie pour retrouver son jean dans la chambre d'Ava. Pendant qu'elle retrouvait et remettait son soutien-gorge, Ava, elle, s'était transformée en mannequin de magazine. Charlie lui aurait bien demandé comment elle faisait ça mais elle avait quelque chose de plus important à lui demander.

— Vous vous êtes quittés en, euh, bons termes avec Eric ?

— Je ne dirais pas ça, non, répondit Ava en tentant de défroisser son chemisier. Il ne vaut donc mieux pas le faire trop attendre.

Elles retournèrent en bas le plus rapidement possible et Ava fit entrer Eric.

— Comme on se retrouve, lança Eric lorsqu'il aperçut Charlie dans la cuisine.

— Bonjour, Eric, répondit Charlie qui n'avait pas vraiment discuté avec lui lors du dîner chez Ava, mais il lui avait semblé être plutôt agréable.

Eric secoua la tête.

— Bon sang, Ava, où avais-tu la tête ? Tu ne peux pas, enfin…

Il semblait incapable de trouver les mots pour décrire les terribles méfaits d'Ava.

— Faire ce que tu as fait, poursuivit-il enfin. Je suis navré d'être celui qui doit te dire ça mais tu n'as pas le droit d'être égoïste à ce point. Pas quelqu'un comme toi. Pas lorsque d'autres emplois sont en jeu.

— Explique-moi comment j'ai mis en danger des emplois ? demanda Ava, très calme par rapport à l'agitation d'Eric.

— Tu te moques de moi ?

Eric avait une cinquantaine d'années, des cheveux gris. Pas vraiment séduisant mais bon, Charlie n'était pas une experte. Elle avait vu tellement de femmes se pâmer devant des hommes qu'elle-même trouvait atroces.

— On a une image à maintenir. On le doit à l'émission.

— Ah oui ? Et quel genre d'image ? Le genre où la présentatrice ne peut avoir d'aventures qu'avec l'un des jurés, masculins, de l'émission ?

Eric se détourna d'Ava pour regarder Charlie. Il donnait l'impression de ne pas comprendre comment il pouvait en être réduit à être en concurrence avec quelqu'un comme elle.

— Je pensais que tu étais plus maligne.

— Pourquoi ne pas dire ce que tu es vraiment venu dire, Eric ? Ted, ton collègue juré, est ouvertement gay ! Tout ceci n'a rien à voir avec l'émission et nous le savons parfaitement toi et moi, lui lança-t-elle en le regardant froidement.

— Et oui, tu l'as dit toi-même, Ted est gay, depuis des années. Toi, par contre…

Si Charlie avait dû imaginer ce à quoi la jalousie ressemblait, elle n'aurait pas eu de mal à la décrire. Elle était aux premières loges à cet instant présent.

Le visage d'Ava se radoucit et sa voix devint plus onctueuse également.

— Calmons-nous, d'accord ? J'imagine que c'est difficile pour toi.

— Difficile ? Tu es allée sur internet aujourd'hui ? demanda-t-il, à l'évidence pas prêt à se calmer.

Ava souffla bruyamment et leva deux doigts devant elle.

— Tu as deux choix, Eric. Soit tu t'assois, tu bois un café et tu respires lentement. Soit tu t'en vas.

Charlie sentit son cœur s'accélérer en entendant Ava hausser le ton ainsi. Ce n'était pas très opportun au vu de la situation mais elle ne pouvait s'en empêcher. Une Ava autoritaire lui faisait beaucoup d'effet.

Eric leva les mains devant lui en signe de trêve.

— Très bien.

Charlie aurait voulu intervenir pour dire que des excuses auraient été une bonne idée mais elle se dit que ce n'était pas le moment de faire cette remarque. Elle comprenait vaguement qu'il puisse penser qu'Ava et lui avaient plus de sens qu'Ava et Charlie.

Eric prit place en laissant un tabouret vide entre lui et Charlie et Ava, debout derrière le bar, lui servit un café.

— Je ne veux pas être impoli mais on pourrait peut-être discuter en privé ? demanda-t-il en regardant Ava directement, comme si Charlie n'était pas là. On a un passé, Ava. Je n'ai pas envie d'en discuter devant quelqu'un qui n'a rien à voir avec… nous.

Ava leva les yeux au ciel.

— Je ne sais pas ce que tu pensais faire en venant ici mais pour l'instant, tu n'as réussi qu'à me mettre en colère. Continue comme ça et *Knives Out* ne sera pas la seule chose sur la sellette.

Charlie ne pouvait pas voir le visage d'Eric mais elle remarqua que sa posture avait changé – tout en commençant elle-même à se sentir de trop.

— J'essaie juste de comprendre, Ava.

Sa voix devint un murmure mais Charlie entendait toujours tout.

— Le week-end dernier, j'ai cru que toi et moi étions à nouveau ensemble et maintenant…ça.

Ses paroles saisirent Charlie. Elles n'avaient pas eu le temps de parler de tout avec Ava. Et aujourd'hui, cet homme assis dans la cuisine d'Ava venait littéralement se mettre entre elles. Elle avait réussi à repousser ses inquiétudes sur le fait qu'Ava pourrait la quitter pour un homme à cause de la vente aux enchères et de la nuit incroyable qu'elles avaient partagée mais cela devenait très compliqué. Ava et Eric pouvaient très bien avoir partagé le même genre de nuit. Pas surprenant que ce type ait l'air à ce point défait.

— Je vais y aller, dit-elle maintenant que son instinct lui était revenu.

Charlie prit appui sur ses mains pour s'éloigner du bar et elle ajouta :

— Pour vous laisser parler tranquillement.

Eric se détendit tandis que tout l'inverse se produisit pour Ava.

— Non, Charlie, non, dit-elle.

— Mais j'ai des choses à faire de mon côté.

Charlie se sentit submergée par une vague d'anxiété bien connue. Elle tenta de respirer, de se raisonner, mais rien que le fait de voir Eric face à elle, de voir cette petite flamme dans ses yeux qui n'y était pas auparavant était suffisant pour la faire fuir.

Charlie prit son téléphone sur le bar et se demanda si elle avait un sac quelque part. Oui, elle devait bien en avoir un. Ses clefs n'étaient pas dans sa poche. Et elle n'avait pas sa voiture.

— Je suis sérieuse, Charlie, répéta Ava en s'approchant d'elle et en passant un bras autour de ses épaules. J'ai besoin que tu restes.

Ce geste suffit à éteindre la petite flamme dans les yeux d'Eric.

— Si quelqu'un doit s'en aller, c'est à Eric de le faire.

Ce dernier leva les sourcils comme s'il disait *Ah oui, vraiment ?*

— Tu me dois plus qu'une tasse de café tiède, Ava. Et tu le sais.

Il descendit du tabouret et sortit de la cuisine puis de la maison avec ses grands pas bruyants et masculins.

Dès qu'il fut parti, Ava se laissa tomber sur le bar.

— Une bonne façon de se débarrasser de toute vibe un peu romantique. Je suis navrée, Charlie, je n'avais pas prévu ça.

L'arrivée d'Eric avait déclenché des signaux d'alerte dans l'esprit de Charlie encore embrumé de sexe. À l'évidence, Eric avait encore des sentiments pour Ava. Quelque chose que Charlie comprenait facilement et avec lequel elle pouvait compatir.

— Que s'est-il passé le week-end dernier ?

Il était fort probable que la réponse à cette question gâche complètement la dernière goutte de romantisme de leur matinée mais Charlie voulait savoir.

— Un moment de faiblesse. Une énorme erreur.

Ava passa ses deux mains sur son visage, comme si elle souhaitait effacer quelque chose.

— Tu as, euh, couché avec lui ?

Charlie sentait son ventre se serrer de nervosité.

— Est-ce que c'est important, Charlie ? Tu ne voulais plus me voir de toute façon.

— Tu as donc couché avec Eric ?

Cet horrible sentiment qui la dévorait revenait en force et terrassait tout son bon sens sans qu'elle puisse s'en empêcher.

— Si tu veux compter les points, je te rappelle que j'avais quelqu'un dans la salle hier qui m'a tenue au courant d'absolument tout.

Charlie semblait avoir une mémoire sélective. Apparemment, tout ce qui s'était passé avant l'enchère finale d'Ava lui était complètement sorti de l'esprit. Pourtant, elle se souvenait bien entendu avoir enchéri sur Josie, avec succès, elle se souvenait de leur conversation dans les coulisses et de leur façon, prudente, de flirter. Pour Charlie, cela n'avait rien à voir avec le fait de coucher avec un homme mais elle devait quand même rester raisonnable.

— D'ailleurs, tu vas faire quoi ? Tu vas faire quoi de ton date à trois mille cinq cents dollars, hein, Charlie ? demanda Ava, les mains sur les hanches, pleine de remontrances.

— Je suis désolée. Tu as raison.

Charlie faisait de son mieux pour contrôler ses peurs mais au fond d'elle, elle détestait l'idée qu'Eric et Ava se soient retrouvés. Depuis qu'Eric était arrivé dans la cuisine, tout muscle dehors, Charlie ne pouvait s'enlever de la tête l'image d'Eric regardant Ava de la même façon qu'elle-même l'avait regardée la veille. C'était les mêmes images que celles qui avaient inondé son esprit pendant des mois après que Jo l'ait quittée pour Christian. Même si elle était dans la cuisine d'Ava après une nuit torride, les raisons pour lesquelles elle s'était enfuie lui revinrent brutalement en tête, avec précision.

— On devrait profiter de la journée. Je pars tourner l'émission au Texas le week-end prochain. Je serai absente quelques semaines, déclara Ava.

Charlie tenta d'ignorer la sensation glaciale qui enveloppa son cœur.

— Le week-end prochain ? répéta-t-elle, incapable de masquer l'inquiétude dans sa voix. Avec Eric ?

Ava ferma les yeux rapidement, comme pour signifier à Charlie qu'elle ne comprenait pas comment elle s'était retrouvée à devoir répondre à ce genre de questions.

— Oui, Charlie, il fait partie de l'émission. Comme une centaine d'autres personnes.

Charlie avait le choix. Elle pouvait se montrer raisonnable et laisser à Ava le bénéfice du doute. Elle tâcha de se remémorer les exercices de méditation en pleine conscience que sa thérapeute à New York lui avait appris. *Compte tes respirations. Réfléchis avant de parler. Ne dis pas quelque chose que tu ne pourras pas retirer.*

Charlie compta donc jusqu'à dix. Ava était, sur tous les plans, trop bien pour elle mais elle avait néanmoins fait un énorme geste que Charlie ne pouvait pas ignorer.

— Tu vas dire quelque chose ? Je crois que j'ai été très claire. Je ne compte pas continuer à te supplier d'être avec moi.

Charlie acquiesça de la tête.

— Si tu t'en vas le week-end prochain, il vaudrait mieux qu'on passe chaque moment ensemble jusqu'à ce que tu prennes ton avion.

Ava lui fit un immense sourire.

— Tu m'as fait peur. J'ai cru que tu allais encore péter les plombs.

Tu n'as pas idée à quel point, se dit Charlie tout en s'avançant dans les bras ouverts d'Ava.

CHAPITRE 16

— Tu as un gode ceinture ?

Elles étaient allongées sur le lit Charlie à West Hollywood. Ava s'y était invitée pour leur dernière nuit ensemble avant de prendre l'avion.

— Pas en ce moment, non, répondit Charlie qui avait déjà une boule dans le ventre. J'en avais un à New York. Mais je n'ai aucune idée de ce que mon ex en a fait.

Jo l'avait sûrement brûlé.

— Ah, fit Ava qui était allongée sur le flanc, une main entre ses cuisses. Elles étaient nues toutes les deux.

— Pourquoi ? demanda Charlie en passant sa main sur le bras d'Ava.

Est-ce que cette dernière était déçue?

— Je me suis dit que ça aurait pu être un chouette cadeau de départ, déclara Ava en souriant.

— Pour que tu puisses me baiser avec ?

Ava avait démontré ses tendances autoritaires lors de leur première nuit ensemble et Charlie n'avait plus aucune illusion sur qui était la dominatrice de leur couple. Ava avait même failli l'attacher. Charlie ne se plaignait pas, loin de là, mais lorsqu'elle était dans un lit avec Jo, c'était plutôt elle qui dominait.

— Je pensais plutôt à l'inverse, dit Ava, ce qui surprit Charlie.

— Ah bon ?

— C'est si surprenant que ça ?

Ava retira ses mains d'entre ses cuisses et prit celles de Charlie dans les siennes.

Charlie eut comme une petite moue et dit :

— Un peu, oui, je trouve.

— Pourquoi ? demanda Ava dans un petit rire.

— Je ne sais pas, c'est dur à expliquer. C'est ce que je ressens quand on est ensemble.

Ava prit appui sur ses coudes pour se redresser et posa sur sa tête sur la paume de sa main.

— Tu peux essayer quand même ? Pour moi ? J'aimerais bien comprendre.

— Tu vois bien, les gens comme toi, à trente-cinq pour cent, vous n'y connaissez rien.

— Je croyais qu'on était d'accord pour dire que j'étais au moins à cinquante pour cent désormais, répondit Ava, faussement indignée.

Le dimanche précédent, il avait été décidé, comme une blague, qu'Ava gagnerait un pour cent à chaque fois que l'une ou l'autre aurait un orgasme. C'était il y a cinq jours. C'était bien joli de taquiner et de plaisanter, mais cela n'apaisait pas complètement Charlie. Le fait qu'elles en fassent une blague récurrente lui aurait même plutôt donné raison.

Ava caressa légèrement le ventre de Charlie du bout des doigts.

— Je n'ai pas dit que je ne l'utiliserais pas sur toi, Charlie. Ne t'inquiète pas. Je sais ce que tu veux.

Charlie avait l'impression d'être une autre personne depuis le début de son aventure avec Ava. Non seulement elle avait accepté que, oui, Ava avait couché avec Eric et qu'ils seraient ensemble au Texas, dans les mêmes circonstances que celles qui les avaient réunis la première fois. Mais pour Ava, Charlie se retrouvait à être la passive des deux. Et elle aimait ça. Elle n'aurait rien voulu d'autre. Et plus que tout, surtout, Charlie n'avait pas eu suffisamment de temps toute seule pour se laisser aller à ses inquiétudes habituelles.

Lorsqu'elle n'était pas au travail, elle était chez Ava et avait complètement laissé tomber les entraînements de softball. Elle aurait de toute façon trois semaines et demie pour s'entraîner, pendant l'absence d'Ava. Liz, par contre, s'était inquiétée du manque d'investissement de Charlie dans l'équipe.

— Pourquoi veux-tu que je l'utilise sur toi alors ? demanda Charlie.

Ava avait toujours ses doigts au-dessus du ventre de Charlie, sans la toucher, et Charlie sentit l'excitation monter dans son intimité. Quelques instants plus tard, Ava posa les doigts sur Charlie tout en secouant la tête.

— Oh, Charlie. Pourquoi as-tu toujours besoin de vingt raisons pour tout ? Tu t'en es sortie tout à l'heure par une blague mais tu penses que je ne sais pas pourquoi tu me demandes tout ça ? Tu es tellement prévisible.

Ava fit danser son doigt autour du nombril de Charlie.

— Tu ne veux pas arrêter de penser, juste une fois ? Juste te laisser aller et, je ne sais pas, me faire confiance ?

Charlie ouvrit la bouche pour se défendre mais Ava n'en avait pas terminé avec son discours.

— Je veux que tu me baises avec un gode ceinture parce que ce serait une nouvelle expérience pour moi et que je suis toujours partante pour une nouvelle expérience.

Ava suivit la courbe d'un sein avec sa main.

— Et pas parce que j'ai besoin d'être baisée par quelque chose qui ressemble à un pénis avant de partir pour un mois.

Ava prit le bout du sein de Charlie entre ses doigts et pinça, trop fort pour n'être que sexy.

— Tu es tellement obnubilée par une seule chose, Charlie. Je lis en toi comme dans un livre, conclut-elle.

— Aïe, fit Charlie, moins blessée par le pincement que par les paroles d'Ava.

— Parfois je vois ta peur te recouvrir entièrement, dit Ava tout en passant à l'autre sein. Ce n'est pas ce que je préfère chez toi.

Ce commentaire donna à Charlie l'envie de se dérober au toucher d'Ava, de se recroqueviller en boule et de s'apitoyer sur son sort. Mais elle n'avait vraiment pas de raison de se sentir désolée, surtout avec Ava qui lui pinçait les tétons à ce moment-là.

— Je viendrai peut-être te rendre visite au Texas et je t'apporterai un cadeau, répliqua Charlie qui aurait tout donné pour avoir un gode ceinture chez elle à ce moment présent.

— Mais oui, absolument, dit Ava qui fit glisser ses mains plus bas sur le corps de Charlie. Mais en attendant, il faudra nous contenter de ça.

Ses doigts passèrent sur le sexe de Charlie.

— C'est comme si ton excitation dépendait de ton degré de paranoïa, Charlie. J'ai l'impression que ton côté jalouse est plus un truc qui t'excite, dit Ava en introduisant ses doigts en Charlie et en les faisant tourner.

— Putain, gémit Charlie.

— Tu peux le redire, dit Ava, ultra concentrée.

Puis elle se détourna du visage de Charlie et s'affaira plus bas sur son corps, tout en gardant ses doigts bien ancrés au fond d'elle. Elle lui donna du plaisir avec ses doigts comme si c'était une urgence absolue.

Dès qu'Ava ajouta sa langue et qu'elle la passa sur son clitoris, Charlie se sentit sur le point d'exploser, la chaleur l'envahit et elle fut saisie par un orgasme aussi puissant qu'un tremblement de terre, de son sexe jusqu'au sommet de son crâne. Si Ava avait essayé de lui faire passer un message, Charlie l'avait parfaitement compris. Alors qu'elle redescendait de son nuage orgasmique, Charlie se jura de calmer ses tendances pénibles à la jalousie.

CHAPITRE 17

— Vous avez fait un Face Time combien de fois ? demanda Liz.

— Euh, tous les jours depuis qu'elle est partie, répondit Charlie.

— Oh là là, Charlie ! Laisse-la respirer. Tu l'étouffes alors que tu es à deux mille kilomètres.

— Je fais de mon mieux, Liz, répondit Charlie en se retenant de souffler.

Ce qu'elle aurait voulu c'était rentrer chez elle aussi vite que possible pour discuter avec Ava mais Liz avait exigé qu'elles aillent boire un verre.

— C'est possible. Je ne fais que te donner mon avis en tant qu'amie, c'est tout, dit Liz en buvant une gorgée de bière.

— Parfois…

Liz avait peut-être raison. Depuis que Charlie avait fait au revoir de la main à Ava le samedi précédent, elle avait l'impression de se raccrocher à quelque chose d'invisible et d'impalpable. Comme si elle était sur un fil et que si elle glissait, quelque chose en elle allait exploser. Voir le visage d'Ava sur l'écran de son PC tous les soirs semblait être la seule chose qui la rassurait.

— J'ai l'impression de ne plus savoir comment ça fonctionne. Comment agir et me comporter dans cette nouvelle relation. J'ai tout ce passé et ça pèse lourd sur moi.

— Tu en fais beaucoup parce que vous n'êtes pas physiquement ensemble, c'est normal. Mais en faisant ça tu prends le risque de ne pas vous laisser suffisamment d'espace pour que votre relation s'épanouisse.

— Avoir un paparazzi garé devant chez moi n'aide pas non plus.

Charlie fixa du regard son verre de bière à moitié vide. Le fait qu'Ava soit absente pendant trois semaines n'était pas réellement le problème. Charlie fonctionnait plus ou moins bien avant qu'Ava entre dans sa vie. Elle allait se coucher à une heure raisonnable, se levait avec son réveil tôt le matin, elle mangeait correctement et allait courir sur son tapis de course. Mais Ava avait pris tellement de place dans sa vie, un espace qu'elle avait tellement voulu remplir, que son absence lui semblait insupportable. Charlie buvait quasiment une bouteille de vin tous les soirs, les rideaux tirés pour éviter qu'un photographe ne la surprenne en train de descendre verre sur verre de Pinot gris.

— Tu peux venir dormir chez nous si tu veux, suggéra Liz.

— Il faut que j'arrête de m'apitoyer sur mon sort. Si seulement je savais comment faire.

Liz lui jeta un regard difficile à déchiffrer.

— Quoi ? fit Charlie.

— La réponse est tellement simple que tu auras envie de me donner un coup quand je te l'aurai dit.

Elle lui fit un immense sourire.

— Mais vas-y, ne me fais pas attendre plus longtemps.

— Mais vis, Charlie. Vis ta vie géniale.

Liz mit ses mains devant son visage et se cacha dedans.

— Tu as de la chance, je ne suis pas violente, Lizzie. Tu es en sécurité.

— Je sais que c'était ultra compliqué sur un plan émotionnel pour toi quand tu es arrivée à LA. Mais tellement de choses se sont passées depuis.

— Oui, comme le fait que mon ex vit ici maintenant.

Charlie repoussa sa bière et décida de passer à l'eau.

— C'est une blague, ça ne me dérange pas à condition qu'elle reste loin de moi.

— C'est ça le problème, il y a toujours une condition avec toi. Tout va bien avec Ava mais seulement si vous êtes dans la même ville. Tu es passée à autre chose tant que Jo n'est pas dans la même ville. Tu comprends ce que je veux dire ?

— Non, pas vraiment, répondit Charlie en jouant avec son verre de bière. Tu veux que je devienne amie avec mon ex ?

— Pas forcément, non. Mais ce n'est pas toujours de la faute des autres.

Charlie sentit ses défenses se mettre en marche. Elle s'empara de son verre et le finit en trois grosses gorgées.

— Je sais que j'ai mes torts, Liz.

— On en a tous, fit Liz en haussant les épaules. Et alors ?

Liz jeta un œil au verre vide de Charlie puis reprit :

— Je voudrais que ça fonctionne pour toi. Je connais tes sentiments pour Ava. Mais donne-vous une chance. Je pense que tu es prête mais… je ne sais pas, essaie de ralentir un peu, laisse les choses évoluer tranquillement et… ne l'accable pas avec le fait qu'elle n'est pas suffisamment lesbienne.

— Je fais de mon mieux, vraiment. Mais j'ai peur que ce ne soit pas suffisant.

— Fais-moi confiance, ma belle. Ce sera plus que suffisant.

Charlie regarda Liz dans les yeux.

— Tu crois que je devrais voir Jo ? Elle va rester ici quelques mois encore, je suis même surprise de ne pas encore être tombée sur elle.

Liz acquiesça de la tête sans rien dire.

— C'est juste que, dans ma tête, elle est devenue une espèce de monstre. Cette femme qui m'a quittée sans raison – mais pour un homme. Alors que nous avions été heureuses pendant des années, continua Charlie.

— Pourquoi pas ? Qu'est-ce que tu as à perdre en acceptant de la voir ?

Ma tranquillité d'esprit, se dit Charlie, à nouveau mélodramatique.

— Je vais faire ça. Avant qu'Ava ne revienne. Ça m'aidera à remettre les choses en place.

— C'est bien, fit Liz comme une enseignante satisfaite de son élève. Bon, maintenant, parlons de ce qui nous préoccupe toutes les deux.

— Je savais que tu gagnais du temps avec ton petit discours, Lizzie.

Charlie faisait exprès de ne pas sembler comprendre, elle savait très bien que Liz lui parlait de son manque d'implication dans l'équipe de softball.

— Je comprends très bien que tu sois trop préoccupée par autre chose pour penser au softball et apparemment tu t'apitoyais tellement sur ton sort dimanche que tu n'as pas pu venir au match. Mais nous savons toi et moi que ça n'a rien à voir avec le softball. Tu dois parler à Josie. Tu penses qu'elle l'a pris comment, de voir la personne qui a gagné le date avec elle, partout sur les réseaux sociaux, main dans la main avec Ava Castaneda ?

— Je sais. Je vais l'appeler, dit Charlie.

Liz la regarda de côté.

— Bientôt. Ce soir quand je rentre, je te le promets.

— Tu as intérêt.

— C'est quoi les règles dans un cas comme ça ? demanda Charlie, très sérieuse. Est-ce que le date doit avoir lieu ?

Liz se crispa.

— Ce n'est qu'un date, Charlie. Ça peut être un café chez Starbucks. Aucune obligation que ce soit quelque chose de grandiloquent. Le but de cette vente aux enchères était de lever des fonds et on a largement dépassé ce qu'on voulait sur ce plan-là. Mais je n'ai pas envie que quelqu'un soit triste à cause de ça.

— C'est compris, dit Charlie en se laissant aller contre le dossier de sa chaise. Parfois, j'aimerais avancer de quelques années dans ma vie. À condition qu'Ava et moi soyons toujours ensemble, et être simplement débarrassée de tous ces doutes et ce stress qui sont là à chaque nouvelle relation.

— Ne dis pas ça, chaque étape a ses avantages et ses bons côtés.

Liz sourit rêveusement et poursuivit :

— Je me souviens bien avoir fait la cour à Sarah. C'est vrai, j'étais dans tous mes états mais je n'en garde que de bons souvenirs.

— Peut-être mais il y a tellement de choses qui peuvent mal tourner.

Liz tourna la tête vers elle et l'observa en silence pendant de longues secondes.

— Quoi ? fit Charlie.

— Bon, tu ne m'as pas donné beaucoup de détails mais de ce que je comprends, Ava et toi avez…tu sais…

— Couché ensemble ?

— Couché ensemble ? répéta Liz, la bouche grande ouverte qu'elle couvrit de ses mains. Tu veux dire que deux femmes peuvent faire du sexe ? Mais rien que le fait d'y penser…

— Je sais. Comment elles font de toute façon ? C'est impossible sur le plan anatomique. Comment avons-nous le culot d'appeler ça ainsi ? Je n'en sais rien.

Charlie rit de bon cœur et apprécia la sensation dans son corps.

— Allez, on s'arrête, dit Liz en donnant une petite tape sur la table, un grand sourire aux lèvres. Mais fais-moi plaisir,

Charlie et raconte-moi comment c'est de coucher avec Ava Castaneda.

— Tu n'as pas de micro sur toi, hein ? fit Charlie en promenant son regard autour d'elles.

— Mais non, répliqua Liz qui prit une moue offensée à dessein.

— Je ne suis pas croyante mais je pense qu'une bonne analogie serait de parler de paradis, déclara Charlie. Et j'ai d'ailleurs presque joui tout habillée, mais je m'égare.

— Mais non ! fit Liz en tapant à nouveau la table avec sa main. Comment c'est possible ?

— Eh bien passe suffisamment de temps sans être touchée et…boum !

Charlie mima un feu d'artifice avec ses mains.

— OK, donc vous vous embrassiez avec Ava et tu as joui comme ça, tout habillée. Et ensuite ?

— Oh mais laisse-moi tranquille. Je savais que je n'aurais pas dû dire ça, encore moins à toi. Je vais en entendre parler toute ma vie, c'est ça ?

— Allez, Charlie, tu sais ce que c'est qu'une blague, non ?

— Tout ça reste entre nous, OK ? Tu n'en parles même pas à Sarah !

— Mais on est des lesbiennes, on se dit tout. Comment peut survivre notre relation sans ça ? répliqua Liz.

— Arrête. Je pense d'ailleurs que tu as assez bu, Lizzie. Je te raccompagne ?

— Je te taquine, fit Liz en se laissant aller sur sa chaise. Allez, une autre tournée.

CHAPITRE 18

Le tournage de *Knives Out* avait lieu dans une nouvelle ville à chaque saison. Lorsque Charlie atterrit à Dallas, elle espérait que la saison suivante se tourne à San Diego ou, encore mieux, à Santa Barbara. Ce n'était que deux heures et demie d'avion mais le travail de Charlie ne lui permettait pas de fermer boutique à dix-sept heures. Elle n'était pas la responsable de la série *Underground* mais elle avait quand même l'impression que c'était sa série. Les personnages étaient nés dans sa tête et avec Liz et les autres scénaristes, elle avait écrit les dialogues que les acteurs jouaient devant les caméras, incarnant ses personnages.

Charlie fut surprise de constater qu'elle avait du mal à quitter LA et être absente pour le tournage du samedi matin. Elle n'avait aucune obligation d'y être mais elle avait l'impression de laisser son enfant à quelqu'un d'autre pour la première fois.

Lorsqu'elle embarqua dans l'avion, Charlie était tellement fatiguée qu'elle s'endormit immédiatement, sans grand confort. Malgré sa grande fatigue après une semaine à être debout aux aurores et à être sur le plateau jusqu'à tard le soir, son cerveau semblait incapable de se détendre suffisamment pour lui offrir un sommeil réparateur.

Cela faisait deux semaines qu'elle n'avait pas vu Ava. Elle allait arriver à l'hôtel d'Ava en pleine nuit et Ava était attendue tôt le lendemain matin sur le tournage. Charlie aurait la possibilité de la rejoindre sur le plateau mais elles ne seraient vraiment ensemble que plus tard le lendemain et entre les prises. Charlie devait repartir de Dallas le dimanche soir et elle devait être sur le tournage d'*Underground* le lundi à six heures du matin, pour l'une des scènes les plus importantes de la saison. C'était le genre de scène qui définissait une série et qui allait donner à sa star, Elisa Fox, l'opportunité de montrer à tout le monde qu'elle valait bien le salaire astronomique que lui versait la chaîne de télévision. Charlie n'aurait manqué ça pour rien au monde, même si elle ne serait probablement autorisée qu'à regarder ça de loin dans la loge de quelqu'un parce qu'Elisa avait demandé un plateau réduit.

Charlie aurait pu choisir de rester à LA et personne ne s'en serait soucié. Mais elle devait voir Ava. La vraie raison était assez facile à dissimuler à ce stade encore idyllique de leur relation. Elle devait voir Ava, et elle devait voir Ava et Eric ensemble. Elle devait de ses propres yeux observer comment ils se comportaient l'un avec l'autre.

Charlie était allongée, un masque sur les yeux, le cou endolori de sa position inconfortable et passa en revue ses raisons. Elle se sentait minable, mesquine et jalouse. Mais elle était persuadée que si elle parvenait à se rassurer, alors tout irait bien. Pour elle, c'était une étape importante.

Après une heure passée à broyer du noir, un casque antibruit sur les oreilles, Charlie en eut assez. Les lumières de l'avion étaient plutôt douces et n'agressèrent pas ses yeux lorsqu'elle ôta son masque et l'hôtesse apparut à côté d'elle en une seconde, comme si elle avait attendu qu'elle se réveille.

— Vous voulez quelque chose à boire, Miss Cross ?

Charlie devina au ton de sa voix que cette hôtesse de l'air était particulièrement versée dans les potins d'Hollywood et qu'elle savait probablement pourquoi Charlie allait à Dallas.

— Un verre de vin blanc s'il vous plaît.

— Ça arrive tout de suite, dit-elle.

Elle revint quelques minutes plus tard un verre vide à la main et dans l'autre une bouteille de Pinot gris. Elle abaissa la tablette devant Charlie, y déposa le verre et présenta l'étiquette du vin à Charlie avant de la servir.

Alors qu'elle remplissait son verre, elle souriait tellement que Charlie eut peur l'espace d'un instant qu'elle ne reste figée dans cette position pour toujours.

— Continuez à les apporter, s'il vous plaît, dit Charlie, renvoyant à l'hôtesse de l'air un sourire rodé.

Charlie prit une nouvelle gorgée et ce goût familier dans sa bouche la calma tout de suite. Elle vérifia sa montre et se mit à compter les heures qui la séparaient d'Ava.

———

La production de *Knives Out* avait envoyé une voiture récupérer Charlie à l'aéroport. Il était minuit passé et il n'y avait pas de circulation. À une heure du matin, Charlie était arrivée à l'hôtel d'Ava et une clef l'attendait à la réception.

Charlie frappa tout doucement puis inséra la carte dans la serrure électronique. Elle sentait son cœur battre fort, sans raison, dans sa poitrine. Ce n'était pas comme si elle était persuadée de trouver Eric au lit avec Ava. Il n'y avait pas un bruit dans la chambre et Charlie y pénétra aussi silencieusement que possible.

— Ava ? murmura-t-elle.

Ce n'était certainement pas la petite veilleuse près de la porte qui allait aider Charlie à voir clair dans la chambre et celle-ci était tellement silencieuse que Charlie finit par se dire qu'il n'y avait personne. Elle attendit que ses yeux s'habituent à l'obscurité – elle ne souhaitait pas allumer la lumière et réveiller Ava – et avança plus avant dans la pièce. Les draps étaient repoussés comme si quelqu'un venait juste de se lever.

Charlie commençait à se demander si elle était bien dans la bonne chambre lorsque quelqu'un l'agrippa par-derrière.

— Charlie Cross, murmura Ava à son oreille, je suis tellement contente que tu sois venue.

Elle passa ses longs bras autour de la taille de Charlie.

— Oh putain, hurla Charlie, j'ai failli mourir de peur.

— Pourquoi on ne commencerait pas par t'enlever tes vêtements plutôt ?

Ava fit pivoter Charlie contre elle et lui murmura :

— Tu m'as manqué.

— Waouh, fit Charlie qui se remettait difficilement de la blague d'Ava. Ne me refais plus jamais un truc comme ça, tu m'as fait vieillir de cinq ans je pense.

— Tu t'es vraiment dit que je serais endormie à ton arrivée ? demanda Ava les yeux pleins de malice. Je ne t'aurais pas laissée venir d'aussi loin juste pour ça, ma belle.

— Tu n'es pas censée être au boulot à six heures ou quelque chose d'horrible dans ce genre ? interrogea Charlie qui se sentait fondre sous le regard d'Ava.

Ava fit oui de la tête et enchaîna :

— Ce qui nous laisse environ cinq heures.

Ava approcha son visage tout près de celui de Charlie et lui souffla :

— Tu as amené le cadeau que tu m'as promis ?

Charlie se sentit immédiatement inondée de désir. Elle l'avait commandé en ligne et était allée le chercher au bureau de poste elle-même parce que le facteur n'avait trouvé personne chez elle et que ce n'était pas le genre de paquet qu'elle pouvait envoyer son assistante récupérer pour elle. Cela avait été l'un des moments les plus stressants de sa vie mais l'emballage était discret et le carton complètement anonyme – impossible de savoir ce qu'il contenait.

— Oui, répondit Charlie en souriant.

— On le garde pour demain. Ce soir, j'ai envie de te sentir.

Ava poussa Charlie vers le lit et lui dit :

— J'ai envie de toi, Charlie. Tellement fort !

— C'est bien pour ça que je suis là, plaisanta Charlie.

Un nœud se dénoua dans son estomac, et elle se sentit bête d'avoir été inquiète.

Ava était concentrée et en un geste fluide, elle ôta son débardeur. Charlie déglutit avec peine en voyant Ava à moitié nue qui l'appelait à elle.

— Déshabille-toi, fit Ava en parcourant le corps de Charlie de ses mains. Tu veux prendre une douche ?

Charlie fit oui de la tête et Ava entreprit de les déshabiller toutes deux entièrement en un temps record.

— Et si tu m'embrassais d'abord ? demanda Charlie.

Et ce ne fut qu'à cet instant, lorsqu'elles se retrouvèrent entièrement nues qu'Ava posa ses lèvres sur celles de Charlie.

Charlie se sentit envahie de désir et de bonheur. Liz avait raison. Vouloir se projeter dans le futur, à un moment où ce sentiment serait moins fort, c'était aller contre toutes les règles d'une relation à deux – contre toutes les règles de l'humanité. Charlie rendit son baiser à Ava, la serra contre elle et parcourut sa peau tellement, tellement douce.

Lorsqu'elles mirent un terme à leur baiser, Ava déclara :

— Laisse-moi te montrer à quel point je suis contente que tu sois venue de si loin. Viens, fit-elle en tendant la main.

Une immense douche à l'italienne se trouvait dans la salle de bains et Ava y poussa Charlie.

— Toujours aussi autoritaire donc, dit Charlie.

— Ne fais pas comme si tu n'aimais pas ça.

Ava avait une main sur le robinet et un immense sourire aux lèvres.

— Allez, on va te savonner avec précaution.

Elle enclencha la douche et le jet les mouilla toutes les deux. Pendant quelques instants l'eau fut froide et Charlie sentit ses seins durcir. Ava prit le tube de gel douche qui se trouvait sur un petit rebord contre le mur et en versa une grosse quantité dans la paume de sa main.

— Les mains en l'air, Charlie.

Charlie n'allait pas faire comme si elle n'était pas venue pour dire oui aux désirs d'Ava. Et cette fois-ci, elle ne pourrait de toute façon pas jouir encore tout habillée – Ava s'en était assurée – et en plus elle s'était occupée d'elle-même pendant l'absence d'Ava.

Ava entreprit de la savonner et elle commença avec son ventre.

— Tu me chatouilles, se plaignit Charlie.

— Ah, c'est trop doux pour toi ? Je m'en souviendrai.

Les yeux d'Ava pétillaient de malice.

Elle remonta jusqu'aux seins de Charlie et les effleura, doucement, aidée dans ses caresses par la mousse. Charlie sentit son intimité battre comme si son cœur s'y était déplacé. Elle n'allait pas jouir tout habillée mais elle était en route pour un orgasme sans les mains si Ava continuait ainsi.

Charlie se laissa aller contre le mur en verre, les mains au-dessus de la tête. Elle mit un peu de mousse sur le corps d'Ava et la vue de cette mousse blanche sur le corps d'Ava et sur sa peau brune fit saliver Charlie.

Ava, de son côté, poursuivait sa mission de savonner Charlie – même si ce mot était trop fort pour décrire ce qu'elle faisait. Elle laissait courir ses mains sur sa peau de la même façon que lorsqu'elles faisaient l'amour.

— Garde les mains au-dessus de ta tête et écarte les jambes, dit Ava.

— Oui, madame, plaisanta Charlie.

Ava s'arrêta brutalement.

— Je suis vraiment trop autoritaire ? Je n'ai aucune envie qu'on m'appelle madame, déclara-t-elle, l'air très sérieux.

— Je plaisantais, répondit Charlie en lui faisant un clin d'œil.

— Bon, on en parlera mais pas maintenant.

Ava se remit à l'ouvrage et ses mains se dirigèrent vers les fesses de Charlie.

— Tourne-toi.

Charlie pivota sur elle-même en gardant les jambes écartées. Elle était contente d'avoir un peu de répit et de ne plus avoir Ava sous les yeux pendant quelques minutes, même si elle avait parcouru tous ces kilomètres pour la voir. Le désir lui coupait les jambes, elle sentait son clitoris palpiter et ses seins lui faisaient mal tellement elle désirait qu'Ava les caresse. L'espace d'un instant, face à ce mur en verre, Charlie essaya de se souvenir si ça avait déjà été comme ça avec Jo. Mais lorsque Ava se mit à masser ses fesses avec le savon, avec autant de douceur et de subtilité, Charlie ne savait plus si ce qui coulait d'entre ses jambes était l'eau de la douche ou bien sa propre excitation.

— Tu vas être toute propre, Charlie, fit Ava d'une voix rauque.

Ses doigts parcouraient la peau de Charlie et y mettaient le feu, malgré l'eau de la douche sur elles.

Les mains d'Ava parvinrent à l'intérieur des cuisses de Charlie et cette dernière suffoqua presque lorsqu'elle sentit les doigts d'Ava glisser en elle.

— Oh, Seigneur, gémit Charlie.

— Ne jouis pas comme ça, murmura Ava à son oreille alors qu'elle collait son corps à celui de Charlie. Je veux te voir, conclut-elle, ses doigts toujours en Charlie.

Cette dernière ne sut pas comment obtempérer. Surtout lorsque les doigts d'Ava effleuraient son clitoris tout en glissant entre ses jambes.

— Retourne-toi, souffla finalement Ava.

Lorsque Charlie se laissa aller contre le mur, elle était à bout de souffle et ne désirait qu'une seule chose, qu'Ava plonge ses doigts pleins de mousse et humides loin en elle.

— Dis-moi ce que tu veux, Charlie, lui demanda Ava.

Comme si elle ne le savait pas.

Charlie commençait à croire qu'Ava prenait un malin plaisir à la rendre à moitié folle de désir.

— Tu vas me baiser ou non ? répliqua Charlie en écartant encore plus ses jambes.

Ava pencha la tête sur le côté. Elle avait une main contre le mur près de la tête de Charlie et son autre main était donc libre de faire ce que Charlie voulait – ou ce qu'Ava choisirait de faire.

— Dis-le encore, fit-elle en chatouillant les lèvres de Charlie avec ses doigts.

Ou bien peut-être que c'était Ava qui brûlait de désir à entendre Charlie prononcer ces mots.

— Baise-moi, répéta Charlie, pour voir.

Ava approcha son visage de celui de Charlie et demanda :

— Avec combien de doigts ?

À l'évidence, elle était tout près du point de non-retour.

— Trois, dit Charlie dans un souffle.

Ava montra trois doigts à Charlie, trempés de savon et d'eau. Ava les passa sur sa joue, puis sur sa poitrine, en passant entre ses seins, jusqu'à trouver le sexe de Charlie.

— C'est toi qui décides, dit Ava en plantant ses yeux dans ceux de Charlie, puis elle entra en elle.

— Ooh, gémit Charlie.

Elle aurait fait le tour du monde pour vivre cet instant. Pour cette demi-seconde où Ava la faisait sienne. Pour ce premier instant où elles reconnectaient intimement, où toute pensée s'évaporait de l'esprit de Charlie et où tout allait bien dans son univers.

— Je suis dingue de toi, Charlie.

Ava la fixait du regard, entrant encore plus loin en elle, lui faisant ainsi perdre le souffle et la tête.

— Je ne sais pas ce que tu me fais, conclut-elle en accentuant les mouvements de sa main.

Charlie sentit qu'elle était tout près de succomber. Davantage à cause des mots d'Ava qu'à cause du rythme qui s'accélérait. Ava était dingue d'elle ? Tout autour d'elles sentait le savon et Charlie sentit que son champ de vision se rétrécissait jusqu'à n'être plus occupé que par Ava. Charlie avait l'impression que quelqu'un avait allumé un incendie dans son ventre et son orgasme l'engouffra dans une gigantesque vague de plaisir qui parcourut tout son corps.

— Oh putain, grogna Charlie, je suis dingue de toi, moi aussi.

Elle laissa tomber sa tête sur l'épaule d'Ava et y déposa une pluie de petits baisers. Les doigts d'Ava étaient toujours en elle et même s'ils avaient fait leur travail extrêmement bien, Charlie aurait voulu les garder en elle pour toujours – garder un morceau d'Ava avec elle-même lorsqu'elles n'étaient pas ensemble.

Ava finit par faire glisser ses doigts hors du sexe de Charlie avec douceur et tendresse.

— Je crois que tu es toute sale à nouveau, il va falloir que je te resavonne complètement.

Elles éclatèrent de rire toutes les deux et Charlie se rendit compte que ce qu'elle avait avoué à moitié ivre de plaisir était la vérité absolue.

CHAPITRE 19

La sonnerie du téléphone à six heures du matin fut un peu difficile pour toutes les deux. Mais il suffisait à Charlie d'un rapide coup d'œil sur Ava pour que son humeur passe de grognonne par manque de sommeil à totalement euphorique.

— Tu veux venir ? Je peux t'envoyer une voiture pour plus tard. De toute façon, ça risque d'être barbant pour toi, beaucoup de temps à attendre.

— Je pourrais trouver un truc à faire pour que l'attente soit moins longue, répliqua Charlie, les yeux rivés sur la boîte qu'elle avait apportée de LA.

Ava lui sourit mais secoua la tête.

— Non, pas quand je travaille. Les maquilleuses auraient une attaque si je revenais de ma loge avec une tête qui crie le sexe.

— Très bien. Je n'ai pas envie que tu te soucies de tes cheveux la première fois qu'on baisera comme ça.

— Merci de respecter mon employeur, dit Ava en passant son bras sur le ventre de Charlie.

— Tu es prête pour ta douche ? s'enquit Charlie en plantant ses doigts dans le bras d'Ava.

— Arrête-toi avant de m'exciter davantage, fit Ava en repoussant sa main. Il faut vraiment que j'y aille. Enlever ton odeur qui est encore sur moi.

Ava ne put s'empêcher de rire et Charlie l'imita.

Ava glissa hors du lit et se dirigea vers la salle de bains entièrement nue. Charlie était à peine éveillée mais elle sentit une vague de désir s'étendre en elle. Elle sentit également des papillons dans son ventre et Charlie se laissa aller contre les oreillers, heureuse. Elle était tentée de fermer les yeux et de se rendormir, elle en avait bien besoin, mais elle était venue ici pour passer du temps avec Ava et c'est bien ce qu'elle allait faire.

———

Ava avait raison. Le plateau de *Knives Out* devint rapidement un lieu de sieste pour Charlie, tant les prises se répétaient et avec elles, les pauses maquillage à répétition d'Ava.

Charlie décida qu'il n'y avait pas vraiment de glamour dans les émissions de téléréalité. Eric n'était pas attendu sur le plateau ce matin-là et Charlie vit ça comme de la chance au premier abord. Mais au fur et à mesure que l'ennui la gagnait, elle trouva ça de plus en plus agaçant. Cela lui faisait trop penser à l'autre raison pour laquelle elle était venue à Dallas. Oui, elle voulait passer du temps avec Ava mais elle voulait également voir Ava avec Eric. Et c'était difficile s'il n'était pas là.

— Tu devrais retourner à l'hôtel, lui dit Ava pendant une pause. Va dormir. Je t'y retrouve dès que je peux.

Charlie regarda autour d'elle. Si elle ne venait pas de passer les dernières semaines sur le plateau d'*Underground*, peut-être qu'elle aurait aimé rester. Mais en l'état actuel des choses, regarder Ava répéter les mêmes dialogues à l'infini l'avait amusée les dix premières minutes mais l'excitation du début s'était rapidement éteinte. Charlie se demandait si elle ne distrayait pas Ava, en plus. En présentant un défi culinaire entre deux candidats un peu plus tôt, le réalisateur avait soufflé d'exaspération et Ava s'était excusée avec un petit sourire narquois.

— Je crois que c'est ce que je vais faire, répondit Charlie.

En observant Ava de près, seuls ses yeux étaient fatigués, l'équipe du maquillage avait fait des merveilles pour cacher la presque nuit blanche qu'elle avait faite.

— Je promets que je te laisserai dormir cette nuit, dit-elle avec un sourire encourageant à Ava.

— Oui, c'est ce qu'on verra.

———

En chemin vers son hôtel, Charlie en arriva à la conclusion que les présentateurs d'émissions télé méritaient tout son respect. La voiture s'arrêta à l'entrée de l'hôtel et Charlie, fatiguée, eut du mal à en sortir.

— Charlie Cross, fit une voix masculine alors qu'elle entrait dans l'hôtel.

Une voix masculine qui la mit mal à l'aise.

Charlie se retourna et se retrouva nez-à-nez avec Eric et ses rides. Si seulement Ava avait pu échanger son emploi du temps avec lui – mais c'était elle la présentatrice et sa présence sur le plateau de *Knives Out* était bien plus nécessaire que celle du juré principal.

— Eric, le salua Charlie avec un léger signe de tête.

— Je pense que je te dois des excuses, dit-il. Je t'offre un verre ?

Charlie soupira intérieurement, elle avait vraiment sommeil. Elle n'avait aucune envie de passer du temps avec Eric mais elle compatissait avec lui d'une certaine façon et il avait prononcé le mot *excuses*. Ce serait malpoli de refuser.

— D'accord, répondit-elle sur un ton faussement enjoué.

— Parfait. Je sais exactement où aller, dit-il dans un grand sourire. Je veux dire que le bar de l'hôtel n'est pas horrible.

Ils se dirigèrent vers les ascenseurs et Eric appuya sur le bouton du dernier étage. Une fois installés au bar, Charlie commanda une margarita et Eric décida de la suivre et commanda la même chose.

— Et au diable ceux qui pensent qu'une margarita est une boisson de filles. Ça n'existe pas, ça, pas vrai, Charlie ?

— Effectivement, répondit-elle en se demandant à quel moment il comptait s'excuser.

Eric se tourna un peu sur son tabouret afin d'être bien en face d'elle et leur position rappela à Charlie la dernière fois qu'elle l'avait vu. Eric la regardait fixement avec un drôle d'air. Ses yeux étaient brillants et il était légèrement bouffi.

— Je me suis comporté comme un gigantesque crétin ce dimanche matin. Acceptes-tu mes excuses ?

Mais quelles excuses ? À cet instant, le barman posa deux énormes margaritas – probablement bien trop grandes pour un milieu d'après-midi – devant eux.

— Très bien, il est l'heure de trinquer, déclara Eric.

Il prit son verre et le leva vers Charlie.

Charlie n'avait pas l'intention de lui pardonner mais elle trinqua malgré tout avec lui.

— Je suis un mec bien, Charlie, dit-il après avoir trinqué.

— J'en suis certaine, répondit Charlie.

Tu ne serais pas un ami d'Ava sinon, ajouta-t-elle dans sa tête. Elle sirota son cocktail qui était bien plus fort en alcool que ce à quoi elle s'était attendue. Ou bien peut-être était-ce le manque de sommeil et de nourriture – Charlie n'avait mangé qu'un muffin au petit déjeuner et un bagel au déjeuner sur le plateau de *Knives Out.*

— Waouh. Ils savent faire des margaritas de compétition ici, dit-elle.

— Je t'avais dit que je connaissais l'endroit idéal. On est en tournage et un bon bar, c'est indispensable. Et par bon bar, je veux dire généreux en alcool.

Eric soupira d'aise et conclut :

— Aah, c'est tellement agréable.

— Tu ne tournes pas aujourd'hui ? s'enquit Charlie, un peu frustrée d'être assise là en compagnie d'Eric et non d'Ava.

— Non, on n'a pas besoin de mes services aujourd'hui. J'ai saisi l'occasion pour déjeuner avec Armand Van Cleef à son restaurant. C'était absolument délicieux. Un sauté de foie de volaille.

Charlie sentit son estomac se contracter. Un sauté de foie de volaille lui semblait tout sauf délicieux mais après tout, qu'en savait-elle ? Elle n'était pas cheffe. Elle but une nouvelle gorgée de margarita pour calmer son estomac. Ce n'était pas l'idée du siècle mais c'était tout ce qu'elle avait sous la main.

— Ava fait un foie de volaille d'enfer. Elle en a déjà cuisiné pour toi ? l'interrogea Eric sans la quitter des yeux.

— Ouh là non, et je préfère qu'elle s'abstienne, répondit Charlie en évitant son regard.

— Tu ne sais pas ce que tu perds.

Eric but rapidement sa margarita. Selon les règles de mode masculine érigées par Nick, Eric avait ouvert un bouton de trop sur sa chemise. Une touffe de poils grisonnants était visible.

Charlie n'avait pas l'habitude de discuter réellement avec des hommes hétéros d'un certain âge. Avec Nick, elle pouvait ne prononcer qu'un seul mot et il lui racontait tous ses secrets, mais l'homme à côté d'elle, un peu bourru – et qui avait manifestement commencé à boire avant leur margarita – restait une énigme à ses yeux. Et elle voulait absolument en savoir plus sur lui.

— Un autre ? dit-elle en pointant du doigt le verre quasiment vide d'Eric.

— Avec plaisir.

Il leva la main pour se manifester auprès du barman et sans demander à Charlie son avis, il commanda deux autres verres.

Ils discutèrent un petit peu de *Knives Out* et d'*Underground*, et Eric raconta à Charlie que son premier boulot à New York avait été de faire la plonge dans un restaurant. Lorsque Charlie but la dernière gorgée de son deuxième cocktail, Eric avait bu la moitié de son quatrième.

— J'ai presque réussi à la convaincre de s'installer à New York avec moi tu sais, déclara-t-il complètement hors propos. L'une des villes les plus sublimes au monde.

Depuis qu'elle était arrivée à LA, New York manquait terriblement à Charlie mais elle était surtout intéressée par la première partie de la phrase prononcée par Eric.

— Oui mais c'est une Californienne, de LA, pure et dure.

Charlie avait compris qu'il parlait d'Ava.

— Certaines femmes...vous restent en tête pendant très longtemps, continua-t-il comme s'il se parlait à lui-même. Tu aimes les femmes, Charlie, tu le sais.

Il l'observait et ses yeux paraissaient être encore plus enfoncés dans leurs orbites.

Même si elle était un peu déstabilisée par ce qu'Eric venait de dire, Charlie en profita pour creuser un peu plus le sujet.

— Ça donne l'impression que tu as encore des sentiments pour Ava.

Eric eut un petit rire très étrange.

— Encore des sentiments, répéta-t-il en secouant la tête.

Il but quelques gorgées supplémentaires et Charlie fit de même. Elle avait besoin de ce courage liquide pour affronter la suite de la conversation. Même si elle ne connaissait pas Eric, elle se doutait qu'un homme à moitié ivre serait plus enclin à lui dire la vérité qu'un homme sur ses gardes.

— Ce qui s'est passé l'autre..., commença Charlie mais Eric l'interrompit.

— Je ne veux pas te vexer, Charlie, je suis sûre que tu es une fille super mais toi et Ava…

Il s'arrêta au milieu de sa phrase et secoua la tête.

— Non, vraiment pas. Je vois bien pourquoi elle est avec toi. C'est bizarre mais je le comprends. Tu es jeune, toute fraîche et tu proposes quelque chose de complètement différent, mais elle est capricieuse. J'en sais quelque chose.

Charlie se sentit envahie par la panique. Eric ne disait rien de sensé mais il alimentait très bien la paranoïa de Charlie.

— Je sais qu'elle a vécu ce…truc avec Sandra. Mais Ava n'est pas lesbienne. Je peux en témoigner. Pardon d'être vulgaire, Charlie mais elle ne fera pas long feu sans une queue.

Il avait l'audace de la regarder dans les yeux. Il poursuivit :

— Si je peux me permettre un conseil ce serait de partir tant que tu peux. Maintenant. Tant que tu ne souffriras pas trop. Trois semaines et demie – ça ne paraît pas très long dit comme ça mais ces tournages en extérieur donnent l'impression de durer, et durer… Et je vais te dire un secret, Charlie, il ne s'est pas passé une saison de cette émission, et on en tourne deux par an, où Ava n'a pas fait un truc vraiment chaud avec ma queue.

Il lui sourit, bouche fermée, comme s'il s'excusait.

— Que veux-tu que je te dise ? Je sais ce qu'elle aime.

Charlie sentit son ventre se tordre et remonter le long de son œsophage. Immédiatement, elle imagina Ava au lit avec Eric. Juste à côté de cette image, elle avait celle, beaucoup moins vive, de Jo et Christian ensemble. Elle savait que cette image ne quitterait pas son esprit de sitôt.

— Tu as trop bu, et tu racontes de la merde, finit-elle par lui dire.

Il souleva ses sourcils en signe de surprise.

— Ah oui ? répondit-il en exagérant la surprise sur son visage en pinçant les lèvres. Je la connais depuis dix ans, Charlie. Toi, tu la connais depuis combien de temps ?

Il te mène en bateau pour la récupérer, se répétait Charlie dans sa tête.

— Je sais ce que tu essaies de faire. Des excuses, mes fesses oui.

Charlie se laissa glisser de son tabouret et ajouta :

— Mais ça ne marchera pas, tu n'es qu'un pauvre type, jaloux et homophobe !

Elle ne lui jeta pas un regard et sortit du bar. Lorsqu'elle arriva devant l'ascenseur, son cœur battait tellement fort qu'elle dût s'appuyer au mur pour garder l'équilibre. En redescendant dans la chambre d'Ava, elle sentit son ventre faire des dizaines de nœuds et dès qu'elle mit le pied dans la chambre, elle se précipita à la salle de bains et vomit ses deux margaritas.

Elle s'assit sur les toilettes, tâchant de respirer, les joues baignées de larmes et son corps perclus de crampes. Même si une petite voix en elle lui disait qu'elle allait jouer le jeu d'Eric en partant, Charlie se sentait abattue. Elle n'aurait pas la force de rentrer à LA avec les images qu'il venait de lui mettre en tête. Charlie avait déjà vécu ça une fois – les comparaisons incessantes avec un homme. Toutes ces pensées sans fin qui lui faisaient se demander *si je n'ai pas été suffisante pour Jo, pourquoi le serais-je pour Ava ?*

Tous ces longs mois qui avaient suivi sa rupture d'avec Jo lui revinrent en tête, très clairement, l'humiliation toujours présente. Tout – même vivre sans Ava – valait mieux que revivre ça.

Charlie n'avait que peu de choses à mettre dans sa valise. Après avoir ramassé les vêtements qu'Ava lui avait enlevés la veille, elle alla sur internet et changea son vol retour.

Allait-elle dire au revoir à Ava avant de s'enfuir ? Cela serait en fonction du planning d'Ava. Charlie avait deux heures avant de partir pour l'aéroport.

CHAPITRE 20

— Charlie !

La voix d'Ava était chantante et claire lorsqu'elle pénétra dans la chambre.

— Je les ai convaincus de me laisser partir plus tôt que prévu aujourd'hui. Quelle journée, hein, dit-elle en soufflant avec exagération.

Charlie était assise au même endroit sur le lit depuis plus d'une heure. Elle n'avait pas bougé d'un pouce et elle alternait entre dire des gros mots et tenter de se convaincre qu'elle prenait la bonne décision – au moins pour elle, même si les autres ne le voyaient pas.

— Charlie ? demanda Ava en laissant tomber son sac à main. Je pensais te trouver au lit, déjà équipée. Tu vas bien ?

Charlie sentit une boule d'angoisse se loger dans son ventre.

— Je ne peux pas faire ça, Ava. Je suis désolée, c'est impossible.

— Pas faire quoi ? demanda Ava en s'accroupissant devant elle et en posant ses mains sur les genoux de Charlie. Utiliser le sex-toy ?

Elle aperçut la petite valise de Charlie complètement faite et l'interrogea :

— Tu vas quelque part ?

La joie présente dans sa voix laissait place à quelque chose de moins gai.

— J'ai eu une petite conversation avec Eric. Je suis certaine que la moitié de ce qu'il m'a dit est faux et c'est bien là le problème.

— Eric ? Il t'a dit quoi ? dit Ava en plantant ses ongles dans le jean de Charlie.

— Des...choses que je n'avais vraiment pas envie d'entendre.

La même image revint se loger dans l'esprit de Charlie.

— Quel connard, lâcha Ava en se mettant debout et en marchant en rond dans la chambre. Ne l'écoute pas, Charlie. Quoi qu'il t'ait dit, ce n'est rien d'autre que sa jalousie qui parle.

— Je croyais qu'il était ton ami ? À l'évidence, il pense qu'il est bien plus que ça.

Ava cessa de marcher, regarda autour d'elle et vint s'asseoir près de Charlie.

— Pour je ne sais quelle raison, Eric pense que lui et moi sommes faits pour être ensemble. Il fait peut-être une crise de la cinquantaine, je n'en sais rien. De toute façon j'ai été très claire sur le fait que je ne ressens pas du tout la même chose que lui.

— Mais tu as couché avec lui.

Ava souffla bruyamment.

— Oui, une fois. Lorsque toi et moi ne nous parlions plus. Tu le sais. Il ne s'est rien passé d'autre.

Puis le ton d'Ava changea et elle semblait très irritée.

— Je ne sais pas de quoi je me défends en fait, tu sais ce que je ressens pour toi.

— Et avant de nous rencontrer ? Toutes ces longues nuits loin de chez toi.

— Oui, et alors ?

— Tu m'as dit que vous aviez rompu il y a cinq ans et que vous aviez tous les deux dépassé ça depuis. Tu ne m'as jamais dit que vous étiez des amis qui couchent ensemble.

— Mais ce n'est pas du tout le cas, fit Ava qui s'appuya contre le mur, face à Charlie. Tout ceci est ridicule.

— Tu n'as donc jamais couché avec lui quand vous étiez en tournage à l'extérieur ?

— Mais enfin ! C'est une enquête sur mon honneur et ma vertu ?

Ava ferma les yeux et continua :

— Je suis épuisée, Charlie. Cette conversation n'est pas possible. Ni maintenant, ni jamais d'ailleurs.

— Tant mieux, fit Charlie en se levant elle aussi. J'ai changé mon vol, je rentre chez moi.

— Charlie, souffla Ava plus qu'elle ne le dit. Tu lui donnes exactement ce qu'il veut, tu t'en rends compte au moins ?

— Oui.

Charlie sentit tous ses muscles se contracter. Elle ne savait pas du tout comment elle allait faire pour aller jusqu'à la porte.

— C'est moi le problème, je le sais. J'aimerais pouvoir faire quelque chose mais…j'en suis incapable, conclut-elle.

— Et moi alors ? dit Ava en s'avançant vers Charlie. Je ne compte pas plus à tes yeux que toutes tes idées complètement folles ?

Une larme coula sur le visage de Charlie, qui répliqua :

— Si. Mais Eric avait raison sur une chose.

Elle déglutit avec peine avant de poursuivre.

— C'est mieux que je parte maintenant, avant que ce ne soit encore plus douloureux.

L'expression sur le visage d'Ava changea instantanément, d'une forme d'inquiétude teintée de tendresse à une colère pleine de frustration.

— Si tu pars maintenant, c'est terminé. J'ai fait ce que j'ai pu, je t'ai dit ce que j'ai dans le cœur. Je ne compte pas revenir encore pour te récupérer, Charlie. De toute façon je n'ai pas besoin de toutes tes conneries. Rentre donc chez toi et grandis un peu.

Ava essuya une larme sur sa joue et conclut :

— Si tu préfères faire confiance à ce qu'Eric t'a dit plutôt que ce que moi je te dis, alors tu as raison, c'est mieux que tu partes.

Charlie ne put que hocher la tête, tourner les talons et se diriger vers la porte, qui se verrouilla derrière elle presque silencieusement.

———

Charlie arriva à LA en pleine nuit. Alors qu'elle attendait un taxi, elle tenta de décider ce qui était la meilleure option pour elle. Option un, rentrer chez elle, prendre un somnifère, dormir et tenter de reprendre la suite de sa vie le lendemain matin. Option deux, dire au chauffeur de la déposer chez Nick et Jason, là où elle pourrait pleurer encore quelques heures avant de prendre un cachet, dormir et tenter de reprendre la suite de sa vie le lendemain.

Nick serait sans pitié. Il allait souligner tout ce qui n'allait pas dans sa logique. Et c'était exactement le genre de leçon que Charlie souhaitait. Elle avait besoin que quelqu'un lui dise qu'elle avait fait n'importe quoi, qu'elle devait regarder la vérité et qu'elle devait cesser de croire que toutes les femmes allaient la faire souffrir comme Jo l'avait fait.

Au moment où elle s'installa à l'arrière du taxi, Charlie était persuadée qu'elle méritait d'être réprimandée avant d'avoir le droit de sombrer dans un sommeil facile grâce à un cachet. Elle avait besoin de se faire gronder. Elle donna l'adresse de chez Nick et Jason. Une fois devant chez eux elle regarda sa montre. Il était deux heures du matin. Nick n'allait pas être content d'être réveillé en pleine nuit mais Jason allait lui dire d'entrer en la voyant aussi mal en point.

Puis elle entendit comme un filet de musique suivi d'un éclat de rire. Ils étaient encore debout ? Après tout on était samedi. Elle hésita. Ça ne se faisait pas d'arriver chez des amis comme un cheveu sur la soupe alors qu'ils avaient du monde. Et Dieu seul savait qui était chez eux.

Charlie regarda de nouveau sa montre. Malpolie ou pas, elle n'avait pas envie de rentrer chez elle. Le cœur lourd, elle finit par sonner à la porte.

Elle entendit des voix à l'arrière de la maison puis des bruits de pas qui se rapprochaient. On aurait dit un bruit de talons hauts et Charlie s'attendait presque à voir Nick habillé en drag queen. Elle ne put s'empêcher de sourire à l'avance à cette idée.

La porte s'ouvrit en grand et le sourire de Charlie disparut.

— Charlie ! dit Jo.

— Oh, Seigneur, fut la seule chose que Charlie put prononcer.

— Charlie, entre ! lança Jo, visiblement saoule. Quelle heure est-il ? Tu es en retard.

Jo tira Charlie par le bras puis aperçut sa valise.

— Tu vas quelque part ?

— Qu'est-ce qui se passe ici ? intervint Nick qui arrivait vers elles, vêtu d'un jean et d'une chemise froissée. Charlie ?

Son regard passa de Charlie à Jo puis de nouveau à Charlie.

— Je ne te demande pas ce que tu fais ici, juste, entre.

Charlie pénétra dans la maison qui était désormais le dernier endroit sur terre où elle avait envie d'être. Jo était grisée par l'alcool mais restait somptueuse dans son jean près du corps et son haut à encolure bateau qui dénudait ses épaules.

— Pourquoi tu n'es pas à Dallas ? demanda Nick en emmenant Charlie dans le salon.

Jason se leva et vint l'embrasser sur la joue, mais comme si elle n'avait pas sombré assez bas, elle aperçut Christian, assis à un bout de la table.

— Je me demandais où tu te cachais, Charlie, dit Jo sur un

ton plein de gaieté, comme si elles étaient de vieilles connaissances et pas des ex-amantes.

Christian se leva de son siège et s'approcha de Charlie en lui tendant la main.

— Charlie, dit-il.

Charlie regarda sa main comme si c'était une grenade dégoupillée. Dans la série des pires nuits de sa vie, celle-ci grimpait en flèche dans le classement, même si celle où Jo lui avait avoué être amoureuse de Christian restait toujours en tête.

Nick lui donna un coup dans le coude et toujours à moitié hébétée, Charlie serra la main de Christian.

— Pour une surprise, fit Jason. Assieds-toi, Charlie. On a tous trop bu donc excuse d'avance notre vocabulaire un peu cru.

Les voir tous les quatre ensemble, lors de ce qui semblait être une soirée joyeuse, fut comme un coup de poing dans le ventre de Charlie. Le mot cru, que Jason venait d'utiliser tout comme Eric l'autre fois pour parler d'Ava, la surprise de voir Jo et Christian, tout cela était très difficile pour Charlie et elle eut l'impression que plus aucun bruit ne l'atteignait. Comme si elle sortait de son corps, elle vit d'abord ses jambes l'abandonner, puis son buste qui ne la tenait plus droite et enfin son corps s'écrouler sur lui-même, le visage baigné de larmes.

Quel était ce tour de magie ? Eric allait-il sortir d'un placard, la pointer du doigt et lui crier *Ha ! Ha ! Je t'ai bien eue.*

— Charlie, fit Nick qui se précipita vers elle et passa un bras autour de ses épaules. C'est bon, je te tiens.

Il l'emmena vers leur chambre d'ami au bout du couloir et l'assit sur le lit.

— C'est bon, Jase, je m'en occupe.

Charlie distingua la grande silhouette de Jason dans l'embrasure de la porte, à travers ses larmes.

— Ma chérie, qu'est-ce qui s'est passé ?

Nick attira la tête de Charlie contre son épaule et lui caressa les cheveux.

Mais Charlie était incapable de parler. Les parties de son corps qui le lui permettaient étaient hors service. L'on entendit du bruit venant du salon et tout ce que Charlie parvint à faire, ce fut de pleurer sur l'épaule de Nick, de gros sanglots pleins de tristesse pour elle-même.

— On parlera demain, ma chérie.

La voix de Nick était tellement douce, ça ne collait pas avec son image publique. Et pourtant, sous son cynisme très étudié, il débordait de gentillesse pour ses amis.

— Tu vas dormir ici et Annie va te tenir compagnie. Elle va adorer. Tu sais qu'elle t'adore.

Plutôt que de partir, Nick resta assis avec Charlie pendant ce qui lui sembla des heures. À l'exception du bruit des assiettes et des plats empilés les uns sur les autres et celui d'un chien qui faisait les cent pattes dans le couloir, la maison était très calme. Jo et Christian devaient être partis.

— Tu veux que je t'aide à te déshabiller ?

Cette phrase eut le mérite de réveiller un peu Charlie.

— Si c'était le cas, ce serait la fin du monde, répondit-elle sans une once de gaieté dans sa voix.

— Je vais te chercher ta valise et de l'eau, OK ?

Charlie fit oui de la tête et demanda :

— Tu aurais des cachets pour dormir ?

— Bien entendu.

Nick entrouvrit la porte et Annie s'engouffra dans la chambre en sautant avec enthousiasme.

— Allez, chien fou, lui dit Charlie en tapotant de la main le lit à côté d'elle. Saute.

La chienne continua à sauter sur ses petites pattes, le lit était trop haut pour elle. Charlie la prit dans ses bras.

— Oh, toi avec ton amour inconditionnel, tu pourrais probablement me donner quelques leçons, dit-elle en enfouissant son nez dans la fourrure toute douce d'Annie.

Nick frappa à la porte et il déposa une bouteille d'eau et deux cachets sur la table de nuit. Il alla caresser Annie et contre toute attente, il déposa un baiser sur le sommet du crâne de Charlie.

— On parlera demain. Dors bien, dit-il en faisant une dernière petite pression amicale sur l'épaule de Charlie.

Puis il sortit et laissa la porte entrebâillée.

CHAPITRE 21

— Bonjour, ma belle, lança Jason en levant la tête de son iPad.

— Soyons honnêtes, Jase, on l'a déjà vue plus à son avantage, fit Nick en se levant de sa chaise sur la terrasse, là où ils prenaient un petit déjeuner tardif. Tu as réussi à dormir ? demanda-t-il en tirant une chaise pour Charlie, comme dans un restaurant chic.

Peut-être allait-il ensuite lui poser une serviette sur les genoux.

— Complètement assommée par les cachets, répondit Charlie.

— On se prend un petit remontant.

Il se pencha pour attraper Annie, que Charlie avait trouvée toujours à ses côtés lorsqu'elle s'était réveillée, et la posa sur ses genoux.

— Tu veux un mimosa ?

— Oui, avec plaisir.

Charlie s'installa sur la chaise proposée par Nick et leur dit :

— Les garçons, je suis désolée pour hier soir. Je n'avais pas le courage de rentrer dans ma maison vide mais je ne serais évidemment pas venue ici si j'avais su…

Jason lui servit un demi-verre de champagne qu'il compléta avec du jus d'orange fraîchement pressé.

— Que s'est-il passé ?

Enfin, l'impatience de Nick se manifestait. Cela n'agaça pas vraiment Charlie, cela la rassura plutôt, tant ça lui était familier.

Charlie inspira longuement, puis prit une gorgée de son mimosa. L'alcool lui fit un effet quasi instantané étant donné qu'elle n'avait rien avalé depuis qu'elle avait quitté Dallas.

— Euh, je me suis disputée avec Ava. On a rompu, c'est terminé. Et c'est de ma faute.

— Oh là là, Charlie. Pour quelqu'un qui peut écrire des pages et des pages de drame romantique lesbien, tu es fort peu loquace aujourd'hui, lui lança Nick.

Jason et Nick échangèrent un regard.

— Prends ton temps, Charlie, reprit Jason, cet ange que Nick avait à l'évidence fait revenir du paradis. Nous avons le temps et Nick et moi sommes là pour toi. Tu le sais.

Ces quelques mots lui mirent presque les larmes aux yeux à nouveau. Annie sauta des genoux de Jason et se positionna devant les pieds de Charlie en aboyant.

Charlie fit de son mieux pour expliquer sa conversation avec Eric et le doute qu'il avait semé dans son esprit.

— Et tu l'as laissée dans la chambre, comme ça ? demanda Nick.

— Oui.

Même si Charlie était parfaitement consciente d'avoir fait quelque chose d'horrible et impardonnable, elle savait qu'elle n'aurait pas pu s'empêcher de le faire.

— Tu sais qu'Eric t'a menti, non ? lui dit Nick en la fixant du regard.

Il était prêt à lui asséner l'estocade finale.

Charlie s'empêcha de demander à Nick s'il était au courant qu'Eric et Ava couchaient ensemble lorsqu'ils tournaient en extérieur, elle savait que cela le rendrait fou encore plus. Et cela n'avait plus vraiment d'importance.

— Charlie, Charlie, Charlie.

Au lieu de lui faire la leçon, il secoua la tête, assis sur sa chaise.

— Tu es mon amie, mais Ava aussi, et Jo aussi. Quand vas-tu arrêter de faire du mal à mes amies ?

Charlie se laissa aller contre le dossier de sa chaise et demanda :

— Moi, leur faire du mal ? Ce n'est pas comme ça que ça a commencé, Nickie.

Nick souffla bruyamment par le nez et déclara :

— J'en ai assez, Charlie.

Il joignit les mains et poursuivit :

— Moi aussi j'ai un plan.

Il se mit debout et indiqua à Jason de ne pas la laisser partir, et même de l'attacher à sa chaise si besoin. Puis il prit son téléphone qui était posé sur la table et il rentra à l'intérieur de la maison.

— Tu sais comment il est, dit Jason, toujours très théâtral. Je pense que c'est pour ça qu'il t'aime autant.

— Il va faire quoi ? demanda Charlie en se grattant la tête.

— Je n'en ai aucune idée, répondit Jason en haussant les épaules.

— Je pense que je vais rester. De toute façon je n'ai nulle part où aller, répliqua Charlie en vidant le reste de son mimosa d'une traite.

Jason poussa discrètement une corbeille contenant deux croissants dans sa direction. Charlie en prit un et se mit à le picorer.

Quelques minutes plus tard, Nick était de retour sur la terrasse.

— Alors, voilà ce qui va se passer. Charlie, tu vas aller

prendre une douche et te rendre présentable. Crois-moi, c'est nécessaire.

Il faisait de grands gestes avec ses mains.

— Puis une fois que tu seras prête, Jason et moi irons faire un tour au marché. Et toi tu attendras ici. Je ne répondrai à aucune question. Je te demande seulement de me faire confiance. Je sais que c'est un gros problème pour toi, cette histoire de confiance.

Il écarta les bras très grand comme pour illustrer physiquement à quel point le problème était imposant.

— Je suis ton ami et je veux ce qu'il y a de mieux pour toi. Et je ne suis pas le seul. C'est compris ? conclut-il en soupirant avec exagération.

Si elle ne s'était pas sentie un peu bête, Charlie se serait demandé si Nick n'attendait pas ce genre de situations avec impatience. Elle savait néanmoins que ce n'était pas le moment de le contrarier.

— Oui, Nickie.

— Je vais aussi appeler Ava et prendre de ses nouvelles. Crois-moi, sa présence à la vente aux enchères m'a surpris autant que toi.

Il secoua la tête comme s'il n'y croyait toujours pas.

— Comment as-tu pu tout gâcher comme ça ? Son geste était tellement énorme.

Il joignit ses mains et lui dit :

— Allez, à la douche.

— Je peux finir mon croissant d'abord ? fit Charlie en lui montrant sa viennoiserie.

— Oui, oui, tu peux mais ne perds pas de temps.

———

Après sa douche, raccourcie parce que Nick avait tambouriné à la porte, Charlie enfila la seule tenue propre qui lui restait dans sa valise – elle n'avait effectivement pas prévu beaucoup de tenues décentes.

Lorsqu'elle sortit de la chambre d'ami, Nick était à la porte et regardait sa montre.

— Ça va sonner à la porte dans cinq minutes. Tu iras ouvrir et tu seras polie s'il te plaît. Et pour une fois dans ta vie, Charlie, tu vas écouter.

Il ouvrit grand ses bras.

— Viens ici.

Personne n'avait dit à Charlie ce qu'elle devait faire sur ce ton depuis un bon moment. Elle ne l'aurait accepté de personne d'autre. Elle s'avança dans ses bras et elle reconnut son odeur, qui était la même que d'habitude. Il sentait bon et il sentait le propre. Sa barbe vint chatouiller le cou de Charlie.

— Envoie-moi un message quand tu seras prête à ce qu'on rentre, mais prends tout ton temps.

Une fois qu'ils furent partis, Charlie fixa la porte d'entrée pendant quelques instants. Elle n'était pas née de la dernière pluie. Nick avait appelé Jo. Elle était la seule personne pour laquelle Nick pouvait faire tout ce cinéma mais en un sens, elle était contente qu'il l'ait fait. Cela la rendait finalement moins nerveuse et cela apaisait un peu cette peur qu'elle utilisait depuis trop longtemps pour remettre à plus tard cette conversation qui était pourtant inévitable.

Lorsque la sonnette retentit, pile à l'heure dite, Charlie fut malgré tout surprise.

Elle ouvrit la porte et se retrouva face à Jo.

— Salut, Charlie, dit-elle, je peux entrer ?

— Bien sûr.

Charlie s'effaça sur le côté. C'était étrange de faire entrer Jo chez Nick et Jason mais elle était contente d'être sur un terrain neutre pour cette fameuse conversation.

Pendant qu'elle était sous la douche, Nick et Jason avaient nettoyé la cuisine.

— Je ne suis pas certaine de savoir quoi t'offrir à boire, fit Charlie en essuyant ses mains moites sur son jean.

Elle n'avait pas proposé de serrer Jo dans ses bras, ne lui avait pas non plus fait la bise.

— J'ai ce qu'il faut, répondit Jo en sortant une bouteille de rouge du grand sac qu'elle portait à l'épaule. C'est Alex Duffy qui me l'a donné, je pense qu'il doit être bon.

À la voir peiner à ouvrir la bouteille, Charlie en conclut que Jo était nerveuse elle aussi.

— Tu n'as qu'à l'emmener dans le jardin et je te rejoins avec deux verres.

Charlie n'était pas totalement à l'aise dans cette cuisine mais elle savait par contre où se trouvaient les verres à vin. Elle profita de ces quelques secondes toute seule pour se préparer à la suite. *Écoute,* lui avait dit Nick. Il avait raison, elle allait faire de son mieux. Ce qu'elle n'allait pas faire par contre, c'était poser des questions sur Christian ou bien encore s'en vouloir de leur prendre de leur temps à tous les deux.

— C'est superbe ici, dit Jo lorsque Charlie sortit de la maison.

Elle rejeta la tête en arrière pour profiter du soleil à son zénith.

— Je pourrais facilement m'habituer aux étés à Los Angeles. Et aux hivers aussi j'imagine.

Elle se redressa et lui lança :

— Tu te souviens quand notre climatisation est tombée en panne en plein milieu de ce fameux mois d'août, le plus chaud qu'on ait eu depuis des dizaines d'années ?

Charlie n'avait évidemment pas oublié. Elles venaient d'emménager ensemble et leur propriétaire n'était pas très impliqué dans l'entretien de leur appartement. Jo et elle avaient mis des glaçons dans leur soutien-gorge, elles avaient dormi sans couette avec toutes les fenêtres ouvertes, le bruit de la ville leur servant de bande-son idéale pour ces nuits sans repos.

— Oh oui.

Lorsque Charlie versa le vin, elle avait les mains qui tremblaient.

— Pardon de vous avoir dérangés hier soir.

— Tu n'as pas à t'excuser.

Charlie prit place face à son ex-compagne pour la première fois depuis qu'elle l'avait suppliée, à genoux, de ne pas la quitter pour Christian. Elles avaient échangé des textos, elles s'étaient parlé au téléphone, s'étaient envoyé des e-mails mais après ce dernier après-midi dans leur loft, Charlie n'avait jamais eu le courage de se retrouver face à Jo. La colère l'en avait empêchée au départ. Puis elle avait été trop au fond du gouffre. Pour finir, elle avait fait ses bagages et s'était installée à LA.

— Pour info, j'allais bien entendu te contacter. C'est idiot d'être toutes les deux dans la même ville et de ne pas se voir, expliqua Jo. Je sais que tout ça c'est…dur pour toi et je voulais te laisser le temps dont tu avais *a priori* besoin.

Elle fit tourner le vin dans son verre. C'était peut-être un peu tôt dans la journée pour elle mais pas pour Charlie.

— Je n'étais pas ravie quand Jason m'a dit que tu avais accepté cette mission, répondit Charlie en prenant une gorgée de son verre.

Le vin était rond et agréable en bouche.

— Mais je sais que c'était une réaction stupide. Comme celle d'hier soir mais ça c'était encore différent. En partie du moins.

— Ça a dû être difficile de voir Christian assis chez Nickie et Jase, dans leur salle à manger comme ça. Je suis désolée de ce qui s'est passé pour toi en tout cas, même si je ne connais pas les détails.

— J'ai fait n'importe quoi, répondit Charlie en reprenant une gorgée.

— Tu n'es pas obligée de me raconter, fit Jo en prenant enfin une gorgée de son vin. Mais si tu es prête à écouter, j'aimerais te dire plusieurs choses. Des choses que je veux te dire depuis longtemps mais je n'en ai pas eu l'occasion.

Charlie fixa du regard une branche d'arbre qui se trouvait sur la gauche de Jo. C'était difficile de regarder en face la femme qui lui avait tellement brisé le cœur qu'elle, Charlie, en avait fui la ville dans laquelle elles avaient vécu ensemble.

— Très bien. C'est pour ça que tu es là, non ?

— Je ne suis pas là pour qu'on se dispute ou qu'on remette sur le tapis de vieilles blessures. Je suis simplement ici pour parler et te dire des choses que je suis la seule, selon Nick, à pouvoir te dire.

— Je t'en prie, répondit Charlie sur un ton sarcastique.

Elle n'avait pas pu s'en empêcher.

Jo se mordilla la lèvre inférieure, ce qu'elle avait toujours fait. Charlie fut moins affectée par ce geste que ce à quoi elle se serait attendue.

— Ce n'est pas facile pour moi non plus.

Elle se redressa un peu sur sa chaise et se lança.

— Tu es toujours convaincue que nous avons rompu uniquement parce que je suis tombée amoureuse de Christian ?

Jo ne mâchait pas ses mots.

Charlie haussa les épaules comme si la question ne méritait même pas de réponse.

— Charlie, enfin, dit Jo un peu agacée, je t'ai aimée pendant très longtemps. Je t'aime encore d'ailleurs mais tu as rendu le fait de vivre avec toi impossible.

Charlie s'écroula un peu sur sa chaise.

Jo prit une nouvelle gorgée de vin puis pencha la tête sur le côté.

— C'est ta spécialité, Charlie. Exactement ce que tu es en train de faire en ce moment.

— Je ne fais rien du tout, répondit Charlie.

Elle n'aurait pas pu de toute façon. C'était comme si tous ses muscles étaient pris de crampes.

— C'est difficile de discuter raisonnablement avec *rien*.

Charlie était incapable de regarder Jo. Elle aurait bien aimé qu'Annie soit là pour offrir une distraction mais Nick et Jason l'avaient emmenée au marché avec eux.

— Tu te souviens quand on est tombées sur Clara à Central Park et qu'on est allées prendre un verre toutes les trois ? Tu ne m'as pas parlé tout le reste de cette journée. Rien, à part ton silence atroce et plein de reproches. Comme si tu étais une vraie martyre parce que tu avais dû être dans la même pièce que mon ex pendant une heure. Comme si tu avais fait le plus gros sacrifice de ta vie pour moi.

Charlie ouvrit la bouche, prête à se défendre mais se ravisa.

C'était évident qu'il y avait encore quelque chose entre vous, avait-elle envie de dire. *Quelque chose qui m'avait fait me sentir totalement transparente et terriblement inquiète.*

Jo se pencha en avant au-dessus de la table.

— Ce n'est pas la première fois que je te dis ça, Charlie, ça ne devrait pas te surprendre à ce point. Tu as tellement de qualités. Tu es une autrice géniale. Enfin, regarde-toi, tu vis à Hollywood. Toi et moi, on a été très heureuses mais parfois, je me dis que le truc pour lequel tu es absolument imbattable, c'est l'autodestruction. De ne pas t'autoriser à être heureuse. La dernière année où nous avons été ensemble, ce que tu as réussi à faire, c'est ôter toute joie dans ma vie. Je n'avais pas envie de rentrer te retrouver le soir. Ça n'allait jamais, tu étais toujours sur le qui-vive, toujours paranoïaque pour aucune raison. Tu étais malheureuse et tu m'en as rendue responsable.

Charlie ne put se contenir plus longtemps et lui lança sur un ton plein de reproches :

— Mais parce que tu avais rencontré quelqu'un d'autre !

Jo ferma les yeux et secoua la tête en soupirant.

— J'aurais aimé que notre rupture te serve de leçon, Charlie. J'ai compris pourquoi tu étais restée butée là-dessus au début, pour te sentir moins coupable, sur cette fausse vérité, mais j'aurais pensé que tu aurais ouvert les yeux aujourd'hui.

Charlie frappa la table de la main et répliqua :

— Mais tu plaisantes, Jo. Les faits sont là. Tu es tombée amoureuse d'un…, s'interrompit-elle avant de prononcer le mot *homme*, de quelqu'un pendant qu'on était ensemble ou pas ?

— Oui, effectivement. Mais tu t'es déjà vraiment demandé pourquoi ?

Jo posa ses deux coudes sur la table et entoura de ses doigts le pied de son verre.

— À l'évidence parce que j'étais devenue on ne sait trop comment la pire personne au monde.

Jo soupira et répondit :

— Et voilà, ça recommence. C'est impossible d'avoir une conversation avec toi parfois. Tu as un tel vide en toi à remplir que tu fais tout tourner autour de toi. Et moi ? Et ce que je voulais moi ?

— Ce que tu voulais était très clair.

— Va te faire foutre, Charlie. Si tu te comportes encore de cette façon, si tu es encore cette personne, je n'ai aucune envie de te voir.

Jo repoussa sa chaise et reprit :

— Je te conseille de te regarder franchement dans un miroir. Le monde entier ne complote pas contre toi. Toutes les femmes du monde ne sont pas là à tenter de te poignarder dans le dos, ou de comploter contre la pauvre petite Charlotte Cross qui n'a jamais rien fait de mal dans sa vie.

Les pieds de la chaise firent un son désagréable sur les dalles de la terrasse lorsque Jo se leva pour de bon.

— Personne n'est parfait, Charlie, et certainement pas moi. Mais toi non plus.

Sur ces paroles, Jo s'empara violemment de son sac posé sur la table et se dirigea dans la maison. Quelques secondes plus tard, la porte d'entrée s'ouvrit et se referma.

Charlie resta là, de longues minutes, à fixer la chaise vide sur laquelle Jo avait été assise. Après tout, c'était une situation qu'elle connaissait bien.

CHAPITRE 22

Plutôt que de se regarder dans un miroir, Charlie décida d'aller à l'Observatoire de Griffith Park et fixa du regard les lettres qui formaient le mot Hollywood. Depuis qu'elle l'avait vu à la télé étant petite, elle avait senti cette envie de faire partie de cet endroit mythique. Et aujourd'hui c'était le cas. Même si la raison pour laquelle elle était venue ici – ou s'était enfuie jusqu'ici – n'était pas très glamour.

On était en fin d'après-midi et à part quelques petits morceaux de croissant, Charlie n'avait encore rien avalé. Elle n'était pas ivre mais elle n'aurait probablement pas dû conduire. Elle prit place dans un endroit un peu à l'écart et regarda l'horizon, exactement de la même façon qu'elle l'avait fait le jour de son arrivée. Elle resta admirative de ce qu'elle avait accompli, en dépit d'elle-même et malgré son sentiment persistant de ne pas être à sa place. Mais peut-être que cette ville était bel et bien sa place. Ne serait-ce que pour la réputation de ses habitants qui attachaient censément plus d'attention à ce qui était en surface qu'à ce qui comptait vraiment.

Ici, Charlie pouvait faire semblait. Ou du moins tâcher de faire semblant. Mais elle s'était retrouvée exactement dans la même situation qu'avant. Seule. Et terriblement, follement amoureuse d'une femme qu'elle avait fait fuir d'une main de maître. Elle observa les lettres à nouveau. Elle n'était pas censée ressentir ça, surtout lorsqu'elle avait obtenu tout ce qu'elle avait jamais désiré.

Elle avait écrit *Les Rivières Pleurent* pour Robin, qui l'avait quittée elle aussi, et elle s'était sentie très mal à l'aise lorsqu'Ava avait voulu lui lire un paragraphe. Ces quelques phrases qu'elle avait écrites il y a si longtemps – et auxquelles elle croyait tant – semblaient tellement loin de ce qu'elle ressentait aujourd'hui. Charlie rêvait d'être à nouveau capable de prononcer ces mots et de vivre ce qu'ils évoquaient. L'espoir. Le bonheur. Ce sentiment de stabilité qu'elle avait perdu lorsque Jo était partie.

Pourquoi les choses se passaient-elles toujours de la même façon ? Pourquoi Charlie ne réussissait pas à être celle qu'elle voulait ? Quelqu'un de fiable. Une femme suffisamment en confiance pour ne pas avoir à s'inquiéter de pourcentages et à se laisser aller à des accès de jalousie destructrice. Elle ressassait les mots de Liz. *Nous avons tous nos défauts*. Et si Charlie n'avait aucun problème à recenser la plupart des siens, elle était très douée pour pardonner ceux des autres. Sauf quand, comme dans le cas d'Ava, elle pouvait les inventer et les modeler, et les transformer en quelque chose qu'elle pouvait utiliser pour se refuser le bonheur.

Charlie savait très bien qu'elle était sa propre ennemie. Mais elle n'avait pas toujours été comme ça. Et lorsqu'elle y réfléchissait vraiment et se demandait quand était la dernière fois où elle avait été absolument heureuse de quelque chose qu'elle avait, elle, accompli, et non pas parce qu'Ava l'avait embrassée sur la plage ou avait enchéri sur elle lors de cette soirée, elle se rendit compte que ça avait été lorsqu'elle avait écrit le mot *fin* à son roman *Les Rivières Pleurent*. Charlie s'enorgueillissait de ne jamais avoir eu besoin de substances telles que la drogue ou l'alcool parce qu'elle avait à sa disposition quelque chose de bien plus puissant, quelque chose qui avait un effet beaucoup plus long, plus profond. Et c'était l'écriture.

Avant tout, Charlie était une écrivaine et rien – vraiment rien – ne s'approchait de ce sentiment incroyable d'écrire, de créer un monde qui n'existait que parce qu'elle l'avait rêvé, de cette sensation magique de ces mots, ces phrases, ces paragraphes qui semblaient voler de ses doigts jusqu'à la page. Et, si elle était complètement franche avec elle-même, tout ça lui manquait énormément parce que ça faisait absolument partie de qui elle était. Hollywood était, certes, terriblement excitant, et signer ce contrat télé pour *Underground* aussi, mais tout cela avait fortement perturbé l'équilibre interne de Charlie. Elle s'était perdue, en quelque sorte. Elle ne s'était pas autorisée de période de guérison après sa rupture avec Jo. À la place de ça, elle s'était enfuie dans cette ville pleine de glamour où elle passait la plupart de ses journées dans une pièce, entourée de gens. Ce n'était pas qui elle était.

Elle repensa à *Les Rivières Pleurent*, le livre qui avait tout changé. À ce paragraphe en particulier qui résumait son parcours et à ces mots qu'elle rêvait de pouvoir appliquer à nouveau à elle-même.

Charlie n'avait pas besoin de les lire. Elle les connaissait parce ces mots étaient toujours dans son cœur, quelque part. Mais avec cette nouvelle peine de cœur, elle se rendait compte qu'elle n'avait toujours pas appris de ses erreurs. Peut-être était-il temps.

Elle ferma les yeux, les lettres formant le mot Hollywood devenaient trop difficiles à regarder, et elle vit des images de Jo la quittant, d'Ava lui assénant que si Charlie partait maintenant ça serait bel et bien fini pour elles, tout ça dans un orage de culpabilité.

Charlie n'était pas butée au point de ne pas reconnaître que ce que Jo avait dit était vrai. Mais c'était difficile à admettre parce que si Jo avait raison, cela voulait dire que les règles que Charlie avait inventées et respectées étaient obsolètes. Complètement insensées. Et qu'une femme telle qu'Ava ait pu lui accorder de l'attention après que Charlie les lui avait expliquées lui semblait désormais complètement fou.

Puis Charlie s'autorisa à penser à quelque chose que Jo lui avait dit. Sur cette fameuse journée où elle avait confirmé ce que Charlie soupçonnait sur elle et Christian, et qu'elle était partie.

— Quand vas-tu te rendre compte de ce que tu vaux, Charlie ? Tu mérites d'être aimée, tout autant que n'importe qui. Il faut que tu arrêtes de saccager tes relations amoureuses parce que tu es convaincue de ne pas mériter qu'on t'aime. Il faut que tu sortes de cette spirale complètement destructrice.

Lorsque Charlie ouvrit les yeux et vit à quel point ce dimanche après-midi était beau à Los Angeles, elle se rendit compte que des larmes coulaient sur son visage et qu'elle avait deux choses très urgentes à faire. La première était de s'excuser auprès de Jo. Et la seconde était d'envoyer un message très clair à Ava.

Elle sortit son téléphone de sa poche, essuya ses larmes et enclencha la fonction appareil photo sur son téléphone. Ses yeux étaient cernés, ces yeux que Robin et Jo avaient décrits comme étant du plus beau bleu qu'elles aient jamais vu, ces yeux étaient pleins de regrets, de peur et de tristesse qu'elle s'infligeait à elle-même. Il était temps de cesser de se raccrocher à ces règles stupides et de s'infliger de tels accès de jalousie sans fondement. Il fallait qu'elle oublie un peu ses propres inquiétudes et qu'elle se concentre un peu plus sur ce que les autres souhaitaient.

Charlie ne pouvait pas faire aussi bien que ce qu'Ava avait accompli en se rendant à la vente aux enchères et en étant si audacieuse dans sa façon de montrer son intérêt pour elle. Mais elle savait ce qu'elle pouvait faire, ce qu'elle devait faire. Elle prit une longue inspiration et se mit à réciter les mots qu'elle n'avait pas été capable de dire ou d'entendre depuis que Jo l'avait quittée.

———

Charlie s'arrêta chez In-n-Out Burger en rentrant chez elle à WeHo. Cela lui rappela à quel point Ava pouvait montrer du plaisir à manger et à quel point elle ne ressemblait ni à un mannequin ni à une Californienne lorsqu'il s'agissait de nourriture. Il y avait tellement de choses à Los Angeles qui ne correspondaient pas avec l'image qu'elle s'était faite de la ville pendant si longtemps. Par exemple, elle voyait très bien qu'elle s'était habituée à avoir ce genre de pensées, soi-disant par souci d'autoprotection mais le plus souvent c'était bien par obstination pure et par désir de rester ancrée sur des idées qu'elle avait depuis longtemps.

Elle se gara devant chez elle mais n'entra pas. Au lieu de ça, elle appela Jo qui ne décrocha pas. Charlie lui laissa un message où elle s'excusait brièvement et où elle lui demandait de bien vouloir lui pardonner son attitude plus tôt dans la journée. Puis plutôt que de rentrer chez elle – Charlie ne se sentait pas capable de faire face à la solitude qui y régnait – elle décida d'aller au Lux à pied. Avec un peu de chance, certaines de ses coéquipières de softball y seraient.

— Tu es rentrée en avance, fit Liz qui vérifia sa montre. Tu es si inquiète pour demain que tu as avancé ton vol ?

Liz la regarda avec étonnement, un sourcil levé.

— Oh, Lizzie, dit Charlie en tirant une chaise, pourquoi tu ne m'as jamais dit que j'étais une nombriliste ultra pénible ?

— Parce que ce tu ne l'es pas, ne sois pas sotte.

Sans lui demander, Liz servit un verre de bière à Charlie.

Charlie dit bonjour aux quelques femmes de son équipe présentes. Josie était là, assise à la table d'à côté, sa main sur le genou d'une autre fille. Si elle avait aperçu Charlie, elle n'en montra rien.

— Alors, c'est comment la vie au pays des présentatrices télé glamour qui font des grandes déclarations ? demanda Tiff. J'ai cru que tu avais arrêté de jouer avec nous maintenant que tu avais utilisé la promotion canapé pour circuler dans les hautes sphères.

— Ça suffit, Tiff, recommanda Liz.

— C'est nul, répondit Charlie, même si Tiff ne faisait que la taquiner. Vous m'avez tellement manqué les filles que j'ai accepté de descendre de mon piédestal pour venir boire une bière en toute humilité avec vous.

— Des paroles, toujours des paroles…, répliqua Tiff. Je veux te voir à l'entraînement mercredi et avec le maillot de l'équipe sur le dos dimanche.

— À ton service, cheffe, fit Charlie en faisant un salut militaire à Tiff. Peut-être même que je toucherai la balle au prochain match.

— Des paroles, toujours plus de paroles, répondit Tiff, on attend donc de grandes choses.

Quelques filles vinrent les rejoindre pour cette joute verbale bon enfant et Charlie se laissa aller un peu plus sur sa chaise, se sentant en sécurité parmi ses amies.

CHAPITRE 23

Charlie n'était pas totalement à l'aise d'avoir cette conversation devant Christian mais il allait bien falloir accepter le fait qu'il faisait partie de la vie de Jo, donc autant commencer maintenant.

— Je veux que tu constates par toi-même que Christian n'est pas le diable, avait expliqué Jo. Il ne m'a pas volée à toi. En fait, c'est un mec super et si tu es sincère dans ton désir de t'excuser auprès de moi et que je refasse partie de ta vie, il va falloir que tu fasses l'effort de le connaître.

Les bonnes intentions n'étaient pas suffisantes pour effacer onze mois d'appréhension mais Charlie décida de faire un effort plutôt que de se cacher derrière son dégoût habituel pour les hommes hétéros. Après tout, elle ne connaissait effectivement pas Christian et, dans sa tête, il était devenu un monstre de plus en plus imposant au fil du temps.

Christian était barbu avec une grosse voix qui donnait l'impression qu'il était très sûr de lui. Il n'était pas très grand mais était carré d'épaules et fin à la taille. Il portait bien entendu un jean slim. Lors des premiers mois après la rupture, Charlie avait usé et abusé de l'expression *le connard de hipster barbu* pour le décrire, en insistant bien sur le *connard*.

Lui et Jo étaient en terrasse dans l'un des nombreux cafés de WeHo. Bien que tous les deux soient de purs New-Yorkais, ils avaient l'air d'être parfaitement à leur place. Jo avait attaché ses cheveux bouclés et épais en une queue de cheval et en s'asseyant face à eux, prête à s'autoflageller pour toutes ses erreurs, Charlie se dit qu'ils formaient un beau couple.

Cette prise de conscience lui fit mal.

Pendant des semaines, Charlie s'était traînée dans une sorte de brouillard rempli d'images de Christian et de ses grosses mains masculines parcourant le corps de Jo, sa barbe râpant la peau douce de ses joues.

Il se releva légèrement de son siège lorsque Charlie prit place, comme le gentleman qu'elle refusait qu'il soit. Après tout, il avait séduit quelqu'un qui était déjà en couple. Il lui tendit la main et cette fois-ci, Charlie la lui serra sans avoir besoin qu'on le lui dise.

— Comment s'est passé le tournage de la grande scène d'amour ? demanda Jo après avoir fait la bise à Charlie. Nick m'a tout raconté.

— C'était assez dingue.

Charlie plongea ses yeux dans ceux de Jo et se souvint qu'elle avait basé le physique de l'héroïne d'*Underground* sur elle.

Jo lui avait d'ailleurs demandé une fois si Charlie la voudrait ainsi, physiquement, comme Aretha, très affutée.

— C'est ta façon de me dire qu'il faudrait que j'aille plus souvent à la salle de sport ?

Elles avaient ri toutes les deux et Charlie avait caressé les bras de Jo en lui disant qu'elle était parfaite et qu'elle n'avait aucunement besoin d'essayer de se mesurer à des personnages fictifs. Charlie avait commencé à écrire *Underground* peu de temps après qu'elle et Jo se furent mises ensemble.

— Donc, nous savons toutes les deux qu'Aretha c'est moi, dit Jo dans un grand sourire, et elle est jouée par Elisa Fox. Ça aurait pu être largement pire.

Elle donna un petit coup de coude à Christian.

— Je n'ai jamais eu l'occasion de te féliciter pour tout ça, Charlie, dit-il comme si le petit coup de coude de Jo était le signal pour qu'il prononce sa réplique.

Mais Charlie s'était déjà trompée plusieurs fois sur Jo et Christian et elle décida donc de ne pas monter sur ses grands chevaux. Après tout, il lui faisait un compliment.

— Merci, j'ai un peu du mal à y croire.

— Du mal à y croire ? Mais c'est tout ce dont tu as toujours rêvé, Charlie. Je suis tellement fière de toi, répondit Jo.

— Oui, bon, je ne peux pas non plus tout rater, répliqua Charlie en faisant une petite grimace.

Le moment était venu pour des excuses. Elle se lança.

— Je suis navrée pour l'autre jour, Jo. J'aurais dû être plus… ouverte. Je le sais.

— Charlie, intervint Christian. Il faut vraiment que tu saches que rien ne s'est passé entre Jo et moi tant que vous étiez ensemble. On a été amis pendant longtemps avant que…

Il s'interrompit heureusement là.

— Hé, Charlie Cross, fit une voix de femme derrière Charlie. Où est Ava Castaneda ? Bien joué en tout cas !

Charlie se tourna sur le côté et aperçut une jeune femme d'une vingtaine d'années qui lui faisait un pouce vers le haut. Charlie lui fit un petit signe de tête et détourna le regard. Dieu merci la jeune femme poursuivit son chemin et laissa Charlie tranquille.

Jo tendit son bras au-dessus de la table et prit la main de Charlie.

— Je te connais, Charlie et je sais que ça doit te mettre terriblement mal à l'aise. Tu aimerais mourir là.

Ce geste de Jo était tellement gentil, tellement Jo, et un tel rappel de toutes ces années où elles avaient été heureuses ensemble que Charlie sentit ses défenses se fissurer en elle. Pas parce qu'elle était mortifiée d'être reconnue comme étant la petite amie d'Ava, alors que ce n'était plus le cas, mais parce que Jo montrait là toute son affection.

Charlie haussa les épaules et déclara :

— Je suis certaine que tout le monde saura très vite que c'est terminé avant même que ça ait commencé.

Jo ne répondit rien et Christian prit un peu de mousse de lait de sa tasse dans sa cuillère. Charlie prit ça comme une invitation à se confier mais elle ne pouvait se concentrer que sur une peine de cœur à la fois.

— Là aussi j'ai fait n'importe quoi mais là aussi j'essaie de me racheter.

Charlie n'avait aucune nouvelle d'Ava depuis qu'elle lui avait envoyé sa vidéo deux jours auparavant. Aucun accusé de réception. Rien. Pour autant que Charlie le sache, Eric avait réussi son coup et avait profité d'une Ava blessée et en colère. Charlie essayait pourtant de ne pas trop laisser ses pensées vagabonder dans cette direction.

— Je n'ai pas besoin que tu t'excuses auprès de moi, dit Jo. Je veux juste que tu réalises que toi et moi nous étions éloignées bien avant que l'on se quitte.

Christian ne put rester assis tranquillement et il repoussa sa chaise nerveusement.

— Je vais aux toilettes.

Jo fit un petit signe de tête et le suivit du regard alors qu'il entrait dans le café.

— Il n'avait pas vraiment envie de venir. Je l'ai obligé. Pour qu'il me soutienne moralement plus qu'autre chose.

— Je le sais, finit par répondre Charlie en enlevant sa main de celle de Jo tout en tripotant ses doigts.

Jo reposa sa main sur celle de Charlie et lui dit :

— Je ne suis pas en train de penser qu'une discussion va

nous transformer instantanément en amies mais je vais rester quelques mois à LA et j'aimerais qu'on en profite pour arranger les choses entre nous. J'en ai besoin. Tu n'es pas simplement un souvenir pour moi, Charlie. Il s'est passé tellement de choses entre nous…

Sa voix se brisa.

Charlie sentit sa gorge se serrer. Elle ne put qu'acquiescer de la tête.

— Je sais que tu es trop intelligente pour vraiment croire qu'on a rompu à cause d'un homme. C'était terminé bien avant que je rencontre Christian.

Charlie essuya une larme et répondit :

— Pendant très longtemps je n'ai pas voulu y croire, Jo. J'imaginais deux choses, d'abord que tu n'étais pas vraiment attirée par les femmes ou bien que j'avais fait tellement n'importe quoi que j'avais réussi à te dégoûter des femmes et à te jeter dans les bras d'un homme. Même si je sais aujourd'hui que ces deux certitudes sont totalement fausses.

— Tu passes tellement de temps dans ta tête. C'est ton métier d'inventer des choses, dit Jo en esquissant un sourire. Tu vas bientôt écrire quelque chose d'autre au fait ?

Charlie attrapa une serviette en papier et répondit :

— C'est peut-être le moment d'écrire une suite à *Les Rivières Pleurent*.

— Écris quelque chose de joyeux, fit Jo en se penchant légèrement vers elle. Je ne vais pas supporter quelque chose d'aussi tragique que le premier.

— Mais tellement de choses de ce livre sont vraies pourtant. Pas étonnant que j'ai évité toute mention de ou pensée à ce livre après notre rupture. Le fait qu'*Underground* soit adapté à la télé m'a donné l'excuse parfaite pour faire comme si je n'étais pas qui je suis.

— Il faut que tu le fasses, Charlie. Que tu écrives ce livre.

— Mon livre qui narre comment je me suis remise de notre

rupture ? Tu es jalouse parce que Robin a le sien et pas toi ? répliqua Charlie dans un demi-sourire.

Jo lui serra la main et lui dit :

— Je crois que je le mérite oui. Sept ans avec Charlie Cross, tu me dois bien ça.

Charlie eut un petit rire étouffé et reprit :

— À quel moment tu as cessé de m'aimer ?

Jo souffla.

— Jamais. Mais toi tu as cessé de t'aimer.

Charlie haussa les sourcils en signe de surprise.

— De quoi tu parles ? Je suis absolument merveilleuse, murmura-t-elle, pleine d'ironie.

— Pour être tout à fait honnête, peu de temps après notre sixième anniversaire, juste après que tu aies vendu les droits d'*Underground*, quelque chose a changé. Je ne sais pas si c'est le fait de devoir travailler avec Hollywood ou quelque chose entre nous. Mais tout ce que je sais c'est que moi je n'ai pas changé mais toi tu t'es éloignée de moi. J'ai essayé, essayé mais je n'ai jamais réussi à te ramener à moi. Tu t'es comme éteinte. Tu as cessé de me faire confiance, ça je le sais. Et quand tu parlais d'avenir, j'avais l'impression qu'il n'y avait pas de place pour moi. On a sûrement l'impression que c'est moi qui t'ai fait du mal parce que je suis partie, mais tu m'as toi aussi fait beaucoup de mal, Charlie.

— Je suis désolée, fit Charlie en larmes.

— Je suis passée à autre chose, je suis heureuse avec Christian. Mais toi, Charlie, il faut que tu te ressaisisses.

Charlie ôta sa main de sous la table et tâcha d'essuyer ses larmes. Elle espérait que Christian n'allait pas revenir à table. Elle n'avait aucune envie qu'il la voie ainsi. Et elle était en public en plus. Jusqu'à présent seule une personne l'avait interpelée mais d'autres la reconnaissaient sûrement. Il y avait peut-être un paparazzi caché derrière des arbres, son appareil photo braqué sur elle comme un fusil.

— C'est nul, fit Charlie, en larmes, voyant que Jo pleurait elle aussi. On n'aurait peut-être pas dû faire ça ici.

— C'est ma faute, répliqua Jo qui sortit un paquet de mouchoirs de son sac et tendit un mouchoir à Charlie. Je pense que Christian est allé se balader dans le quartier. En tout cas, Charlie, je ne veux pas continuer à faire comme si tu n'existais pas pour ne pas penser à notre rupture et à quel point c'est douloureux. J'aimerais bien que tu refasses partie de ma vie.

— Oui, ça fait presque un an, répondit Charlie qui s'essuyait les yeux avec le mouchoir. J'imagine qu'on peut essayer.

— Merci, Seigneur, fit Jo avec un sourire plus marqué, ce n'est pas simple de faire comme si tu n'existais pas dans cette ville, tu sais ?

— Je ne fais qu'écrire, répliqua Charlie qui effleura du genou celui de Jo lorsqu'elle tendit les jambes sous la table. Tout en bas de la chaîne alimentaire à Hollywood.

— Et tu es vraiment heureuse de ce que tu fais ? Ça doit être le jour et la nuit avec la vie que tu menais à New York.

Jo ne bougea pas sa jambe sous la table.

— C'est assez fou et électrisant et ça me demande une énergie de dingue tous les jours, répondit Charlie.

— Éviter de répondre aux questions, tu fais vraiment ça mieux que tout le monde, dit Jo en tapotant son mollet contre le bas de la jambe de Charlie. Et tu es heureuse ? demanda-t-elle.

— C'est une possibilité, si Ava accepte de me parler à nouveau.

Jo pencha la tête comme pour montrer que cette réponse ne la satisfaisait pas non plus.

— Et une fois qu'on aura terminé le tournage, je me remettrai à l'écriture.

Jo laissa échapper un soupir de soulagement en prononçant un *Hallelujah*. Son genou était toujours contre celui de Charlie.

— Je pense bien te connaître, Charlie. Et tu n'es jamais aussi heureuse que lorsque tu as terminé une bonne journée d'écriture. Toi, ton PC, tes personnages et une fenêtre pour regarder dehors.

— Et te retrouver toi le soir, conclut Charlie, joueuse, en frottant son genou contre celui de Jo.

— Ce fut suffisant un temps, répondit Jo, l'air soudain très sérieux. Jusqu'à ce que les sirènes d'Hollywood prononcent ton nom.

CHAPITRE 24

— Si tu regardes ta montre encore une fois je pense qu'elle va se désintégrer sous ton regard plein de colère, annonça Liz.

Charlie soupira. Dix jours déjà s'étaient écoulés depuis qu'elle avait envoyé sa vidéo à Ava et toujours rien. Nick lui avait dit qu'il avait à peine réussi à avoir de ses nouvelles. Ava et l'équipe de *Knives Out* étaient censés rentrer à LA le jour même et Charlie était inquiète.

— Toujours aucune nouvelle ? reprit Liz.

— Rien. Et on dirait qu'elle a fait une pause avec ses réseaux sociaux. Rien sur Instagram ou Pinterest. Et à notre époque…

— Elle panse peut-être ses blessures en paix.

— Ou elle couche avec Eric Brunswick.

Liz secoua la tête.

— Je ne veux pas remuer le couteau dans la plaie, Charlie, mais il faut que je rentre. C'est notre anniversaire de mariage aujourd'hui.

— Vraiment ?

Elles étaient allées prendre un verre rapide après le tournage du jour.

— Qu'est-ce que tu fais ici alors ?

— Je crois que ça s'appelle l'amitié, fit Liz en se levant. Et Sarah travaille tard.

Elle lui sourit gentiment.

— Dis bonjour à ta superbe moitié pour moi. Et dis-lui qu'elle a épousé une merveille.

— Ce sera fait. Tu fais quoi toi ce soir ?

— Relire le script de demain. Regarder les rushs d'aujourd'hui et vérifier que les dialogues sont fluides. Et peut-être me lancer dans mon prochain roman.

— N'oublie pas de te détendre aussi, Charlie, fit Liz en lui serrant doucement l'épaule. Je suis sûre que tu vas avoir de ses nouvelles bientôt.

Liz s'éloigna.

Charlie n'était pas convaincue par ce qu'elle venait de dire. Ava n'avait aucune raison de reprendre contact avec elle. Charlie avait passé suffisamment de temps à tenter de se mettre dans la peau d'Ava et la conclusion était évidente. Pourtant, alors qu'Ava devait rentrer à LA, ou était peut-être déjà là, un rayon d'espoir subsistait malgré elle dans son esprit.

Ceci dit, une vidéo ne pouvait pas non plus faire des miracles. Peut-être qu'un face-à-face avec Ava serait utile pour… quelque chose. Mais Charlie ne savait pas trop pour quoi.

Charlie se laissa aller à une douce rêverie et à différentes idées pour convaincre Ava qu'elle avait été vraiment stupide de se laisser avoir par les propos d'Eric et qu'elle avait été cruelle ne pas prendre les sentiments d'Ava en compte. Et qu'elle avait effectivement fait les mêmes erreurs que par le passé. Elle était tellement absorbée dans ses pensées qu'elle ne prêta aucune attention à la BMW grise garée dans sa rue.

Elle était en train d'ouvrir sa porte d'entrée, la clef déjà dans la serrure, lorsqu'elle se dit que la voiture était exactement de la même marque, de la même couleur et du même modèle que celle d'Ava. Charlie repartit dans la rue pour vérifier la voiture en question et au moment où ses yeux se posèrent sur le véhicule, la portière côté conducteur s'ouvrit et une jambe apparut. Une longue, longue jambe avec, à son pied, de jolies ballerines noires vernies.

Charlie sentit les battements de son cœur s'accélérer, son être tout entier parcouru par ses vibrations.

— Bonjour, toi, fit Ava qui se tenait à moins d'un mètre d'elle. J'ai cru que tu ne rentrerais jamais chez toi.

Charlie sourit. Son cœur battait tellement fort qu'elle crut un instant qu'il allait sortir de sa poitrine. Ava s'approcha et Charlie déclara, sans réfléchir :

— Les gens appellent d'abord de nos jours.

— Ah oui, peut-être, dit Ava en se rapprochant encore. J'imagine que je suis un peu démodée.

— Tu veux entrer ?

C'était la seule chose polie à dire.

Ava prit son sac et le mit sur son épaule puis elle ferma sa voiture en appuyant sur un petit bouton sur sa clef.

— Je crois que c'est une excellente idée.

Charlie la fit entrer et la présence d'Ava chez elle était à la fois déconcertante, énergisante et épuisante nerveusement.

— Un verre de Pinot ? proposa Charlie.

— Un verre d'eau s'il te plaît. Je conduis.

Ava regardait son salon comme si c'était la première fois qu'elle y mettait les pieds. Ceci dit, elle n'était venue que deux fois chez Charlie et elles n'avaient pas vraiment discuté de la décoration intérieure.

Charlie sortit deux bouteilles d'eau du frigo et proposa à Ava de s'asseoir face à elle. Une fois assise, Ava ouvrit son sac à main et en sortit son exemplaire de *Les Rivières Pleurent*. Elle le laissa tomber, de manière très théâtrale, sur la table basse.

Charlie fixa le livre des yeux, ne sachant pas à quoi s'attendre. Elle posa ensuite son regard sur Ava qui avait croisé ses jambes et qui était divine dans son jean et son t-shirt blanc tout simple. Le corps de Charlie tout entier palpitait.

— Tu vas me le lire, Charlie, là, tout de suite.

Elle fit une pause puis reprit :

— Je ne te promets rien mais je pense que c'est une bonne façon de commencer.

Charlie sentit sa gorge se serrer. Elle prit son verre d'eau et but quelques gorgées. Elle avait récité les mots par cœur, tout haut, dans la vidéo qu'elle avait envoyée à Ava. Il n'y avait aucune raison qu'elle ne réussisse pas à faire la même chose, en sécurité chez elle, avec Ava assise en face d'elle. Charlie s'obligea à accepter le défi, elle se redressa et acquiesça. Elle regarda la couverture de ce roman qui l'avait fait percer. La couverture était très sobre, pas comme le contenu. On y voyait une rivière bleue serpenter jusqu'à un ciel rosé et son nom à elle en grosses lettres d'imprimerie, tout en bas. La police d'écriture pour le titre était en cursive, blanche. Une couverture tellement simple pour un livre tellement désespéré. Ce livre que Charlie avait écrit du cœur, directement. Elle n'avait jamais rien écrit de ce genre depuis. Peu après avoir terminé *Les Rivières Pleurent* elle avait rencontré Jo et s'était lancée dans la série *Underground*. Et on connaissait le reste. Peut-être que Jo avait raison. Peut-être que Charlie devait faire face à ses peurs, ses espoirs déçus et ses attentes par écrit. C'était peut-être la seule façon de le faire pour elle.

Elle se lança.

— Lorsque j'émergeai à nouveau de mon ancienne vie et observai les cicatrices sur ma main, le souvenir de moi cassant un verre de vin, de rage, après qu'elle m'ait quittée, et que je constatai que ma main avait cicatrisé toute seule, presque comme par magie – même si cette magie s'appelle le temps – je me rendis compte que la même chose s'était produite avec mon cœur. Je me rendis compte que mon cœur avait finalement été capable de faire ce que je croyais impossible – sans que je m'en rende compte. Tout en vivant ma vie. Et cette fois, je me mis à pleurer. Ce n'était pas une rivière, mais une simple larme qui roula sur ma joue, une larme de joie que je pensais ne plus pouvoir ressentir un jour.

Tout en prononçant la dernière phrase, Charlie sentit une larme perler à ses yeux et rouler sur ses mains.

— Je savais que tu pouvais le faire, Charlie. Je le savais même lorsque j'ai essayé de te lire ce passage chez moi ce soir-là.

Maintenant qu'elle avait lu ce passage tout haut et qu'elle était à nouveau habitée par les émotions qu'elle avait ressenties lorsqu'elle avait écrit ces mots, Charlie ne pouvait rien faire d'autre que de rester assise, toute droite et rigide, et se laisser aller à sa tristesse. Mais l'inertie et l'auto-flagellation n'allaient pas lui ramener Ava.

— Je suis désolée de ce qui s'est passé à Dallas. J'aurais dû réagir autrement. Je n'aurais pas dû écouter mes craintes. Et j'aurais dû être plus forte. Pour toi.

Charlie laissa ses larmes couler librement et ne tenta même pas de les essuyer de la main.

— Tu n'imagines pas à quel point je suis navrée, Ava.

— Si, je pense que si. Mais il ne s'agit pas de savoir à quel point tu es désolée.

Ava décroisa ses jambes et croisa ses chevilles. Elle prit son livre sur la table et le feuilleta avec son pouce.

— Je t'ai demandé de rester, Charlie. Je t'ai presque suppliée. Et tu es quand même partie. Ça fait deux fois que tu pars en étant triste pour toi-même. Ça ne donne pas une base très stable, pour aucune relation. Ni pour de l'amitié ni pour quelque chose de plus que l'amitié.

Charlie hocha la tête. Elle comprenait très bien mais elle savait aussi que c'était le moment de se battre. Ava était chez elle alors qu'elle aurait très bien pu ne rien faire. C'était bien qu'elle avait encore des sentiments pour Charlie.

— Il s'est passé des choses depuis que je me suis enfuie de Dallas. Je ne dirais pas une crise existentielle, mais pas loin.

Charlie fixa Ava du regard.

— J'ai revu mon ex et j'ai eu toute une série de…prises de conscience, si tu veux.

Charlie cessa de pleurer et continua :

— Te rencontrer et revoir Jo, ça m'a permis de sortir de cette spirale de peur et d'apitoiement pour moi-même dans laquelle je m'étais enfermée. Je n'étais pas prête quand on s'est rencontrées. Mais je sais que je le suis aujourd'hui. Je ne mérite peut-être pas une autre chance, mais je pense que tu devrais m'en accorder une quand même.

Charlie esquissa un sourire et conclut :

— Tu ne serais pas ici si tu n'avais pas une toute petite envie que l'on essaie à nouveau.

Ava pencha brièvement la tête sur le côté et déclara :

— Tout ça, ce ne sont que des mots. Tu peux me faire une vidéo, tu peux même m'écrire la plus belle des lettres. Ce ne sont toujours que des mots. Des mots que j'ai déjà entendus. Qu'est-ce qui changerait ? Pas seulement dans les mots, mais dans les faits ?

— Je vais redevenir qui je suis vraiment. Celle qui m'a permis d'être qui je suis aujourd'hui. Quelqu'un bourré de défauts, certes, mais aussi quelqu'un bourré de qualités. Je vais revenir à la seule chose sur cette terre qui me permet de faire un lien entre mon cœur et mes sentiments avec tous ceux et celles qui m'entourent. Je vais commencer mon prochain roman.

— Le tome suivant dans ta série des *Underground* ? demanda Ava, peu impressionnée.

— Non, répondit Charlie d'une voix ferme et forte. La suite de *Les Rivières Pleurent*.

Ava fronça un peu les sourcils.

— Et tu fais quoi de la raison pour laquelle tu es venue à Hollywood ?

— Ce n'est pas ça qui va me faire rester. Tu vois, il y a cette femme qui m'obsède. Elle est sublime, adorable, intelligente et elle croit aux secondes chances, même aux troisièmes.

— Vraiment ?

— Oui, j'en suis persuadée, répondit Charlie qui se laissa aller à sourire largement. Vraiment, j'en suis sûre.

— Tu es sûre qu'elle n'est pas juste l'un des personnages que tu as créés pour ton prochain roman ?

Charlie fit non de la tête.

— Non, mais je suis certaine qu'elle fera une apparition dans mon prochain roman. Inspirée d'une personne réelle.

— Et cette femme, elle a d'autres qualités ? s'enquit Ava en souriant, toutes fossettes dehors.

— Oui, même si elle a un sens de l'humour un peu particulier. Mais elle a très bon goût en immobilier. Elle a de l'audace. Elle est également la femme la plus sublime que j'aie rencontrée dans ma vie. Et ce qu'elle sait faire avec ses doigts…

Ava se mit à rire et Charlie se rendit compte que c'était malgré elle.

— Mais surtout, cette femme a beaucoup de compassion. Et elle n'a pas peur, comme d'autres, de suivre son cœur, sans se soucier de l'endroit où il la conduira.

—Et cette femme, elle va se lever, demander la même chose de toi et t'embrasser ? demanda Ava en se levant.

— Oui, répondit Charlie en l'imitant.

— Je crois que tu as oublié de dire que cette femme est d'une sagesse exemplaire, et ce malgré son âge qui est d'ailleurs invisible, que ce soit sur son visage ou sur son corps. Et qu'elle mérite de voir tous ses vœux exaucés à partir de maintenant, jusqu'à nouvel ordre.

Ava fit un pas de côté et se tint à côté de la table basse.

— Oui, c'est vrai, cette femme se laisse parfois emporter. Mais même si son physique de folie lui a permis de se faire chouchouter et gâter depuis qu'elle est petite, cette femme a gardé la tête sur les épaules sans développer un ego surdimensionné, répliqua Charlie.

— Vraiment, cette femme est un trésor, Charlie.

Charlie abandonna la partie et s'approcha d'Ava, puis lui passa les bras autour de la taille.

— Tu ne crois pas si bien dire.

— Tu as intérêt à ne pas faire l'idiote et à ne pas la laisser partir une nouvelle fois, dit Ava en la fixant du regard.

— Jamais.

Charlie se colla à Ava et posa sa tête sur son épaule.

— Je crois que cette femme aimerait un baiser, lui murmura Ava à l'oreille.

Charlie leva les yeux. Elle se sentait complètement nimbée du parfum d'Ava, ses bras sur ses épaules, ses cheveux chatouillaient son cou.

— Si je me souviens bien, cette femme aimerait bien plus que ça.

Elles éclatèrent toutes les deux de rire. Charlie sentit la tension la quitter et elle planta ses yeux dans ceux d'Ava.

— C'est absolument vrai, répliqua Ava en lui offrant un gigantesque sourire. Mais commençons par le commencement.

Et elle pencha la tête et l'embrassa.

CHAPITRE 25

— Charlie, réveille-toi.

Toujours à moitié endormie, Charlie se força à ouvrir un œil. Elle sourit immédiatement lorsqu'elle aperçut la personne en face d'elle.

— C'est le jour J.

— Seigneur, il est quelle heure ? demanda Charlie qui se souciait fort peu de l'heure.

On était dimanche et c'était bien tout ce qui lui importait.

— Je crois que tu ne comprends pas.

Ava fit glisser deux de ses doigts sur la poitrine de Charlie sous les draps.

— Il n'y a pas une minute à perdre.

Ses doigts atteignirent le bout d'un sein et le pincèrent.

— Aïe !

Charlie passa sa main par-dessus la couette et s'empara de la main baladeuse d'Ava.

— Certaines sont restées réveillées une grosse partie de la nuit. Et ce n'était pas toi, ma chère Belle au Bois Ronflant.

— Retire ça tout de suite.

Ava tendit ses doigts sous la couette et parvint à poser sa main à plat sur son sein.

— Et si tu crois que ça, ça va m'arrêter, c'est que tu ne me connais pas encore très bien.

Ava s'installa à califourchon sur elle et ôta la couette, mettant la poitrine de Charlie à nu.

— Tu fais du sport combien de fois par semaine, Charlie ? Parce que moi c'est presque tous les jours.

Ava lui montra sa force en saisissant les poignets de Charlie et en les bloquant au-dessus de sa tête. Elle-même était nue et le bout de ses seins effleura le ventre de Charlie.

— Je te laisserai tranquille un petit peu si tu me dis que la première page de ton nouveau roman est sur moi, fit Ava en souriant.

— Tu n'as pas le droit de poser cette question. Ça casse la magie du premier jet.

— N'importe quoi.

Ava se pencha en avant et fit passer l'un de ses seins contre les lèvres de Charlie puis se redressa rapidement.

— Je ne peux jamais gagner avec toi, soupira Charlie en se laissant retomber contre les oreillers, adorant secrètement la façon dont Ava tenait ses poignets, avec force.

Et parce qu'elle y mettait de l'engagement, ses biceps étaient visibles et sa clavicule donnait encore plus envie que d'habitude d'y passer la langue.

— Ce n'est pas du jeu.

— Je vais te montrer à quel point je suis fair-play.

Ava plissa un peu ses yeux et de petites rides se formèrent autour d'eux. Elle se pencha, embrassa Charlie sur le nez puis sur les lèvres, avec fermeté. Ce baiser se transforma rapidement en un baiser plus profond et lorsqu'Ava ôta sa langue de la bouche de Charlie, elle était à bout de souffle.

— J'ai envie de toi, Charlie Cross, c'est tout.

Ava lâcha les poignets de Charlie et vint s'allonger à côté d'elle, dénudant Charlie un peu plus au passage.

— Tu es contente du début de ton roman ?

— Oui, très.

Charlie prit la main d'Ava et mit ses doigts dans les siens.

— Ce bureau que tu as improvisé pour moi, pour que je puisse écrire m'inspire beaucoup.

— Je suis ravie.

Ava posa sa tête près de celle de Charlie et l'embrassa sur la joue, puis sur la tempe.

Charlie amena à ses lèvres leurs deux mains entrelacées et embrassa le dos de la main d'Ava.

— Quand je pense que tu m'as réveillée pour ça.

— À cause de tes névroses on a déjà perdu beaucoup d'un temps précieux ensemble. C'est bien normal que tu te rattrapes en dormant moins.

Charlie sentait le souffle chaud d'Ava sur sa joue.

— Et ce que je te demande n'est pas franchement une punition, conclut Ava.

Charlie se sentit gagnée par la chair de poule à l'idée de ce qu'Ava lui demandait.

— Tu ne vas même pas me préparer un petit déjeuner d'abord ?

Charlie n'avait aucune envie d'un quelconque petit déjeuner. Elle n'avait presque rien mangé depuis qu'Ava s'était présentée sur le pas de sa porte le jeudi précédent. Son ventre n'était rempli que de papillons.

— Pourquoi tu essaies de gagner du temps, Charlie ? Tu as peur ?

L'on entendait une pointe d'amusement dans le ton d'Ava.

Mais pas du tout, voilà ce que Charlie fut tentée de répondre, mais elle opta pour la vérité et déclara :

— Un peu je crois, oui.

— Oh, c'est tellement mignon, et adorable.

Mignon et adorable étaient bien deux mots que Charlie ne souhaitait pas voir associés à ce qu'elle allait faire.

— Oui, on verra ça.

Elle commença à se désengager de l'étreinte d'Ava et lui dit :

— Reste ici. Ne bouge pas d'un centimètre.

Charlie sortit du lit et observa Ava. Elle était tellement silencieuse qu'elle était à l'évidence prête pour ce qui allait se passer – tellement prête qu'elle en avait même réveillé Charlie.

Charlie s'empara du harnais qu'elles avaient examiné en détail la veille et disparut dans la salle de bains.

Ave et elle avaient lu le mode d'emploi ensemble – ce n'était pas très compliqué. Mais cela faisait très longtemps que Charlie n'avait pas fait ça et elle dut se préparer mentalement, les mains posées de chaque côté du lavabo, en inspirant et en expirant profondément. Cela ne lui arriverait qu'une seule fois dans sa vie, de baiser Ava ainsi pour la première fois.

Charlie finit par jeter un dernier coup d'œil aux lanières et au gode. Il en avait fait du chemin pour parvenir enfin ici – comme Charlie. Elle se débrouilla pour l'enfiler, elle resserra les sangles autour de ses fesses et observa le jouet en silicone qui ressortait fièrement d'entre ses jambes. En dépit du sentiment de puissance qu'il lui conférait, Charlie dut quand même se murmurer quelques mots d'encouragement. Se montrer ainsi à une nouvelle amante, c'était très intime. Ajouter un jouet nécessitait toujours un niveau accru de confiance et d'abandon.

Charlie réapparut dans la chambre. Ava était allongée sur le côté, un coude relevé sous elle, la tête posée dans la paume de sa main. En voyant Charlie équipée, elle écarquilla les yeux. Comme pour l'inviter, elle rejeta les draps d'un côté. Charlie fit quelques pas vers le lit lentement, le jouet toujours entre ses jambes. Et lorsque Charlie s'installa dans le lit, Ava se colla à elle instantanément, et elle mit ses mains autour de son cou pour l'attirer encore plus à elle.

— Te voir arriver ici comme ça c'est l'une des choses les plus sexy que j'aie jamais vues, murmura-t-elle à Charlie avant de l'embrasser.

Son baiser n'avait rien d'hésitant ou de lent, il était au contraire plein de détermination, fait de langues se rencontrant et elle attira Charlie aussi près d'elle que possible. L'excitation et le désir d'Ava ne faisaient réellement aucun doute. Charlie avait pensé que ce serait l'inverse, bizarrement. Et désormais, les mains d'Ava partout sur son corps, cela lui semblait l'absolue évidence.

Charlie mit Ava sur le dos et plus aucun mot ne fut nécessaire. Elle était assise sur le lit, nue à l'exception de ce gode entre ses jambes. Sous le tissu qui faisait le lien entre toutes les différentes parties, elle sentait son clitoris palpiter d'excitation. Même lorsqu'elle avait finalement accepté de fantasmer sur des images d'elle et Ava ensemble, cette scène-là n'avait pas traversé son esprit. Charlie ne s'était pas autorisée à rêver avec autant d'audace. Elle ne s'était pas autorisée beaucoup de choses.

Et pourtant, elle était bien là, dans le lit d'Ava, avec le bruit de l'océan refluant pour la marée du matin, avec les grands yeux pleins de désir d'Ava posés sur elle. Évidemment que Charlie n'avait pas encore ressenti la sensation bouleversante de voir tous ses rêves devenir réalité depuis son arrivée à LA. C'était là le seul rêve qui comptait. Elle le méritait et elle était prête. Et Ava était à ses côtés.

Charlie s'allongea à côté d'Ava et elle l'embrassa. Leurs lèvres fusionnèrent ainsi que leurs bouches, leurs langues, avec fièvre. Le godemiché s'était niché entre leurs cuisses à toutes les deux et le sentir contre sa peau était comme une décharge électrique pour Charlie.

— Baise-moi, Charlie, souffla Ava lorsqu'elle reprit sa respiration, je t'en supplie, baise-moi.

Un sourire presque diabolique se dessina sur les lèvres de

Charlie. Elle se souvenait très bien qu'Ava l'avait torturée, l'avait fait attendre lors de leur première fois dans sa chambre. Charlie avait bien l'intention de faire exactement pareil. C'était exactement ce qu'elle voulait, explorer chaque centimètre carré du corps d'Ava, la rendre complètement folle avant de lui donner ce qu'elle désirait tant.

— Retourne-toi, dit Charlie.

C'était presque un ordre.

Ava plongea ses yeux dans ceux de Charlie puis elle se mit sur le ventre et passa ses bras sous l'oreiller qui était sous sa tête.

Charlie ne put s'empêcher de s'étrangler un peu devant la beauté pure sous ses yeux. La peau dorée d'Ava était follement appétissante sur les draps couleur crème. La cambrure de son dos marquait sa croupe et sans y réfléchir, Charlie tendit la main et caressa la peau si douce d'Ava. Elle le fit d'abord du bout des doigts, les laissant effleurer cette partie de son corps et suscitant alors des frissons à leur contact mais rapidement Charlie ne put résister et caressa Ava avec sa main entière. Puis elle se retrouva à caresser les jambes d'Ava en entier. Ses mains pétrissaient presque son corps et elle vit son excitation et son désir dans tous ses gestes.

Charlie en avait envie tout autant qu'Ava, peut-être même plus. La faire attendre n'était pas facile. Elle posa ses mains de chaque côté du dos d'Ava et se positionna jusqu'à ce que son corps soit entièrement collé à celui d'Ava. Le godemiché appuyait légèrement sur la peau sensible des fesses d'Ava. Charlie embrassa son cou, ses épaules puis descendit plus bas jusqu'à ce que ses lèvres soient dans la courbe de ses fesses. Charlie ouvrit la bouche et mordit gentiment les fesses d'Ava. Elle sentait Ava bouger de plaisir et, à l'évidence, d'impatience.

Le derrière d'Ava était un délice mais Charlie voulait voir son visage.

— Retourne-toi, dit-elle, cette fois sur un ton qui ressemblait davantage à une requête que la première fois.

— Je suis réveillée depuis des heures, dit Ava en attirant Charlie plus près d'elle. J'y pense depuis des heures. Je suis prête.

Il y avait un sentiment d'urgence dans sa voix – une nécessité. Elles s'embrassèrent de nouveau, la langue d'Ava était chaude, humide dans la bouche de Charlie qui sentait ses résolutions s'évanouir. Il lui faudrait encore du temps avant de savoir dire *non* à cette femme. Ou tout du moins *pas encore*. Charlie passa ses mains sur la peau d'Ava, ses doigts à la recherche de ses seins. Elle avait envie de jouer avec pendant des heures, de les prendre dans sa bouche, d'admirer leur perfection, d'ancrer leur forme dans son esprit pour toujours mais elle sentait les battements de son cœur s'accélérer et son sexe gonflé de désir palpiter contre les sangles du harnais.

— Baise-moi, répéta Ava et la façon dont elle le dit donna le tournis à Charlie.

Elle se mit à genoux et prit un instant pour profiter encore de la beauté du corps d'Ava. Elle avait les mains au-dessus de la tête, sa poitrine complètement offerte. La facilité avec laquelle elle lui offrait son corps mit Charlie en feu. Mais le plus excitant, c'était la façon dont Ava la regardait. On y lisait de l'exigence et de la vulnérabilité. C'était le regard d'une femme que Charlie ne voulait plus jamais décevoir. C'était Ava Castaneda, la femme qui avait obligé Charlie à se retrouver.

Charlie prit le bout d'un sein entre ses lèvres et caressa l'autre avec une main. Elle était comme grisée, ivre de son désir total pour Ava. Charlie laissa son corps prendre les commandes. Elle léchait avec sa langue, caressait avec sa main. Puis Charlie sentit une main sur la sienne. Une main qui poussait la sienne vers le bas. Ava la fit descendre autant qu'elle le put. Elle avait les jambes écartées. Charlie se souleva un peu et planta ses yeux dans ceux d'Ava. Elle y lut le même regard empreint de désir absolu. Charlie laissa sa main s'aventurer plus bas encore, sur les poils d'Ava et vers son sexe mouillé, entre ses jambes.

Lorsqu'elle constata à quel point Ava était mouillée et excitée, elle en eut le souffle coupé. Charlie passa ses doigts sur le sexe d'Ava, qui était gonflé, doux, excitant, désirant. Ses doigts furent rapidement trempés. Elle regarda Ava et introduisit deux doigts en elle.

Les muscles d'Ava se contractèrent immédiatement mais Charlie était toujours assise à côté d'elle et sa position n'allait pas. Elle alla plus profondément encore en Ava et elle sentit son propre corps se contracter au contact de ce corps si chaud, si lisse, puis elle se retira.

— Oh pitié, gémit Ava.

Elle avait les mains au-dessus de la tête de nouveau et on lisait sur son visage de la souffrance totale.

— Tu n'as pas le droit !

Charlie fit de son mieux pour ne pas s'attarder sur les supplications d'Ava et elle se positionna entre ses jambes. Le bout du jouet toucha le haut de la cuisse d'Ava et cela fut suffisant pour qu'elle gémisse de désir sous les yeux de Charlie. Mais Charlie voulait faire quelque chose, d'abord. Elle voulait goûter. Elle baissa la tête vers le sexe d'Ava, respira son odeur et déposa un baiser juste à côté de son clitoris puis suivit de la langue le contour des lèvres gonflées de désir d'Ava, avant de la pénétrer de sa langue. Puis elle finit par revenir au clitoris d'Ava qu'elle lécha avant de le prendre dans sa bouche.

Ava gémit plus fort encore et Charlie sentit qu'il fallait qu'elle arrête. À regret, elle s'éloigna du sexe d'Ava mais y passa sa main afin de lubrifier le godemiché avec. Elle s'approcha suffisamment près pour que le bout titille les lèvres d'Ava et elle donna une petite poussée sur son clitoris.

— Oh, Seigneur, Charlie, je t'en supplie, gémit Ava.

Au septième ciel, Charlie fit oui de la tête. Elle bascula son bassin et introduisit lentement le godemiché en Ava. Voir le jouet rose disparaître entre les lèvres d'Ava fit déglutir Charlie difficilement. Son cœur battait comme un tambour dans sa poitrine.

— Oui, dit Ava. Oui, Charlie. Baise-moi.

La voix d'Ava était lancinante, basse mais sûre d'elle.

Introduite à moitié, Charlie changea de position et s'allongea presque entièrement sur le corps d'Ava. Choisir entre le fait de regarder le godemiché pénétrer Ava ou avoir le privilège d'avoir le visage d'Ava tout près du sien fut facile à faire. Elle donna des mouvements de bassin pour entrer encore en Ava, lentement et doucement au début et à chaque fois qu'elle bougeait, son clitoris à elle frottait conte le tissu du harnais.

Cela faisait des années que Charlie regardait Ava à la télé. Elle l'avait vue apprécier de la nourriture, être sérieuse lorsqu'elle devait annoncer une élimination ou annoncer un ou une gagnante. Aucun de ces visages de télé ne ressemblait au masque de pur plaisir qui envahit son visage, une offrande tellement belle et excitante de son plaisir total que Charlie se demanda si elle n'allait pas jouir juste en le regardant.

Ava passa ses mains dans le dos de Charlie et y planta ses ongles. Puis Ava croisa ses jambes autour du bas du dos de Charlie qui se sentit extrêmement proche d'elle – un énorme contraste avec ce qu'elle avait voulu faire, émotionnellement parlant, en mettant une telle distance entre elle et Ava pour protéger son égo malmené.

Charlie accentua la cadence et la force de ses coups de bassin et Ava gémit bruyamment, la tête renversée, les yeux mi-clos, son long cou entièrement offert. Cela ne fit qu'accentuer l'excitation de Charlie. Ava tout entière excitait follement Charlie. Son nez si finement dessiné. L'idée de ses ongles vernis qui s'enfonçaient dans sa chair. Ses soupirs et gémissements. La façon dont ses talons s'enfonçaient dans son dos, juste au-dessus de ses fesses. Elles ne faisaient plus qu'une désormais. Et Charlie atteignit enfin cet endroit, là où son corps prit les commandes, là où elle n'était plus que sentiments, sensations et désir pur. Ce désir qui venait du plus profond de son être et qui était attisé à chaque cri de plaisir d'Ava. Charlie était là, avec Ava.

Ava passa une main derrière la tête de Charlie et l'amena à elle, sa bouche un murmure contre son oreille. *Pitié Charlie, pitié.* Puis sa voix et son corps s'immobilisèrent un instant, ses jambes resserrèrent leur étreinte autour de sa taille, ses ongles s'enfoncèrent profondément dans son crâne.

Charlie donna une dernière poussée et alla loin en Ava, une dernière fois. Son clitoris frotta encore une fois contre le tissu, désormais trempé de son excitation, et elle poussa un cri en même temps qu'Ava.

Ava laissa retomber ses jambes mais elle garda ses bras enroulés autour du cou de Charlie. Charlie se laissa aller contre elle, son corps comme complètement sonné de ces orgasmes. Du sien et de celui d'Ava, mais surtout du sien. Lorsqu'elle reprit ses esprits, elle se souvint qu'elle était toujours nichée profondément en Ava, et elle se souleva légèrement, pour laisser filer son regard du visage d'Ava jusqu'à son entrejambe. Voir le godemiché glisser hors des lèvres gonflées d'Ava redonna de la vigueur à Charlie et elle comprenait désormais pourquoi Ava l'avait réveillée. Charlie elle aussi n'avait qu'une envie : répéter ce qu'elles venaient de vivre à l'infini toute la journée.

— Viens ici, fit Ava avec son bras, impatiente.

Charlie ne prit pas la peine d'ôter le harnais et elle retomba presque complètement sur Ava.

— Tu as joui ? interrogea Ava en prenant le visage de Charlie dans ses mains et en tournant vers le sien.

— Tu me connais. Je m'envole facilement, répondit Charlie dans un grand sourire.

— Oh, Charlie, fit Ava en déposant un baiser sur ses lèvres. C'était tellement, incroyablement bon.

— Tu m'étonnes.

— Bon, tu as bien mérité ton petit déjeuner, reprit Ava dans un grand sourire, toutes dents dehors. Il te faut des forces. La journée va être longue.

CHAPITRE 26

— Même moi je peux avoir le trac devant des gens célèbres. Elisa Fox, ce n'est pas n'importe qui, déclara Ava.

Elles étaient en route pour la soirée célébrant la fin du tournage de la saison une d'*Underground*. Les dix épisodes étaient tournés et Charlie était absolument ravie. Mais si jamais une seconde saison était décidée, Charlie ne ferait pas partie des scénaristes et cela faisait de cette soirée quelque chose d'encore plus particulier pour elle.

— Tu vas bien ? s'enquit Ava en serrant un peu le genou de Charlie dans sa main.

— Oui mais…je ne sais pas trop. Venir à Hollywood et assister à la naissance d'*Underground* à la télé, c'est une sacrée expérience. Ça a dépassé mes attentes, même si certaines étaient très élevées.

Charlie jeta un œil à Ava qui était follement glamour dans sa robe rouge moulante et son rouge à lèvres assorti, malgré les instructions de rester décontracté.es pour cette soirée. Charlie était assez convaincue que la présence d'Elisa Fox y était pour beaucoup.

— Je suis nerveuse aussi parce que je dois faire un discours et ce n'est pas vraiment mon fort.

Ava lui sourit.

— Lorsque tu seras en train de faire ton discours, concentre-toi sur mon excitation de te voir là, sublime, adorable…et à moi.

— Oh là là, tu ne m'aides pas du tout, fit Charlie en levant les yeux au ciel.

Ava serra le genou de Charlie un peu plus fort entre ses mains et dit :

— Arf, laisse-moi réessayer alors.

Ses doigts commencèrent à remonter le long de la cuisse de Charlie.

— L'avantage de vivre à Malibu c'est que le trajet dure suffisamment longtemps pour relâcher la pression.

Les doigts d'Ava étaient tout en haut de la cuisse de Charlie et ils y restèrent, en effectuant de légères caresses. Charlie ne sentait pas grand-chose à travers son jean et pourtant elle sentit son clitoris gonfler et palpiter dans sa culotte à cause de ce qu'Ava lui disait et ce qu'elle lui faisait.

— Ça non plus ça n'aide pas, fit Charlie qui posa sa main sur celle d'Ava pour la mettre à plat.

Ava soupira et lui dit :

— OK, laisse-moi essayer autre chose.

Elle ôta sa main et la mit sur l'épaule de Charlie, puis elle la fit pivoter afin qu'elles soient face à face, ce qui n'était pas facile à l'arrière d'une voiture.

— Sans toi cette série n'existerait pas. C'est toi qui l'as créée. Tu lui as donné vie. Tu l'as écrite puis tu es venue à Hollywood pour lui donner forme. Tu as fait ce que tu devais faire – que tu fasses un discours ou pas. Et personne ne t'en voudra si tu ne fais aucun discours. Ton travail parle de lui-même. En plus tu es une autrice. Tu peux toujours utiliser ça comme prétexte.

Charlie sentit de la chaleur l'envahir.

— Sexy, adorable et sage. Comment ai-je réussi à être avec quelqu'un comme toi ?

— Parce que je ne vois que le meilleur chez les gens, répondit Ava sur un ton qui trahissait son sourire, malgré son air sérieux.

Charlie eut un petit rire mais se sentit à nouveau pleine de trac.

— Ce serait différent si ce n'était pas aussi un au revoir.

— Mais vois les choses autrement alors. Ce n'est pas un au revoir, ce n'est que le début. La première sera dans quelques mois. Tu auras de la promotion à faire. Et si vous avez une saison deux, tu y auras toujours un rôle, même si tu choisis d'être un peu en retrait. Malgré tout, tu y joueras toujours un grand rôle.

— Probablement, oui, répondit Charlie, les lèvres pincées.

— Je te connais un peu désormais, Charlie Cross. Tu es anxieuse parce que tout ce parcours a été épuisant pour toi et que cette soirée y met une sorte de point final. Je comprends. Et je suis là pour toi, à chaque étape.

Charlie s'empara de l'autre main d'Ava, l'amena à sa bouche et y déposa un baiser.

— C'est même plus que ça, c'est une grande transition pour moi. J'ai cru pendant très longtemps que c'était de ça dont j'avais envie. Le côté glamour de travailler pour une série télé, d'être aux côtés de quelqu'un comme Elisa Fox qui prononce ce que moi j'ai écrit, d'observer les lettres qui forment le logo *Hollywood* et faire comme si j'étais à ma place. Mais c'est faux. Tout ce que je veux, c'est être assise toute seule dans une pièce et créer des histoires.

— C'est comme la vie, répondit Ava en prenant le visage de Charlie dans sa main. Tout est un voyage et le voyage ne s'arrête jamais. Dieu seul sait où nous serons dans quelques années. Où la vie nous mènera.

Qu'Ava utilise le mot *nous* lorsqu'elle parlait du futur

permit à Charlie de se libérer d'un poids. Elle se sentait à sa place grâce à Ava. Ava, Nick, Jason, Liz, Sarah, son équipe de softball et même Jo désormais. C'était grâce à ces gens, pas à l'endroit et aux vertus que Charlie lui avait attribuées depuis des années, que Charlie se sentait à sa place ici.

La voiture s'arrêta et sa gara sur le parking du studio.

— Je t'assure, tout va bien se passer, dit Ava.

Si quelqu'un d'autre lui avait tenu les mêmes propos, Charlie se serait immédiatement dit que c'était n'importe quoi mais c'était Ava, et Charlie y crut.

———

Elisa Fox avait amené avec elle son mari superstar lui aussi et ils étaient tous les deux au centre de l'attention. Même si c'était une soirée privée, c'était également la première fois que Charlie et Ava se présentaient ensemble en public. Charlie avait un sourire radieux de fierté depuis qu'elles étaient arrivées. Elle avait présenté Ava à Liz et à ses collègues scénaristes, comme si elle était désormais vraiment en couple, à nouveau.

— C'est, et de loin, l'expérience la plus incroyable de ma vie, déclara Liz.

Sarah lui donna un petit coup de coude accompagné d'un *hé* faussement offensé.

— À part celle d'avoir épousé ma sublime femme évidemment, reprit Liz en frottant son bras comme si le léger coup de Sarah lui avait fait mal.

— Vous êtes mariées depuis longtemps ? interrogea Ava.

— Trois ans et quelques semaines, répondit Sarah.

— Waouh, fit Ava en offrant à Liz et Sarah un immense sourire. Ça doit être…

Elles furent interrompues par le bruit d'une fourchette tapotant contre un verre.

— Mesdames et messieurs, puis-je avoir votre attention ?

déclara Michelle, la grande cheffe de la série. Il est malheureusement l'heure des discours.

Elle haussa les épaules comme pour s'en excuser et reprit :

— Je sais que c'est horrible mais c'est nécessaire.

Les gens se mirent à rire, à applaudir même pour certains. Charlie sentit son ventre se nouer d'angoisse.

— Je vais commencer, fit Michelle.

Tandis qu'elle régalait les gens d'anecdotes à propos du tournage, Ava vint se mettre derrière Charlie et posa une main sur son épaule.

— Tout va bien se passer, lui murmura-t-elle à l'oreille. Je t'aime.

Les mots d'Ava vinrent directement dénouer la boule d'angoisse logée dans le ventre de Charlie.

Michelle finit son discours en déclarant :

— Je vais abréger et j'espère que tous ceux qui parleront après moi en feront de même.

Même Elisa eut un petit rire en entendant ça.

Michelle se tourna vers Charlie et annonça :

— Je passe le micro à celle sans qui aucun d'entre nous ne serait là ce soir. Charlie Cross.

Charlie s'avança et elle sentit la main d'Ava glisser de son épaule. Cette soirée se passait dans l'une des salles du studio, les lumières étaient tamisées et les tables poussées sur le côté. La seule chose un peu glamour de la soirée était le champagne qui coulait à flots. Et la présence d'Elisa et son mari. Et Ava, bien entendu. Il n'y avait pas de spot de lumière sur Charlie ni d'estrade sur laquelle monter. Ce côté détendu la rassura.

Elle attendit que les quelques applaudissements se tarissent et que Liz ne siffle plus avant de se lancer.

— J'ai créé ces personnages il y a longtemps, commença-t-elle. Et être aujourd'hui devant vous, sachant qu'Aretha sera réelle dans quelques mois, parfaitement incarnée par la merveilleuse Elisa Fox, diffusée dans des millions de salons…

Elle secoua la tête doucement comme si elle n'y croyait toujours pas.

— C'est très étrange comme sensation, je l'avoue. Ça a été un honneur et un privilège de travailler avec vous toutes et vous tous. J'ai tellement appris grâce à vous. Lorsque je suis arrivée, je ne connaissais presque rien au monde de la télé et j'ai vraiment l'impression d'avoir accompli un rêve. J'ai appris énormément, me suis fait quelques ami.e.s…

— Séduit Ava Castaneda, cria une voix sur le côté que Charlie reconnut comme celle de Diana, l'assistante caméra.

— C'est vrai, ça aussi.

Charlie tâcha de ne pas se laisser démonter. Elle regarda à sa droite là où Ava se tenait. Elle lui offrit un immense sourire d'encouragement.

— En tout cas, ça a vraiment été une expérience inoubliable. Ça a été merveilleux de travailler avec vous et…merci d'avoir permis à celle que je suis de réaliser son rêve.

Des applaudissements retentirent. Charlie fit un petit salut et repartit se fondre dans le groupe. Elle n'avait rien dit sur la façon dont *Underground* l'avait changée. Sur le fait qu'elle avait écrit les premières pages du premier tome peu de temps après être tombée follement amoureuse de Jo, dans son minuscule studio de Greenwich Village et que le fait d'en arriver là n'était vraiment pas gagné. Mais elle était bien là, à une soirée de fin de tournage à Hollywood, à quelques secondes d'entendre le discours d'Elisa Fox.

— Je vais te gâter pour ça, murmura Ava à son oreille.

Charlie n'avait pourtant rien dit d'extraordinaire ou de particulièrement incroyable. Elle avait tenu les mêmes propos que celles et ceux qui étaient éliminé.e.s de *Knives Out* tenaient. Mais Ava savait ce que cela signifiait pour elle et le fait qu'elles le sachent toutes les deux, sans avoir besoin de dire quoi que ce soit, voulait tout dire pour Charlie.

ÉPILOGUE

— Allez, j'enfile juste ça, dit Charlie sans faire le moindre geste pour repousser Ava.

— Je m'en moque. Je te veux, maintenant, je vais exploser sinon.

Ava déboutonna le chemisier que Charlie venait de mettre. Il était fraîchement repassé pour le grand soir : la soirée de lancement de son premier roman post *Underground*, intitulé *Sous nos Étoiles* pour laquelle elles allaient probablement être en retard.

Ava s'affaira ensuite sur le pantalon de Charlie, en cuir et tellement moulant que Charlie se demanda combien de temps ça allait prendre de l'enlever puis de le remettre. Mais à l'évidence Ava n'avait pas besoin de beaucoup de peau à disposition. Elle ouvrit le bouton, descendit la fermeture éclair et dévora Charlie avec des yeux brûlants de désir. Elle dégagea les épaules de Charlie de tout tissu et plongea sa main dans sa culotte.

Lorsque ses doigts furent suffisamment bas pour constater à quel point Charlie était excitée, Ava lui demanda :

— C'est ton pantalon ? C'est le cuir qui t'excite autant ?

— C'est toi, répondit Charlie, le souffle court. Quoi que tu fasses, tu me rends folle.

— Je suis tellement, tellement fière de toi.

Ava fit glisser son doigt plus bas encore et malgré le manque de place pour bouger, elle parvint à effleurer le clitoris de Charlie. Puis elle positionna son doigt à l'entrée de son intimité. Son autre main était sur le cou de Charlie, son pouce sur sa clavicule.

— En plus, je sais comment tu es quand tu dois parler devant du monde. Je t'aide juste à faire descendre la pression.

Elle fit un grand sourire à Charlie et fit glisser son doigt à peine un peu plus loin, sans aller complètement à l'intérieur mais suffisamment pour que Charlie en ait le souffle coupé.

Charlie posa sa main à plat sur le mur pour s'équilibrer. Tandis que les doigts d'Ava s'aventuraient plus loin en elle, elle se remémora la dédicace qu'elle avait écrite pour son roman. C'était Ava qui lui avait dit que ce livre était *plus pour Jo que pour n'importe qui d'autre*. Et ce *n'importe qui d'autre*, c'était elle.

Pour Jo, la seule qui pouvait me dire ce que j'avais besoin d'entendre.

C'était simple mais clair. Charlie ne savait pas si elle serait là, debout contre un mur chez Ava, où elle habitait quasiment en permanence, un doigt d'Ava logé en elle pour lui procurer un orgasme rapide si Jo ne lui avait pas remis les idées en place ce jour-là.

Ava ajouta un second doigt et en passant, son pouce caressa le clitoris de Charlie. Son autre main s'enfonça dans le cou de Charlie, comme une supplication muette et Charlie s'exécuta rapidement.

Elle sentit le souffle d'Ava sur son visage, ses yeux étaient mi-clos, chaque caresse un peu plus urgente. Ava méritait une dédicace pour *Sous nos Étoiles* tout autant que Jo. Se remettre à écrire, de la façon dont elle avait toujours aimé écrire avait été une libération. Elle s'était reconnectée à tous ses sentiments qu'elle gardait enfouis en elle, les avait libérés sous ses doigts, sur l'écran de son PC et enfin aujourd'hui sur les pages de ce livre. Charlie était persuadée qu'elle n'aurait pas pu faire tout ça pour qui que ce soit d'autre qu'Ava.

Il lui arrivait de descendre de la pièce qu'Ava lui avait réservée pour écrire – qui était censée être temporaire mais qui s'avéra être sa pièce principale pour écrire – et de s'asseoir avec son PC à la table installée dehors, là où Ava et elle avaient dîné la première fois. Ça avait commencé comme une expérience. Charlie était persuadée qu'elle ne serait pas capable d'écrire quoi que ce soit de valable avec Ava aussi près mais Ava avait insisté, affirmant que ce serait parfait pour des préliminaires, et évidemment, Charlie avait cédé. À sa grande surprise, la présence d'Ava – tant qu'elle ne l'interrompait pas – ne la dérangeait pas. Au contraire, elle tapait encore plus vite car elle avait compris ce que ça faisait à Ava.

— C'est nouveau pour moi aussi, lui avait confié Ava après s'être levée de la chaise longue sur laquelle elle était allongée. Mais t'entendre taper comme ça m'excite terriblement.

— Jouis pour moi, Charlie.

Ava n'était pas de celles à garder ses demandes pour elle. Elle aimait le son de sa propre voix. Et Charlie ne pouvait pas lui en vouloir. Elle sentit le pouce d'Ava intensifier sa pression et elle sentit dans tout son corps cet afflux de sang l'envahir, cette sensation qui la picotait presque, cette joie soudaine venant des doigts d'Ava en elle.

Charlie inspira bruyamment et se laissa aller contre le mur tandis qu'Ava laissa glisser sa main hors de son pantalon. Son poignet était rouge parce que le cuir avait frotté contre sa peau et Charlie lui prit la main pour y déposer un baiser, sentant sa propre odeur sur les doigts d'Ava.

— Tu ne sais pas te contrôler, fit Charlie entre plusieurs baisers rapides.

— Pourquoi je devrais me contrôler avec toi ?

Ava écarta les jambes de Charlie avec son genou.

Charlie ne sut pas quoi répondre. Elle secoua la tête et se mit à rire. Puis elle aperçut l'horloge sur le mur et s'écria :

— Merde. Il faut vraiment que tu me laisses m'habiller.

— Laisse le premier bouton de ton chemisier ouvert, dit Ava. Comme ça je pourrai rêver un peu en te regardant sur scène.

————

Il y avait beaucoup plus de monde pour le lancement du roman de Charlie que ce à quoi elle était habituée. La diffusion d'*Underground* avait démarré trois semaines plus tôt avec un grand succès critique. Les discussions étaient déjà engagées pour une saison deux, le network devait rendre sa décision très rapidement, probablement positive.

— Ah, voici la personne que je préfère au monde, lança Estelle.

Elle était l'agente de Charlie à LA, c'était elle qui gérait tout ce qui touchait aux droits télés.

— Tu dis ça parce que je te couvre de dollars, répliqua Charlie.

Elle prit cette toute petite femme dans ses bras et passa en revue la pièce du regard. Avec Ava à ses côtés, Charlie se sentait en sécurité et puissante. Tous ses amis de LA étaient là et même certains de New York avaient fait le déplacement. Nick et Jason, impeccables en costume, comme à leur habitude, se tenaient à côté d'Elisa Fox, un sourire béat aux lèvres. Charlie n'avait jamais vraiment beaucoup discuté avec la star et elle était convaincue qu'elle n'avait rien lu d'autre d'elle que *Under-ground* mais le network avait pensé que ce serait un bon coup de pub que de voir Elisa présente à la soirée de lancement de ce nouveau roman. Charlie était ravie que l'attention soit un peu diluée et qu'on l'oublie un peu.

À ses yeux, c'était une célébration. Tous ses proches étaient là pour assister à la naissance de son nouveau roman et de tout ce qu'il signifiait. Nick l'avait surnommée *Charlie Cross 2.0* quelques semaines avant, lors de la première d'*Underground*, où il était également resté à deux pas d'Elisa Fox toute la soirée. *Pas vraiment différente, juste quelques erreurs de systèmes corrigées.* C'était les mots exacts de Nick. Charlie l'avait à peine mal pris.

— Félicitations, Charlie, lui dit Nick après s'être éloigné de l'auréole de lumière qui semblait envelopper Elisa Fox. J'ai hâte de le lire.

Nick ne lisait que des magazines et des scénarios pour la télé. Et c'était peut-être pour ça qu'il était devenu l'un des amis les plus proches de Charlie. Il ne se souciait pas de ce qu'elle accomplissait sur le plan professionnel. Lors de la soirée pour la première d'*Underground*, elle l'avait également entendu dire qu'il était *heureux de pouvoir enfin lire un de ses livres*. Il avait été, malgré tout, le premier à organiser des soirées télé pour regarder chaque nouvel épisode tous les dimanches soirs.

Il enveloppa Charlie dans ses bras et l'attira à lui un peu plus qu'à son habitude.

Derrière eux, Jo et Christian discutaient avec Liz et Sarah.

— Vu la façon dont tu en parlais, j'étais convaincue que ton ex était un monstre et que son mec était Satan personnifié, mais ils sont charmants en fait, avait dit Liz après que Charlie les ait présentés.

— Toi et ton goût pour les choses dramatiques !

Ses discussions avec Liz pendant les pauses et leurs verres après le boulot, voilà ce que Charlie allait regretter le plus de son travail de scénariste pour la série.

— Charlie, dit Christian en lui tendant la main comme à son habitude.

Charlie la repoussa gentiment et ouvrit ses bras pour le saluer ainsi.

— Très Los Angeles je vois, lui dit-il à l'oreille.

— Je n'étais pas vraiment sérieuse, lança Jo une fois qu'elle les eut rejoints. Tu n'avais pas besoin de me dédicacer ton livre.

— Si.

Charlie observa Jo, cette femme qui avait changé sa vie, par deux fois. Elle ne s'était évidemment pas sentie obligée de lui dédicacer *Sous nos Étoiles*, mais elle en avait eu envie.

Le groupe d'après était constitué de ses coéquipières de softball.

— Bravo d'être descendue de ton piédestal, plaisanta Tiff.

Désormais, Charlie passait l'essentiel de ses journées à écrire et elle avait donc le temps d'assister à tous les entraînements et à tous les matchs de la saison. Ava était même venue quelques fois pour l'encourager, crier depuis les tribunes et boire des bières avec les filles, mais malheureusement, il n'y avait eu aucune différence dans les piètres performances de Charlie une batte à la main.

Josie était sur le côté de ce cercle, à droite de Charlie. Elles se trouvèrent du regard et Charlie lui sourit. Josie, quant à elle, lui sourit également et souleva ses sourcils pour lui rappeler ce qu'elle lui disait à chaque fois qu'elles se voyaient, ce qui arrivait souvent maintenant que Charlie faisait vraiment partie de l'équipe. *N'oublie pas que tu me dois un date absolument incroyable !*

Charlie hocha la tête en signe d'assentiment et Josie lui fit un clin d'œil.

Derrière Josie, dans un coin de la pièce, on pouvait voir une grande silhouette faire la tête.

— C'est Eric ? fit Charlie à Ava.

Ava se mit sur la pointe des pieds pour mieux voir même si ce n'était pas vraiment nécessaire vu sa taille.

— Ils laissent rentrer des célébrités de seconde zone ici ? répliqua-t-elle.

La relation amicale entre Ava et Eric avait pris un sacré coup depuis Dallas et Ava ne l'avait quasiment pas fréquenté entre les tournages des différentes saisons, au grand soulagement de Charlie.

Charlie jeta un œil à Eric qui avait un exemplaire de son roman en main. Lorsqu'il aperçut Charlie le regarder, il souleva son livre et fit le geste de le signer avec son doigt. *Quel culot.* Mais Charlie n'était pas d'humeur à avoir une explication avec lui. Eric pouvait aller se faire voir. Il fit un geste de prière et lui fit un salut de la tête.

— Tu n'as aucune obligation à aller lui parler, intervint Ava.

Elle-même avait dû le voir pour la préproduction de la nouvelle saison de *Knives Out*.

— Je vais y aller, moi, ajouta-t-elle. Toi, profite de ta soirée.

L'instinct de protection d'Ava fit plaisir à Charlie mais elle allait lui signer son livre si c'était ça qu'il voulait. Elle savait exactement quoi lui écrire.

— C'est bon, fit Charlie qui se dirigea d'un pas décidé vers celui qui avait trouvé sa faille la plus grande et qui en avait joué sans vergogne à Dallas.

— Charlie! Je ne vais pas faire comme si mes excuses pouvaient tout rattraper, je sais que ce n'est pas le cas. Je voudrais quand même te dire que je suis désolé des choses que je t'ai dites. Évidemment, rien n'était vrai. J'étais jaloux et je me suis conduit comme un connard. J'ai suffisamment de bouteille pour savoir quand j'ai tort et que je dépasse les bornes, récita Eric.

Il se dandinait un peu, clairement embarrassé.

— Ah, et *Underground* est ma nouvelle série préférée. Ça fait des siècles que je n'avais pas vu quelque chose d'aussi bien à la télé.

Il jeta un œil à Ava et ajouta dans un sourire qui semblait sincère :

— À part notre émission évidemment.

— Allez, je vais le signer ton livre, fit Charlie en tendant la main.

Eric le lui donna et Charlie le signa avec le stylo qu'elle venait de sortir de sa veste de tailleur.

Charlie Cross. L'amante lesbienne d'Ava Castaneda.

Elle rendit son livre à Eric et lui lança :

— Au plaisir.

Eric lut sa dédicace et fit un grand sourire.

— Parfait, merci.

On entendit des doigts taper légèrement sur un micro et Charlie fut soulagée de savoir qu'elle allait pouvoir cesser de parler avec Eric.

— On dirait que ça va commencer, dit Eric. Merci encore, Charlie, je te laisse en profiter.

Puis il disparut dans la foule.

Charlie n'eut pas le temps de discuter de cet échange avec Ava, car Andrew, son éditeur, avait pris place sur la scène. Elle aurait bien aimé être prévenue pensa-t-elle tout en se dirigeant vers lui.

— Charlie ? Charlotte Cross ? Où es-tu ?

Andrew passait la foule en revue.

— Ah, merveilleux ! fit-il lorsqu'il la vit s'approcher de la scène. Bienvenue à vous, chers invités et chères lectrices et chers lecteurs. Charlie va nous dire quelques mots et peut-être nous faire l'honneur de lire quelques pages de son nouveau chef-d'œuvre. Puis il y aura une séance de dédicaces. Vous pourrez boire toute la soirée. Profitez-en bien !

— Allez, va tout déchirer, lui dit Ava.

Charlie pivota sur elle-même et embrassa Ava sur la bouche avant de monter sur la scène.

— Bonsoir !

Elle fut aveuglée par un spot, comme lors de la vente aux enchères. Elle poursuivit :

— Laissez-moi vous dire en quelques mots comment ce livre est né.

Charlie se racla la gorge et commença par le commencement.

À PROPOS DE HARPER BLISS

Harper Bliss est l'autrice de plus de trente romances saphiques très populaires chez les amateurs anglophones du genre. Plusieurs de ses romance ont été traduits en français, dont *A propos de ce baiser* et *Un jour ma princesse viendra*.

Après avoir vécu à Hong Kong pendant sept ans, elle est revenue s'installer dans sa Belgique natale, où elle vit dans un petit village de campagne avec son épouse, Caroline, et son chat, Dolly Purrton. Elle envisage d'ajouter un chien à la famille, du moins si Dolly le permet.

Harper adore être en contact avec ses lecteurs, que ce soit par email ou dans son groupe Facebook.

www.harperbliss.com
harper@harperbliss.com